ラーシュ・ケプレル/著
品川亮/訳

蜘蛛の巣の罠(上)

Spindeln

JN116006

扶桑社ミステリー
1672

著者ラーシュ・ケプレルは、『砂男』および『墓から蘇った男』で描かれた出来事や細部の情報が、本作において言及されることをあらかじめ読者にお知らせするものである。

蜘蛛の巣の罠（上）

登場人物

ヨーナ・リンナ――――スウェーデン国家警察国家犯罪捜査部警部
サーガ・バウエル――――元・公安警察捜査官
ヴァレリア・デ・カストロ――ヨーナが心を寄せる女性
マルゴット・シルヴェルマン――国家警察長官
マンヴィル・ライ――――国家警察警視
ヴェルネル・サンデーン――公安警察長官
ニルス・オレン(ノーレン)――法医学者
グレタ・ジャクソン――――プロファイリングの専門家
フランチェスカ・ベックマン――危機―トラウマ・センターの精神科医
スサンネ・イェルム――――元・閉鎖病棟の勤務医。警官殺しの罪で収監される
シモン・ビェルケ――――ノールマルム署巡査。サーガの警察学校時代の同期
カール・スペーレル――――元・タブロイド紙の記者
ルーミ――――ヨーナの娘
ユレック・ヴァルテル――――シリアル・キラー。通称「サンドマン」

昔々、ユレック・ヴァルテルという名のシリアル・キラーがいた。北ヨーロッパにおける、最も残虐で、最も多くの人を殺した殺人鬼である。

その連続殺人を終結させたのは、ヨーナ・リンナ警部だった。ヨーナは、人が生まれながらに備えている悪、もしくは霊的な絶対悪の存在を信じていない。つまりユレックは、人間を人間たらしめる魂の一部分を失っていたに過ぎないのではないか。ヨーナに尋ねれば、そういう答えが返ってくるだろう。

ユレックの存在を知るのは、一握りの人間だけだ。しかし、ユレックが姿を消したことで、この世界がより良い場所になったという点について、異論を差し挟む者はいないはずだ。

ユレック・ヴァルテルは死んだ。しかしなにかが消え去ったとしても、最初からなにも存在していなかったかのように、いっさいの跡形もなく完全に消失することはない。なにかが不在となれば、そこには危険な空白が生まれる。やがて、いずれかのかたちで埋められることになる空白である。

一

マルゴット・シルヴェルマンは、蹄《ひづめ》がウッドチップを踏みしめる音を聞く。馬は、明かりに照らされた小道《トレイル》を襲歩《ギャロップ》で駆けている。

空は暗く、八月の空気はひんやりとしている。

マルゴットの左右をかすめては夜の中へと消えていく樹木は、次の明かりの中に再び出現する。

マルゴットは、ストックホルムで国家警察犯罪捜査部を率いているが、首都の東に位置するここヴァルムドには、乗馬のために週四回通っている。頭の中をすっきりとさせ、精神を集中させるために役立つのだ。

馬は、狭いトレイルを疾走していく。その速度が、マルゴットの脈拍をも速めていく。

視界の隅にさまざまなものが一瞬だけ見える。倒木、森の奥へと続く荒れた小道、そしてフェンスに掛かっているスマイリー・フェイス付きの濡《ぬ》れたセーター。

マルゴットは身体を前方に傾け、顔面に風を感じる。

ギャロップで駆ける時、この馬の身体は左右非対称になる。背中の片側が、もう片方よりも上がるのだ。

三拍子の最後の拍を右前足が打って地面を離れると、一瞬のあいだ宙吊《づ》りになる。

数秒間、二人は空中を飛び、マルゴットの太腿《ふともも》はちりちりと疼《うず》く。

カトゥルスは、スウェーデン産の去勢された混血種で、長い脚と力強い頸《くび》を備えていた。ギャロップに移るには、外方脚を軽く後ろに引き、自分の腰を前に押し出してやるだけでいい。

蹄が地面を打つたびに、ブレイドに編んだ髪の毛が背中に当たる。

森が開け、揺れ動くシダの茂《しげ》みを一頭の鹿が横切っていくのが見えた。

トレイルの最後の区間ではライトが壊れていて、マルゴットには前方の地面が見えない。目を閉じてカトゥルスを信頼し、わが身を運ばれるにまかせる。

目を開くと、木々のあいだに明るい厩舎《きゅうしゃ》が見え、伸長速歩《しんちょうはやあし》まで落とす。

マルゴットの胸と背中は汗にまみれている。一時間のインターバルトレーニングによって溜《た》まった乳酸が、太腿と鼠径《そけい》部の筋肉に感じられた。

ゲートをくぐらせてから、マルゴットはカトゥルスから下りる。

午後十一時に近かった。厩舎の外には、マルゴットの乗ってきたシルバーのシトロエンしか駐《と》まっていない。

馬を曳《ひ》きながら暗闇を通り抜け、厩舎のほうへと向かう。轡《くつわ》がちりんちりんと鳴り、踏みしめられた枯れ草の上で蹄がやわらかい音をたてる。

内側の馬房から、ドスンドスンと大きな音が聞こえてくる。

カトゥルスは不意に立ち止まり、頭を持ち上げながらわずかに後退する。

「おっと、どうしたの？」マルゴットはそう尋ねながら目を細め、トラクターとイラクサのあいだに広がる闇の奥を見つめる。

馬が怯《おび》え、鼻の穴から激しく息を吹き出す。マルゴットは頸を撫《な》で、どうにかして厩舎に向かわせようとするが、カトゥルスは動くのを拒《こば》む。

「どうした？」

カトゥルスは身震いし、鋭く一方向に頸を曲げる。今にも暴れて駆け出しそうだ。

「どうどうどう」と声をかけながら減速させる。

マルゴットは手綱をしっかりと握り締め、カトゥルスに半円を描かせた。背の高い草むらを通り抜け、再び砂利道に出る。厩舎の外に取り付けられているライトが、付近のものすべてにくっきりとした影を三つずつ落としていた。

カトゥルスが鼻を鳴らし、頭を下げる。

マルゴットは、破風《はふ》の下の闇に顔を向け、目を細める。なにも見えなかったが、それでも彼女は身震いする。

明るい厩舎の中に無事に入ると、マルゴットはすぐにヘルメットを脱ぐ。鼻の先が赤くなっていた。金髪のお下げがキルティングジャケットの背中に重たげに垂れ、乗馬ズボンはブーツの途切れたあたりが汚れている。

干し草と肥料の濃厚な匂いが漂っていた。鞍《くら》を外し、暖房の効いている馬具置き場に掛ける。蹄洗場《ていせんば》へとカトゥルスを導く。

その間、ほかの馬たちは鳴りをひそめていた。鐙《あぶみ》がいくつか木の壁に当たり、音をたてる。

まずはカトゥルスの全身を洗い、毛布を掛けてやらなければならない。それから専用の馬房まで連れて行き、ほんの少しだけ塩を追加した餌《えさ》を与える。そうしたら、明かりを消して家路につくのだ。

マルゴットはポケットに手を入れ、父の古いヒップフラスコがなくなっていないことをたしかめる。酒ではなく、手指消毒剤を入れるために使っている——特別に便利だからというわけではなく、フラスコは幸運をもたらしてくれるし、持っていると楽しいからそうしている。

砂利の敷かれた中庭への扉が軋《きし》み、マルゴットは不意に、自分が不安に呑《の》まれるのを感じる。厩舎の中央を貫く通路に足を踏み出し、建物の正面扉をじっと見つめる。

背後にいるカトゥルスが、蹄洗場の中で動きまわる音がする。ホースからは水が滴《したた》り、暗い色の水の流れが、汗こきを回り込み、排水溝へと向かっていった。

離れた馬房の馬の一頭が鼻を鳴らし、蹄で地面を蹴る。壁面の電気キャビネットが低いうなりをあげている。

「だれか？」とマルゴットは声を出す。

息を止め、身体を完全に静止させる。そのまま一瞬のあいだ、扉と暗い窓のほうに目を向けてから、カトゥルスに向きなおる。

馬の眼球には、天井のライトが映っている。

マルゴットは躊躇《ちゅうちょ》し、それから携帯電話を取り出してヨハンナにかける。妻は応答せず、不安が腹の底をぎゅっと締めつける。過去二週間、だれかに見られているという感覚があった。特別捜査部か公安警察によって監視下に置かれたのか、とすら考えはじめたところだった。マルゴットは被害妄想の強い人間ではない。だが、無言電話が何回かかかってきて、しかもイヤリングが何組か消えると、自分自身かヨハンナをつけまわしているストーカーがいるのではないかという疑念を抱くようになったのだった。

マルゴットはもう一度かけなおす。呼び出し音が延々と鳴り続け、留守番電話に切り替わる瞬間、ガサゴソと雑音が聞こえてくる。

「ぐしょ濡れで真っ裸」とヨハンナが応える。

「わたしって、どうしていつも最高のタイミングで電話するのかしら ね？」とマルゴットはほほえむ。

「ちょっと待って。スピーカーフォンにするから」

なにかがさらさらと音をたて、背景音が変化する。全裸のヨハンナが、明るく照らされた寝室の真ん中に突っ立っているという光景が、マルゴットの頭をよぎる。外の林檎《りんご》園からまる見えだ。

「もしもし?」

「ごめんなさい、身体を拭《ふ》いてるところ」とヨハンナが言う。「家に向かってるの?」

「その前に、〝小さな老人〟(『長くつ下のピッピ』に登場する馬のキャラクター。)をさっと水浴びさせなくちゃ」

「運転に気をつけるのよ」

会話を続けながらも、ヨハンナがタオルで身体を拭く音がマルゴットには聞こえている。「ちゃんとカーテンを閉めて、扉の鍵を確認すること」とマルゴットは言う。

「映画の『スクリーム』みたい。わたしのこと、庭から見てるんでしょ? で、扉に鍵をかけた時には、もううちの中にいるっていう」

「ふざけないで」

「了解であります、上官殿」

「まったく、上官役はうんざり。苦手なんだから。わたしは、刑事としては優秀だった。ちょっとうぬぼれが強かったとしてもね。でも今じゃ責任を負わされて――」

「はい、そこまで」とヨハンナが口を挟む。「あなたみたいな上司、わたしならいつでも大歓迎」

「それはそれは」とマルゴットは笑う。気分が良くなりつつあった。

ヨハンナがブラインドを下ろす音が聞こえてくる。コードが暖房用放熱器に当たり、カンカンと音をたてた。

「回転灯を付けて家まで飛んで帰ってきなさい」とヨハンナが言いつける。その声はか細く、遠くに離れて聞こえた。

「子どもたちは寝た？」

「ええ、でもね、アルヴァがこんなこと訊《き》いてきたわよ。お母さんはアルヴァより馬のほうが好きなの？　って」

「イタタ！」マルゴットはそう言い、笑い声をあげる。

電話を切った途端に、再び不安が忍び寄ってくる。暖房用放熱器になにかが当たるカンカンという音がいまだにどこからか聞こえていたが、それはさらに数秒続いたあとでやむ。厩舎棟のどこかで鳴っていたに違いない、とマルゴットは考える。通路に吊《つる》されているバケツ同士がぶつかり合う音に似ていた。

一頭の馬が身体を押しつけ、壁が軋む。

マルゴットは振り返り、扉のほうを向く。

餌やり場付近にある影の中に、だれか背の高い者が隠れているようだ。それが、箒《ほうき》やシャベル、熊手を収めたキャビネットに過ぎないことは理解している。だがその位置が、いつもよりはるかに前まで飛び出ているように見えた。

トタン屋根に突風が吹きつけ、窓ガラスを揺さぶる。

マルゴットは通路を進んだ。視界の端に、馬房の鉄格子が閃《ひらめ》いては過ぎていく。並んでいる馬の重い頭が、ライトの明かりで輝いている。

ヨハンナにもう一度電話をかけて、外の扉を再確認するように伝えたいという衝動を、全力で抑え込む。子どもたちはいつも、なかなかきちんと閂《かんぬき》を掛けられないのだ。これからするべきことは、カトゥルスの面倒を見て、家まで運転し、シャワーを浴び、あたたかくて気持ちのいいベッドにもぐり込む。それだけだ。

ライトが点滅し、薄暗くなる。

マルゴットは立ち止まり、耳を澄ました。蹄洗場越しに、その向こうにある更衣室をじっと見つめる。

厩舎棟の中は静まりかえっている。すると、高速でカタカタと鳴る音が聞こえてくる。なにか金属製のものを床の上で回転させているようだ。

マルゴットが振り返ると音は止まる。どこから聞こえていたのかはわからない。

馬房の一つにもたれかかり、身体のバランスを保つ。そして、正面の扉をじっと見る。

　再びカタカタと鳴りはじめる。今度は背後から急速に近づいてくる。カトゥルスが不安げに頭を上げ、マルゴットは背中に強烈な衝撃を感じる。馬に蹴られた、と考えながら倒れ込む。

　世界は一瞬にして消え去り、頭が割れるように痛む。マルゴットは、唇《くちびる》と額をコンクリートの床に押しつけたままうつ伏せに横たわっていた。ひりひりとひきつれるような、奇妙な感覚が背骨にある。

　空気中には鼻をつく臭気が漂っていた。

　銃撃されたのだ、とマルゴットは悟り、耳が鳴りはじめる。馬たちは怯え、馬房の中で身体を動かしては壁にぶつかったり、足を踏み鳴らしたり鼻を鳴らしたりしている。

　撃たれた、とマルゴットは考える。出血も鼓動も激しい。

「ああ神様、神様……」

　起きあがらなくては。車で帰宅し、この世でいちばん愛していると娘たちに伝えなければ。

　近づいてくる足音を耳にし、不意に恐怖に貫かれる。

　軋む音がしたあと、先ほどとおなじカタカタという音が聞こえてくる。

マルゴットの下半身は感覚がない。それでも、両足をつかまれたまま扉のほうへと引きずられていることがわかった。粗《あら》いコンクリート面で骨盤が擦《こす》れる。マルゴットは飼い葉桶《おけ》にしがみつこうとするが、力が足りない。桶は倒れ、転がっていく。

ジャケットとアンダーシャツがずり上がっていく。

マルゴットの呼吸は速い。そして彼女は、弾丸が脊柱《せきちゅう》に命中したことを理解している。苦痛の波が、次々と上半身に押し寄せてきた。斧《おの》で切りつけられたような感覚だ。

床の上を引きずられながら、命を奪われようとしている動物になったように感じる。自分が樹の皮でできた小舟になり、水の流れに捉《とら》えられたかのように、野原の上にふわふわと浮かぶツェッペリン号になったかのように感じられた。

頭がおかしくなってきている。

諦めるわけにはいかない、最後まで戦わなくては、と考える。だが今やマルゴットは弱っていて、頭を持ち上げていることもできない。

ざらざらとした床面で、鼻と口と顎がずたずたに引き裂かれていく。意識を失う前、最後に気づいたのは、床に残っているなめらかな血液の筋だった。

二

リーサは、窓に背を向けて立っていた。結露したグラスを手にし、それを窓台に載せている。時刻は真夜中で、彼女は二人の男とともに平屋建ての住宅の中にいる。場所はリンボ、ストックホルムからは北方に五十キロほど離れていた。

男の一人は五十代で、スーツと水色のシャツを着ている。短く刈った髪はこめかみの部分がグレーで、筋肉質の首筋は硬そうだ。空になった製氷皿をシンクに放り込み、ピッチャーにジンを注ぐと、そこにぎりぎりまでトニックウォーターを加える。

もう一人の男は二十代前半で、レンジフードの下で煙草《たばこ》を吸っている。肩幅が広く背が高い。頭は剃《そ》り上げられていて、掌《てのひら》の肌が白かった。

リーサがなにか話し、口元を手で覆いながら笑う。

年上の男がキッチンを離れ、少し間があってから浴室の明かりが点く。薄いカーテンに映ったその影が、戸外からも見えた。

リーサは二十九歳になったばかりだ。プリーツスカートを穿《は》いていて、銀色がかったブラウスの胸の部分が張っている。そして黒髪はつややかだ。リーサには生まれつき口唇裂《こうしんれつ》があり、唇の上に薄い色の傷痕《きずあと》が見られる。

年下の男が吸い殻《がら》をビールの缶に落とし、リーサのところまで移動すると、携帯電話でなにかを見せ、笑みを浮かべたまま彼女の反応を観察する。なにごとか話しかけ、リーサの頰《ほお》にかかっていた髪を指先でのける。

リーサは上目遣いで彼と目を合わせ、つま先立ちで唇に軽くキスをする。男は真顔になると、廊下のほうをちらりと見やってから、身をかがめるようにして彼女にディープキスをする。

サーガ・バウエルは、カメラに接続されたモニターを見つめていた。若いほうの男がリーサのスカートの中に手を伸ばし、掌で股間《こかん》に触れる。

小さな別荘の立ち並ぶこの付近の夜ふけは、静まりかえっている。

サーガはかれこれ一時間、その家の中を隣人の庭から撮影している。背の高い塀《へい》の傍《かたわ》らに手押し車があり、彼女はその上に腰を下ろしていたのだ。キッチンとリビングの大きな窓からこぼれる光が、松林に並ぶ木の幹と、草むら一面に散乱している松かさを照らしている。

年上の男が再び姿を現し、戸口で立ち止まる。すると二人はキスをやめて、男のほうへと歩み寄る。

サーガは、望遠レンズを塀の上に据《す》える。より鮮明な映像を手に入れるためだ。だが3Pの舞台は、すでに玄関ホールへと移動したあとだった。

リーサの夫は、警察学校でのサーガの同級生で、卒業後はノールマルム署勤務となった。自分が夜勤で出かけているあいだに妻が浮気をしているのではないかと疑っていたが、まだ直接問いただしたことはない。その代わりに、サーガが現在働いている探偵事務所に連絡してきたのだった。実際には、真実を知りたくないと感じるかもしれない。最初の打ち合わせで、サーガはそう釘《くぎ》を刺した。それでも、夫は依頼することに決めた。

リーサと二人の男たちは、暗い寝室のすぐ外にいる。サーガの位置からは、三人のしていることが見えなかった。だが、幅木《はばき》と開いたままの戸口には彼らの影が映り、踊っている。

サーガは、録画中であることを再確認する。

男の一人が、サイドテーブルの脇にあるフロアランプを点け、三人は服を脱ぎはじめた。リーサは、背を窓に向けて立っている。彼女は下着をぐいと引き下ろして脱ぎ捨てると、右の尻たぶを掻《か》く。腰回りにストッキングの痕が残り、片方のふくらはぎには青痣《あおあざ》があることを、サーガは見て取る。

壁面は蜂蜜色で、巨大なベッドには装飾のほどこされた真鍮《しんちゅう》製の頭板《ヘッドボード》が付いている。ボクサーのジョージ・フォアマンの額入り写真が飾られていて、そのガラスに明るいランプの光が反射してぎらつく。だが若いほうの男がベッドの端に腰を下ろすと、光のほとんどがその身体で遮《さえぎ》られてしまう。

年上の男が横たわり、サイドテーブルの最上段の引き出しからコンドームを取り出す。リーサはにじり寄って男をまたぐと、彼の準備が整うのを待つ。

彼女がなにか言うと、男は黄色いクッションを床から拾い上げ、自分の尻の下に押し込む。

リーサは這《は》い上がり、胸と唇にキスをする。挿入される瞬間、彼女の顔が再び影の中に消える。

若いほうの男はまだベッドの端に座っていて、コンドームを使える硬さにしようと懸命に努めている。

ベッド脇のフロアランプが、リーサの動きに合わせて揺れはじめる。それとともに、傘についている金色のタッセルが振動した。

サーガは、リーサの顔が画角内に戻って来るのを辛抱強く待つ。行為の最中の顔を押さえることができなければ、リーサはいつでも自分の裏切りを否定できる。別の男とキスしたことを後悔してみせ、あのあと別の女がやって来たから出ていったのだと主張すれば済むからだ。

否認と虚偽は表裏一体の関係にある。

サーガの背後の家に明かりが点《とも》る。

リーサは動きを止めると、若いほうの男の背中に触れながらなにか言う。彼は、もう一つのサイドテーブルからマッサージオイルの瓶を取り出す。

若い男がベッドに乗ると、リーサは年上の男をまたいだまま上半身を前方に傾けていく。

肛門《こうもん》に挿入されたリーサの太腿が、震える。三人は一瞬完全に静止し、それから、男二人がゆっくりと突きはじめる。

照明の具合が、まだ良くない。

芝生を横切って近づいてくる足音が背後から聞こえ、サーガは肩越しに振り返る。隣人に見つかったのだ。

「ここは私有地だぞ」と男が叫ぶ。「おまえは――」

「警察です」サーガはぴしゃりとそう言い、男のほうに向きなおる。「下がりなさい」

男は白い口髭《くちひげ》を生やし、ハンティングベストを着ていた。緊張の面持《おもも》ちでサーガに近づいてくる。

「身分証を見せてもらおうか」

「ちょっと待って」とサーガは応え、カメラのレンズに向きなおる。

ランプの光はベッドの三人をかすめる位置に注がれ、埃《ほこり》っぽい窓に影が映っている。若いほうの男の横顔が時折画面に入り、鼻筋とこわばった口元を見せる。明かりを浴びて輝く濡れた肌、曲がった首筋と揺れる尻、そして硬く緊張している太腿。

「警察を呼ぶぞ」と隣人が脅しをかける。

一人の身体がサイドテーブルに当たり、傾いたフロアランプが肘掛け椅子《いす》に倒れかかる。

リーサの顔が、突然まともに照らし出される。開いた口と紅潮した頰。彼女はなにごとか囁《ささや》いて目を閉じる。色白の乳房が震え、顔に髪の毛がかかった。

サーガは、その光景をしばらく録画し続けてから、停止ボタンを押す。レンズキャップをはめ、手押し車から下りる。隣人は、携帯電話を耳に当てたまま後ずさりする。その電話がつながると同時に、サーガは期限の切れた公安警察の身分証を掲《かか》げてみせる。

大股で男の脇を通り過ぎ、そのまま芝生を横切る。そして塀によじ登り、通りを下って突堤まで歩く。そこに並んでいるゴミ箱の横に、バイクを駐《と》めてあったのだ。カメラをしまったところで、サーガは雇用主に電話をかけ、なめらかな岩と暗い水面を見つめる。

「ヘンヌル・ケントだ」と応答がある。

「遅くにすみません」とサーガは言う。「ただ、すぐに報告するようにとおっしゃっていたので――」

「そのとおりだ」と相手がその言葉を遮る。

「はい。そのう、完了しました。すべて録画済みです」

「よろしい」

サーガの金髪は、ポニーテールにまとめられている。目の下には隈《くま》があり、眉間には深い皺《しわ》が刻まれていたが、それでもなお際だって美しい。

「思ったのですが……時刻も遅いことですし、明日の朝カメラを返却してもいいですか？」

「すぐに戻せ」

「実は明日の朝が早いもので――」

「聞こえなかったのか？」と上司は声を張りあげる。

「いいえ、ただ……」

サーガはそこで口を閉ざす。相手が電話を切ったことに気づいたのだ。ため息をつき、ジャケットの内ポケットに携帯電話を押し込む。ファスナーを引き上げ、ヘルメットを被ってからバイクにまたがると、駐車スペースを出て別荘の立ち並ぶ通りを走りはじめる。

長い療養期間を過ごしたあと、サーガは公安警察の元の職場には戻る気になれなかった。そこで、国家警察犯罪捜査部に転籍願いを出した。人事部の担当者は連絡を寄こし、現在のところ空きはないものの、サーガの知識と経験には非常なる関心を抱いていること、そして上層部にはこの件について上申しておく旨を告げた。

間もなくあきらかになったのは、サーガ自身がただちに復職できると感じていても、まずは、危機―トラウマ・センターの精神科医による承認が必要になるということだった。それを待つあいだ、サーガはケント探偵社で働いている。浮気と身辺調査ばかりを扱う事務所だ。またサーガは、勤務以外のほとんどの時間を、ダウン症の子ども二人を支える介護支援者として過ごしている。

サーガはひとり暮らしをしているが、今は麻酔医と寝ている。三年と少し前、フッディンゲのカロリンスカ病院で、腹違いの妹を担当した男だ。

北駅通りにある探偵事務所の外にバイクを停めると、午前三時半になっていた。暗証番号を打ち込み、三階までエレベーターで上る。扉を解錠し、警報器を切る。習慣から、サーガは扉のすぐ内側に置かれている郵便物トレイを確認する。テープの貼り付けられた小さな包みに、自分の名前が記されていた。パーティションで囲まれたデスクまでそれを運び、机上に置いてから椅子に座る。社内システムにログインし、カメラからメモリーカードを取り出す。それをカードリーダーに差し込み、映像データをコピーし、アーカイブに保存する。

疲れているサーガの視線は、ふと窓のほうへと漂っていく。夜ふけのノルトゥルを走り抜ける車、道路、橋、明るく照らされたトンネルの入り口。

ハードディスクの回転音によって現在に引き戻されたサーガは立ち上がり、カメラを保管庫に収めて施錠する。それから、デスクに戻る。

睡眠不足のせいで、瞼《まぶた》が重い。小包みの茶色いガムテープを引き裂き、蓋《ふた》を開く。それを卓上スタンドの下に置き、右手を中に入れる。そして、ぐしゃぐしゃに丸められた子どもの絵のようなものを取り出す。

その丸められた絵をデスクの上で開いていくと、小さな包みが見えてくる。レースをあしらった綿布だ。

ペン先を使い、薄い生地を押し開き、小さなグレーのものを中に見つける。金属製のフィギュアだった。二センチほどの背丈しかない。

明かりの中で、灰色の金属が鈍く輝く。

サーガはスタンドの角度を変え、それがふさふさの顎髭をたくわえ、コートを身に着けた肩幅の狭い男性のフィギュアであることを見て取る。

三

ホテルの部屋をゆっくり進んでいくと、カーペットに散らばるガラスの破片がヨーナ・リンナの足下で砕ける。窓の外では顔面皺だらけの男が首を吊られていて、前に後ろにと軋みながら揺れていた。首の骨が折れている。男が着ているシャツの胸元は、縄に深くえぐられた傷から流れ出た血で、黒々としている。

足の下の窓台には、小さなガラス片が飛び散っている。男の漏《も》らした最後の囁きが、ヨーナの中で反響する。その言葉は、ヨーナの身体の中で入り口も出口も見つけられず蛇《へび》のようにのたくる。ヨーナは、男が息絶えていることを知っている。頸椎《けいつい》が破壊されているのだ。しかしそれでも、脈拍を確認したいと感じる。

それで、そっと手を伸ばした瞬間に、着信音が聞こえてくる。

＊　＊　＊

ヨーナは目を開け、サイドテーブルの上にある自分の携帯電話をつかみ取ると、二度目の着信音が鳴りはじめるよりも先に、静かに応える。

「夜分にすみません」と男の声が言う。

ヨーナはベッドから出る。ヴァレリアが眠そうに目を開けるのに気づき、頬を撫でてからキッチンに向かう。

「なにがあった?」と尋ねる。

「ストックホルム南署のヴァリード・モハマドです。マルゴット・シルヴェルマンの妻ヨハンナが、十二時半に112番通報をしました。彼女によれば、マルゴットはグスタフスベリ近くまで乗馬をしに出かけました。それが九時前後のことで、もうとっくに戻ってなければおかしいのだそうです。ヨハンナ自身は子どもたちがいるため外に出られませんが、マルゴットがなにか事故に巻き込まれたのではないかと心配していました。そこで、われわれはパトカーを送り込んだんです。ちょうど先ほど、対応にあたった警察官たちから報告が入りました……マルゴットの姿はありませんでした。ただ、厩舎の床には大量の血液がありました……それでそのう、あなたにお知らせしたほうがいいと思ったんです」

「すぐに向かう」ヨーナは警察官にそう告げる。「だれにもなににも手を触れさせないでくれ。これは重要なことだ。仲間には、私が到着するまで筋肉一筋動かさないようにと伝えてくれないか。私が引き継ぐ。こちらの鑑識技術者を連れていく」

ヨーナは電話を切り、旧友のエリクソンにかける。

時刻は午前二時五分、最初のパトカーが乗馬クラブに到着してから四十五分が過ぎている。

ヨハンナが112番通報してからは、九十五分が過ぎていた。

道路封鎖をしても意味はない。今できることは、現場検証をし、なにが起こったのかを把握《はあく》することだけだ。

「了解」とエリクソンが囁く。

「背中が痛いのは知っているが――」

「気にしないでいい」

「最高の鑑識技術者が必要なんだ」とヨーナが説明する。

「なのに彼が電話に出なかったから僕に電話した。違うかい？」エリクソンは、自分の不安を隠そうとしてそう言う。

乗馬クラブへの入り口で合流することにし、ヨーナは寝室に戻って着替えはじめる。ベッドから出たヴァレリアは、薄いナイトガウンの上にカーディガンをはおる。

「どうしたの？」と彼女が訊《き》く。

ヨーナは、娘のルーミに贈られた腕時計をする。文字盤の色合いがヨーナのグレーの瞳《ひとみ》とおなじだと考えて、彼女が買ったものだった。

「ただの呼び出しだよ」ズボンのボタンを留めながら、ヨーナは応える。「行かなきゃ、なにしろ……」

ヨーナはそこで言葉を途切れさせ、ヴァレリアは彼と目を合わせる。

「知っている人なのね」と彼女は言う。

「うん、マルゴットなんだ。乗馬に出かけて、帰宅しなかった」シャツに腕を通しながら、そう話す。

「現場に行ったパトカーの警官たちはなんて言ってるの？」

「マルゴットの車はあった。そして厩舎には、血痕があった」

「そんな……」

「うん」

ヨーナは足早に拳銃保管庫に向かい、暗証番号を打ち込んで愛用のコルト・コンバットを取り出す。廊下へと戻りながら、それをホルスターに収めてストラップで留める。ヴァレリアはそのあとを追ってすばやくキスをし、玄関を出たヨーナがエレベーターへと駆けていく背後で施錠する。

駐車場の扉が開くのを待ちながら、ヨーナははじめてマルゴットと会った時のことを考える。彼女は妊娠していて、警視に昇進したばかりだった。そしてヨーナは警察官の身分を失っていた。それにも関わらず、マルゴットはヨーナを捜査班に迎え入れたのだ。

ヨーナの車は斜面を上り、狭い裏道に出る。そこで左に曲がり、スヴェア通りに乗ると、クラーラ・トンネルを目指して加速していく。

夜のこの時間、通りにはほかの車はほとんど走っていない。ストックホルムの中心街は、ヨーナのはるか後方へと消えていく。高層ビル群や明るく照らされたショッピングセンター、さらには工業地帯の建造物、住宅街、また海峡や湾をまたぐ息を呑むような橋が高速で過ぎ去る。

国家警察国家犯罪捜査部の警部として、ヨーナは北ヨーロッパにおけるどの捜査官よりも数多くの複雑な殺人事件を解決してきた。ヴァレリア・デ・カストロとは六年間生活をともにしていて、最初の妻とのあいだにできた娘はすでに成人している。

乗馬クラブの入り口付近では、両側の車線にパトカーが一台ずつ駐まっていて、青い光が木々とアスファルトを嘗《な》めていた。まるで、強風にあおられた水があたり一面に飛び散っているように見える。

鑑識技術者であるエリクソンのバンは、道の反対側に停まっていた。彼はグスタフスベリに住んでいる。現場から車でわずか五分の場所だ。

ヨーナは路肩に車を停め、警察官たちに声をかける。そして、脇道への入り口に規制線を張るようにとの指示を出す。

夜気は冷え冷えとしていて、すべては闇と静寂に包まれていた。この先には乗馬クラブしかない。牧草地と森が続くばかりだ。

バンのヘッドライトの光の中で動く、エリクソンの大柄な身体がヨーナの目に入る。彼は砂だらけのタイヤ痕の傍らに立ち、液状の漆喰《しっくい》を流し込んでいた。それは、インガレー通りのほうへと左折していった車両の残したものだった。

「すべて誤解だったらと思ってね」と彼は低い声で言う。

ヨーナは同意の言葉を呟《つぶや》く。

エリクソンの作業が済むと、二人はバンに乗り込み、乗馬クラブへの短い距離を移動する。ヘッドライトが、暗闇の中に青白い木々の幹と草のトンネルを彫り抜く。

タイヤの下で砂利が音をたてる。

飼い葉桶の列とパドックの脇を過ぎて牧草地を抜けると、厩舎棟の外に駐まっているマルゴットの車が見えてくる。

エリクソンは車を停め、エンジンを切る。

言葉を交わす必要はなかった。二人は使い捨ての防護服を身に着け、車に歩み寄る。写真を撮り、フロントガラス越しに懐中電灯を車内に向ける。

ガラスの表面がきらりと光り、中のフロントシートが照らし出される。ハンドル、カップホルダーの栄養ドリンク、キャンディの包み紙、そして分厚い事件簿《ケース・ファイル》。

二人は踵を返して建物へと向かう。

最初に到着したパトカーのヘッドライトを浴びて、一台のトラクターと緋色《ひいろ》の破風の前に生えているイラクサの茂みが浮かび上がっている。

木立の上で、三羽のカラスが甲高い声で啼《な》く。

それからの数分をかけてエリクソンは現場を撮影し、すべての足跡とタイヤ痕に定着剤を噴霧し、あらゆるものに番号を振り、手帳に走り書きをしていく。

制服警官が一人、開いたトランクから漏れる青白い光を浴びながら微動だにせず立っている。片手には、一巻きのバリケードテープがあった。

「相棒はどこだ？」とヨーナが尋ねる。

「中です」制服警官はそう答えながら、気だるげに身ぶりで示す。

「動くなよ」とエリクソンが言い、周囲の足跡を残らず採取していく。

可能性の高いことこそ往々にして真実である。これが自明の理《ことわり》であることはヨーナも承知している。それでも時には、その言葉を自分に言い聞かせる必要があった——特に、希望によって思考が左右されるような場合には。

今この瞬間のヨーナはただひたすら、ヨハンナと子どもたちにマルゴットの死を告げる役割を担わなければならないかもしれない、という可能性を受け入れられないでいる。

エリクソンとともに、ゆっくりと厩舎に近づいていった。外部の明かりは消えている。だが扉の隙間《すきま》から漏れる光によって、地面が掃《は》き浄《きよ》められていることがわかる。

「そこにブラックライトを当ててくれないか？」とヨーナが問いかける。

「うん、そろそろ、ということだよな」エリクソンはそう言い、ため息をつく。

彼は足を引きずるようにしてバンに戻り、必要な機材を選ぶ。ランプを取り出しスイッチを入れる。

「ひどい……」

厩舎の扉の前の砂利が、目に見えない光によって色彩を失う。だがその中に、糸を引くような黒い塊《かたまり》となって血液が浮き上がっている。

地面は浄められていたが、まだかなりの量の血痕が見分けられた。それが直線を描いて扉から伸び、二メートルほど先で消えている。

エリクソンはさらに写真を撮り、血の付着している砂利を五箇所から集めると、個別に証拠保全用の段ボール箱に入れていく。

「中に入らなければ」とヨーナが言う。

エリクソンは厩舎棟へと移動し、ドアハンドル、扉、ドア枠、そして隣接している壁面に残されている指紋を調べる。

「師匠は靴にゴムバンドをはめたもんだが、僕はいつも足場プレートのほうが好きだったんだ」エリクソンはそう言いながら、新品のプレート束を覆っているビニールの包装を破る。

扉を開き、荒い息をつきながら最初のプレートを敷居の上に置く。それから、靴カバーを装着する。

ヨーナはそのあとに続いて入る。

馬房の鉄格子が、黄色い光で輝く。もう一人の警察官が、馬具置き場の外でじっと立ち尽くしている。

コンクリートの床面には大きな血だまりがあった。そこから引きずった痕が長く伸び、清掃されている一帯まで続いている。

扉までのあいだの床には、箒の痕が平行に走る血の筋となって残っている。

犯人は後退しながら作業を進めたに違いない。奥から順に指紋を拭《ぬぐ》い取っていったのだ。

「ヨーナ・リンナさん」と制服警官が言う。「まさか本気でおっしゃってるとは思わなかったんですが、でもいちおう……万が一そうだった場合のために、じっとしておくのがいちばんいいと考えたんです」

「感謝するよ」

エリクソンが足場プレートを設置しているあいだ、ヨーナは現場を仔細《しさい》に観察する。蹄洗場で不安げに身じろぎしている黒い牡馬《おま》以外の馬たちは、それぞれの馬房の中でまどろんでいた。

犯人は犯罪を隠蔽《いんぺい》しようとしたわけではない、とヨーナは考える。ただ、自分自身の痕跡を消し去りたかっただけなのだ。

エリクソンは強力なライトを用いて、床一面を照らしていく。だが、通路には目に見える足跡がなかった。彼はため息を一つ漏らしながら別の角度を試し、それから諦める。

「足跡はなし、ドアハンドルはきれいに拭われている」とエリクソンが言う。

ヨーナは、プレート伝いに前進する。

血液はおおむね乾燥していた。だが血だまりの中心部分は、いまだにねっとりと凝固している。血の飛び散った痕もなければ、はっきりとした残留火薬もない。

マルゴットは拳銃で撃たれた。比較的銃口初速の遅いピストルで、ホローポイント弾を用いている。弾丸は貫通しなかったのだ。

エリクソンは綿球を次から次へと塩化ナトリウム溶液に浸し、それで乾燥した血液を軽く擦っては証拠品袋に収めていく。

ヨーナは一点を見つめたまま進んだ。この場所で起きた出来事の残した影が、自らの体内に押し寄せてくるにまかせている。

大量の血液。マルゴットが、どれほどのあいだ床に横たわっていたのかは不明だ。だが外へと引きずり出された時、彼女の身体はまだ血液を噴出していて、凝固ははじまっていなかった。

黒い飼い薬桶がわずかに傾き、床にはプラスティックによる十センチほどのかすかな擦過痕《さっかこん》があった。

「なに考えてるんだい？」エリクソンが、ヨーナの視線を追いながらそう尋ねる。

「血だまりのまわりにブルースターを噴霧してくれないか？」とヨーナが訊く。

エリクソンはボトルをつかみ、血痕のまったく見あたらない床面に薬剤を噴きつけていく。

スプレーに含まれる薬剤は、血液に対して一時的な発光反応をする。つまり、どれほどかすかな血液であっても、冷たい青色の光を放つのだ。

ヨーナは微動だにせず立ち尽くす。すべての血液が可視化された今、この現場で起きたことの全体像を把握しようと試みている。

血液の滴一つひとつの形状を、重力とそれが付着した表面との関係とともに記憶していく。

中央の血だまりから三十五センチ離れた場所に、青白く光る点がいくつかあることに気づく。

ヨーナは足場プレートを伝ってそこに歩み寄り、身をかがめて顔を近づける。

床の血痕と血痕のあいだに、ピンク色のリップの痕がある。

マルゴットは倒れた時に、顔面を床に打ち付けたのだ。

エリクソンがすべてを写真に収める。そしてヨーナは反対側に移動して身をかがめると、一列に並んで光っている六つの点をじっくりと観察する。中央の血だまりに対して右側の位置だ。

血液の表面張力は水よりも大きい。そのため、比較的なめらかな表面に落ちた滴は、分裂することなく丸い輪郭線を保つ。ちょうどヨーナの目の前にある一連の血痕のように。

最初の五滴は、かすかに尖《とが》った形状をしている。右方向への動きによって生じたものだ。しかし、最後の一滴は完璧な円を描いていた。

「こいつらの射撃残渣《ざんさ》を調べてくれ」六滴の血液を指差しながらヨーナが言う。

「やったことはないけど、了解」

「犯人は右利きだ。マルゴットの身体に背後から銃口を当てて一発撃った。彼女が倒れていくのに合わせてそのまま拳銃を前に押し出してから銃口を身体から放し、手前に振り戻した。こんなふうに、かなりゆっくりとね」

「つまり、血液は銃口から滴ったものだと考えているんだね？」

「前方に倒れるマルゴットの体内には、弾丸が残っていた。床で顔を打ち、唇を切った」

「血液がマルゴットのものかはまだわからないよ」とエリクソンが反論を試みる。

「それはマルゴットの口紅だ」

「ほんとに？」

「ああ、色合いをおぼえている」

「そうか、残念だ」とエリクソンが口ごもる。

「ああ、だがその時マルゴットはまだ生きていた。なぜなら、彼女は飼い葉桶をつかもうとしたからだ」

「アミドブラック（残留しているタンパク質を染色する染料。）で検査してみるよ」

「犯人は、まだ生きているマルゴットの足をつかんで引きずり出し、車に押し込んだ。その車を少し前に出してからまた後退させ、建物の中に戻ると今度は自分の足跡を消し、ドアハンドルと扉の指紋を拭い取り、厩舎の入り口から車までの砂利を掃いた。そして、箒とともに立ち去ったんだ」

四

その一団が、レンタルしたボートを入り江の内側に繋留《けいりゅう》した時、水面は絹のようになめらかだった。霞《かす》んだ陽光を浴びている島の西側でのことだ。だれもが救命胴衣を脱ぐと、それぞれの荷物を持ち上げた。砂浜から十段の階段を上がり、一休みするために森の際で立ち止まる。

サミールは息を切らしながら、チェック柄のハンカチの中に咳《せ》き込む。そしてレンナルトは震える手でキャンプチェアを広げると、崩れ落ちるようにして座った。杖《つえ》にもたれかかっているエンマは、みんなまだ若くて元気だと思っていたのに、と言ってやろうかと考える。百メートルもない距離くらい歩けるはずではないか。

ソーニャは、芥子《からし》色のコートの裾をぐいと引っ張り上げると岩に腰を下ろし、リュックサックを開く。

「目的地まで食べ物に触れるのは禁止だぞ！」とレンナルトが鋭く言う。

「薬を出してるだけよ」とソーニャは応えながら、処方薬の入っている小さなボトルを取り出す。

彼らは、ピクニック用の食事を持参していた。ゆで卵、ポテトサラダ、ディジョンマスタードのドレッシングをかけた冷たいミートボール、ツナのサンドイッチ、ピルスナービールを四本、ラズベリージャムのパンケーキ、ポット一本分のコーヒー、そしてコニャックの小さなボトルだ。

エンマは煙草に火を点《つ》けると振り返り、砂に残された自分たちの足跡を見つめる。流木や、浜辺に打ち上げられたさまざまなゴミもある。砂浜のさらに先では、だれかがなにか重い物をはるばる森の中まで引きずっていったようだ。

「ねえ、バーニー。わたし、なんだかガラスの欠片越しにこの世界を眺めてるように感じることがあるのよ」と彼女は囁く。

バーニーというのは、エンマの亡夫の名だった。死後も夫に話しかけ続けているのだ。クローゼットを開けて、彼が着ていた夏用の軽いスーツに向かって話しかける日すらある。友だちには、自由を手に入れて楽しんでいるのだと話しているが、ほんとうを言えば、夫が恋しくてたまらない。

「そろそろ私たちは諦める時期にさしかかっていて、この世界のことは次の世代にまかせてしまうべきなのかもしれないね」とサミールが言う。

「糞食《くそ》らえだ」ぶつぶつと漏らしながら、レンナルトが立ち上がる。

エンマは白く尖った岩を避け、強い風の吹きつける森の中へと仲間を導いた。地面から突き出ている木の根のあいだに松葉杖が引っかかる。それを引き抜こうとすると、反対側でだれかが引っぱっていて、彼女を土の中に引きずり込もうとしているように感じられた。

エンマは突如として、この遠出をやめにしようと宣言したい衝動に駆られる。体調が良くないとでも言えば済むことだ。だが彼女は、開けた場所に向かってもうしばらく歩いてから、ほかの連中に休憩を取らせるために立ち止まる。

レンナルトは椅子を広げ、サミールは明るい点が無数に見えると笑顔で主張する。

「わたしは咳に血が混ざってる」とソーニャが呟く。

それぞれの伴侶を失って以来、友人同士の四人は、〈オカルト老人の会〉を立ち上げることにした。このグループの座右の銘は、「われわれはすでに墓穴に片足を突っ込んでいる！」だ。四人は幽霊に取り憑《つ》かれている場所を訪れ、降霊術の会を催し、降霊術師と語らった。実際に心霊を信じている者は一人もいなかったが、四人で一緒の時間を過ごすのは楽しいと考えたのだ。しかも、何回かはほんとうに怖ろしい思いもした。

「みんな聞いて」エンマはそう言いながら三人の前に立つ。「十九世紀のヨーロッパでは、コレラで一億人くらいの人が死んでるのよ」

「昨日のことのように思い出すね」レンナルトが言う。

「マルクスによれば、歴史は繰り返す」とエンマは続ける。「最初は悲劇として、次は喜劇として。スウェーデン政府は、感染の蔓延《まんえん》を国境で食い止めたいと考えた。そこで、フェヤンという名の島に、ロシアとフィンランドからの船を対象とする検疫施設を設けた」

「そうこなくちゃ」とソーニャが呟く。

どこか遠くのほうでカラスが啼き、太陽が雲の背後に隠れる。突如として、森の中が居心地悪く感じられはじめる。

「フェヤンはここから四キロほど東にある」松葉杖をその方向に向けながら、エンマは言葉を継ぐ。「そこで死んだ人たちは、無人島に葬られた。そしてストックホルム群島の中で、コレラ犠牲者の最も大きな墓地の一つがここにあるというわけ」

四人の目は、ハイマツの茂みと傾いた幹の隙間に見える空き地へと向けられる。木々の梢《こずえ》は落ち着きなく震えている。まるで今にも爆発しそうだ。

「で、そこには幽霊が出るんだな？」とレンナルトが尋ねる。

「あんたのお尻が痔《じ》だらけなのとおなじくらい確実にね」とソーニャがぼそぼそと言う。

「聞き取れなかったんだが」とレンナルトは言い、笑い声を上げながら、良いほうの耳をソーニャに向ける。

ソーニャはため息をつきながらピクニック用のバッグを地面に置き、空き地のほうへと向かう。苔桃《こけもも》の茂みがその背後で揺れた。木々のあいだに消えていくソーニャのオレンジ色のコートを、エンマは見つめる。

「でもまじめな話」と再びエンマが口を開く。「わたしは、民間伝承のいろんな記録だとか群島財団（ストックホルム群島の自然と文化の保護に取り組んでいる。）の資料にもあたった。自分の意志でこの島に足を踏み入れたがる人間は一人もいない。だけど……」

なにかが視界に入り、エンマは言葉を途切れさせる。木々の幹と茂みのあいだ、ちようどソーニャの真後ろに、だれかがいたような気がしたのだ。バーニーのリネンスーツを着ている背の低い男。服が大きすぎるようで、両肩がおかしな傾きかたをしている。

「ねえ、こっちに来てこれを見て」ソーニャが空き地の奥のほうから声を張りあげる。

そこまでやって来た残りの三人は、地面に置かれた長方形の包みの前に立っているソーニャを見つける。包みの細いほうの先端は樺《かば》の木に立てかけられていた。長さはおそらく二メートルほどだろう。ラッカー塗りされた生地とビニールでできていて、巻き付けられているロープは、周囲の木の幹にも絡みついていた。

「それ、いったいなんなの？」

ソーニャの背後に見えたのはこれだったに違いない、とエンマは気づく。嵐のあいだに流されてきたのだろうか、と彼女は考える。救命胴衣か防舷材《ぼうげんざい》が、古い帆布の切れ端に包まれているのかもしれない。

「アートプロジェクトだったりしてね」サミールがにやりとして言う。

エンマは、杖で包みをつつく。中に入っているものは、牛の乳房なみにやわらかい。しかも、風で運ばれてきたにしては重すぎる。

レンナルトは、ひとりぶつぶつ呟きながらポケットナイフを開き、前に足を踏み出す。

「放っておいたほうがいいと思う」とエンマが言う。「なんだか嫌な……」

レンナルトが包みの最も分厚い部分に深い切り目を入れ、エンマは口をつぐむ。穴からは、赤茶色の筋が無数に入っている灰色がかった粘液が、ゼリーのような塊とともに溢《あふ》れ出てきて地面にこぼれた。化学薬品の強烈な臭いに鼻孔を突かれ、四人は後ずさりする。粘度の高い液体が草むらに出きったところで、茶色いヘドロの中に半ば溶けかけの足が一本あることに、四人は気づく。

＊　＊　＊

現在のところ三十三人の警察官が、マルゴット・シルヴェルマン失踪事件に専任として携わっている。またそこには、科学捜査研究所から十五人の専門家が加わっていた。

捜査本部は、国家警察犯罪捜査部の巨大な会議室内に設けられた。一台の大型テーブルがあり、そこに集まった五人の捜査官の前には、水のコップ、コーヒーカップ、ノート型パソコン、ノート、ペン、そして読書眼鏡が置かれている。

捜査に対して、プロとしての客観的な姿勢を保つことができなくなった者もいて、すでに幾度か激しい議論に火が点《つ》いていた。

「マルゴットのことなんだぞ、まったく。われわれのマルゴットだ！」ペッテル・ネスルンドはそう言い放つと、会議室を出ていった。

本部の中核を担う一団の指揮を執《と》るのは、マンヴィル・ライ警視だ。インドのゴア州からスウェーデンに移住してきた両親を持つ彼は、自分はどんな人間に対してもいかなる偏見も抱いていない、ただし旧宗主国のポルトガル人（ゴアはポルトガル領だった。）だけは例外だ、と好んで話す。

マンヴィルは雄弁で怜悧《れいり》、眉間の皺が消えることはなく、常に黒のスーツ、白いシャツ、そして黒の細いネクタイを身に着けている。

その彼が、ヴァルムド島のベアテルンドにある乗馬クラブで撮られた写真とともに状況報告を進めるあいだ、プロジェクターの光の中では塵埃《じんあい》が舞っている。マンヴィルは最後に、脅迫の可能性について詳細な検討を加える。その中には、マルゴットが直接担当した事件、より広い意味で責任者として携わった事件、さらにはまったく関係のない事件も含まれていた。

「現在、初動捜査の報告書を、今夕までにまとめるべく作業にあたっているチームがいる。彼らは、過去もしくは最近、刑務所から釈放《しゃくほう》された者たちのリストを作成している」マンヴィルはそう話し終え、ヨーナに場を引き渡す。

ヨーナは上着を椅子の背に掛けたまま立ち上がり、同僚たちに向きなおる。

シャツの襟《えり》のボタンを外し、両袖をめくり上げている。顔には疲労の色があり、熱があるようにすら見えた。だが、そのグレーの瞳には、磨《みが》き上げられた鋼のような強さがある。

ヨーナは、デスクワークをしながら長い時間を過ごしている。だが、現場で積み上げた長い年月と、特殊な状況下での近接戦闘訓練を受けたことの証は、その筋肉や傷痕に刻み込まれている。

「みなも知ってのとおり、科学捜査研究所の分析によって、床の血液はマルゴットのものであることが確認された。尿と髄液、脊髄についても同様だ」とヨーナは話しはじめる。「今彼らは大急ぎで、現場で採取した足跡と指紋を、日常的に乗馬クラブを訪れる人々のものと照合している。鑑識技術者は二千八百人分の指紋を個別に採取したが、その中に犯人のものが含まれているとは思えない」

「慎重ではあってもプロではない」とマンヴィルが言う。

「インガレー街道の出口には小型トラックのタイヤ痕があった。乗馬クラブを訪れる人たちのものではない。ということは、犯人のものかもしれない」

「次はどうします？」グレタ・ジャクソンが尋ねる。

グレタはプロファイリングの専門家で、行動科学と犯罪学の博士号を持っている。瞳は明るい青、短い髪の毛はグレーになりつつある。彼女はタイトなパンツと、ピンク色のやわらかいベルベットジャケットを身に着けていた。

「結果待ちの分析がまだいくつもある」とヨーナは応える。「それから、先ほど見せた飼い葉桶の掌紋はマルゴットが付けたものだという裏付けが取れたところだ。つまり引きずり出された時、マルゴットは生きていたということになる。この点を私が今繰り返しているのは、もしかしたらまだマルゴットの命を救えるかもしれないとも考えられるからだ……全員が全力を尽くす体勢にあることは承知している。だが事態はかなり緊迫しているということを強調しておきたい。というのも、マルゴットは脊椎を撃たれたと思われるからだ」

「マルゴットが撃たれたというのはたしかなの？」とグレタが訊く。

「現場の血痕から読み解くかぎり、それ以外には考えられない」そうヨーナが答えていると、だれかが扉をノックする。

サーガ・バウエルの元ボーイフレンド、ランディ・ヤンが、携帯無線機を片手に会議室に入ってくる。ジーンズと紺青色のニットジャケットを身に着け、黒縁眼鏡をかけている。頭は完全に剃り上げられ、髪の毛は頭皮を覆う薄暗い影でしかない。ランディは十四カ月前に、サイバー犯罪課から犯罪捜査部に異動したのだった。

「ヨーナ、ストックホルム北署から通信が入ってます。だいぶ重要な案件のようです」そう言いながら、携帯無線機を手渡す。

「リンナだ」ヨーナが応答する。相手が鋭く息を吸い込む音が聞こえた。

「どうも。われわれは……その、マルゴット・シルヴェルマン失踪事件に関連する情報を緊急手配システムで逐一追っていたんですが」男性の声が震えながらそう話す。

「それで……もちろんまだ確証はありませんが、でも……ああ、なんてことだ、私は……」

「そちらの名前は？」とヨーナが訊く。

「すみません。ノールテリエのリカルド・スヴェンボ、警部補です」

男が口をつぐむと、ヨーナの耳に低いすすり泣きが届く。深く動揺しつつも、どうにかして筋の通った説明をしようとしていることがはっきりと伝わってきた。

「リカルド、大丈夫だ。こちらのことを気にせず、慌てず話してくれたらいい」ヨーナはやさしくそう言う。

「遺体を見つけました。人間の遺体、だと思います。ほんとうにひどい状態で、とにかくひどい状態で」

「その遺体はどこに？」

「どこ？　地面です……ああ、その、小さい島です。カッペルファール港からすぐのところにある」

「なにがそんなにひどかったのか、教えてくれるかい？」

「溶けてたんです……酸のようなもので。ただ、その粘液の中にヒップフラスコが見つかって、エルネスト・シルヴェルマンという名前が刻印されていました」

五

ヨーナはエーンシエデ基礎学校のホビールームで、アストリッドとともに待っている。サーガが支援している、ダウン症のある子どもの一人だ。

アストリッドは十一歳で、長い黒髪と、大きくて夢見ているような瞳を持つ。猫背で、小さな顔にはほとんどいつでも楽しげな表情が浮かんでいた。

アストリッドの目の前のテーブルには白いプラスティック製の箱があり、中にはマニキュア液が入っている。お気に入りの色の小瓶を取り出し、一本ずつヨーナの前に並べながら、名前を教える。

「〝ルージュ・ノワール〟」とアストリッドは言い、持ち上げて見せる。

「いいね」とヨーナが言う。

「これにする？」

「どうかな。ピンクもいいな」と彼は言う。

アストリッドは箱の中を漁り、小瓶をもう一本、ヨーナの前に置く。

「〝レディ・ライク〟」

「うん、好みだ」と彼が言う。

ヨーナはエリクソンと六人の技術者たちを島に残し、カッペルファールから直接エーンシエデまでやって来た。

小さな島の西側には、天然の地形を利用した港がある。遺体は、その港のそばにある砂浜の端に引き上げられていた。そしてここでもまた犯人は、自分の足跡をすべて消し去っていた。エリクソンは森の中でいくつか靴底の痕を発見した。だが殺人者の用心深さを考えると、犯人のものは一つもないだろうとヨーナは睨《にら》んでいる。ヨーナらが到着した時には、草むらに散らばっている足やそのほかの部位の骨に、蠅《はえ》がびっしりとたかっていた。

遺体は、さまざまな消化段階にある動物の胃の内容物に似ている。エリクソンは電話口で、カロリンスカ研究所法医学局教授である〝針《ノーレン》〟ことニルス・オレンにそう話したのだという。

「袋には分厚いゴムの裏張りがほどこされている。犯人は、遺体を溶かすために苛性ソーダを使ったんだろうな」とエリクソンは説明した。

想像したくはなかった。だが薬剤が効果を発揮しはじめた時、マルゴットがまだ生きていた可能性があることをヨーナは理解している。

アストリッドは、唇をすぼめて集中している。ヨーナの爪を塗るあいだ、眼鏡の向こう側にある長い睫毛《まつげ》が震えていた。

「おっと」アストリッドは、にやりとしてそう囁く。マニキュア液が、ヨーナの指の皮膚に付着したのだ。

「私の爪は短すぎるからね」

「そうだね、でもかわいいよ」

「すごくかわいい」とヨーナはほほえむ。

ヨーナは、アストリッドの落ち着いた筆さばきを見つめる。たちまち、彼の眉間に刻まれていた深い皺が緩みはじめる。そしてアストリッドがもう片方の手へと移動する頃には、そこにかすかなへこみだけが残り、それもまたゆっくりと消えていった。

ヨーナは、すぐに会いたいというサーガからの電話を受けていた。だが到着してみると、サーガはサッカーのあとでシャワーを浴びるニックの手伝いをしていたのだった。

ヨーナはアストリッドに礼を言い、指の爪に息を吹きかける。そこへ、サーガとニックがやって来た。

サーガは淡い青色のジーンズを穿き、スウェットと手編みのアイスランディック・セーターを着ている。足元はバスケットシューズで、長い髪の毛は固く編まれていてメイクはしていない。

ヨーナは立ち上がり、二人に爪を見せる。

「わあ」とニックが笑う。

「すごくいいかんじ」とサーガが言う。

ヨーナは再びアストリッドに礼を言い、自分がこんなにかわいく思えたことはないと伝えた。四人は外に出る。サーガは、子どもたちがスクールバスに乗ったことを確認してから、ヨーナとともに日の当たる歩道を歩きはじめる。

「で、私立探偵としての生活はどうだい？」ヨーナはゆがんだ笑みを浮かべて尋ねる。

「正直言えば、けっこう耐えがたい」

「それは残念だな」

「うん、でもわたしには仕事が必要。これ以上傷病手当を受け取るわけにはいかないから」

「金ならいつでも貸す、必要なら――」

「わかってる」とサーガは遮る。「ありがとう。でも大丈夫。なんとかやってるから……ただ、仕事に戻りたい」

「当然だな」

「実は、犯罪捜査部に応募したの」とサーガは告げる。

「公安警察ではなく?」

「そう、あそこでの仕事はもういい」と彼女は応える。「もっと現実的なことに携わりたい。殺人捜査は得意だし、わたしがいちばん長《た》けてる仕事だから……それにほんとうのことを言ってしまうと、あなたと働きたい」

「そうなったら最高だね」ヨーナは静かに言う。

「でもわかってるの、人事部は応募書類に目を通しもしないって。精神科医からすべて異状なしのお墨付きをもらうまではね」

「そういう決まりになってるからな」

「わたしにはほんとうに必要なことなの」サーガは、ヨーナのほうを見もせずに言う。

勤務に支障なしとの診断を精神科医から受けるためには、精神状態が安定し、常にわれを忘れず、家計のやりくりができ、健全な社会生活を営み、安定した人間関係を保てるということを実践によって証明しなければならない。

「それはともかく、今日ここに来てもらったのは、仕事の打ち合わせまで三十分しかないからなの」サーガは、自分のバイクの傍らで立ち止まりながら説明する。「上司のわたしの扱いはまるで……まるでなんなんだろう。とにかく……カッペルファールで発見されたものについて、あなたに話しておく必要があると感じた。だれがその情報をくれたのかは明かせないけど——」

に受け取った絵葉書が見えた。

「わたしはひと言もそんなこと言ってないけど」サーガはにやりとする。

「ランディだろ」

ヨーナの胸が締めつけられる。追いつめられた者に特有の、あの強烈な不安の色がサーガの瞳に蘇ったのだ。彼女は、リュックサックの中からクリアファイルを取り出し、それをヨーナに差し出す。乳白色のクリアファイル越しに、サーガが三年以上前に受け取った絵葉書が見えた。

私は血のように赤いマカロフ拳銃を持っている。弾倉には白い弾丸が九発。一発はヨーナ・リンナのために。彼を救えるのはきみしかいない。

アルトゥル・K・イェーヴェル

ヨーナはうなずき、おぼえていることを伝える。絵葉書をひっくり返し、一八九八年に撮られたモノクロ写真を仔細に見つめる。カッペルファールにある、コレラで亡くなった人々を埋葬した古い墓地が捉えられていた。マルゴットの遺体が発見された場所だ。

「そうだな。しかしユレックは死んだ」とヨーナは言う。

「ビーバーは死んでない」

「たしかに。だが奴は、殺人罪でベラルーシの刑務所にいる。スウェーデン国内に移送させようとしたんだが、犯罪者引渡条約が結ばれていない」

　ビーバーはユレックに選ばれ、彼が死ぬまで忠節を尽くした。それから杳《よう》として行方知れずとなったのだが、一年前、国際刑事警察機構《インターポール》は、ビーバーがベラルーシの重警備刑務所に収監されていることを発見した。

　一陣の風が吹き渡り、木々を揺らした。カールした金髪が何本か三つ編みからほどけ、サーガの顔に吹き付けられる。

「なるほどね、でも……この犯人はユレックの影響を受けているって、なんとなく感じるの」

「それはどうかな、サーガ。マルゴットの遺体がコレラ墓地で見つかったというのは、たしかに偶然の一致だ。それは認めるよ、でも……マルゴット殺しが私と関係があるとは、かなり考えにくいことだ。そもそも――」

「でもこの件はあなたに関係してる、はっきりと」サーガはヨーナの言葉を遮り、絵葉書をひっくり返す。「わたしには……わたしに言わせれば、マルゴットの死はある種のメッセージ、あなたへの脅威は現実のものだっていう」

「絵葉書は三年前のものだよ」とヨーナは反論する。

「でも、事件は今起きている」

六

サーガはバイクを停め、薄暗いバーに足を踏み入れる。〈スター・バー〉の壁面に掛けられたテレビには、ドイツで戦われているサッカーの試合が映っていた。床は引っ掻き傷や凹《へこ》みだらけで、バーカウンターの背後に並んでいるボトルは、青いＬＥＤライトで輝いている。

サーガは、奥のブース席にいるシモン・ビェルケの姿を見つける。警察官の制服を着たまま、大きなビールジョッキを目の前に置き、ステッカーだらけのノートパソコンを覗《のぞ》き込んでいた。

眉間の深い皺、不揃《ふぞろ》いに刈られた口髭、そして腫《は》れぼったい両目。サーガを見つけたシモンはパソコンを閉じ、腕を組んだまま胸を反らす。

「サーガ・バウエル、クラス一の秀才でいちばんの美人――」

「前回もおなじこと言ってた」

「いちばんの美人、いちばんの秀才、なのにデートにも興味なし、スピン・ザ・ボトル（ボトルを回転させ、口の向いたほうにいる人間とキスをする。）にも興味なし……ところがどっこい、今やこんな掃き溜めで俺ら下々の者と一緒にいるんだからな」

「ぜんぶを思いどおりにするのは無理」サーガはため息をつきながら、シモンの向かい側に腰を下ろす。

「で、俺に見せるものがあるって？」ビールをすすりながら、シモンがそう言う。

「うちのほうでの調査は完了したから、あなたにはその結果に目を通す権利がある。ここでも、どこでも、自分の好きなところで」

シモンは濁った目つきでサーガの表情を観察する。「俺には権利があるだと？」

「見ないこともできる」とサーガは説明する。

「てことは、あいつは浮気してるんだな？」シモンはこわばった笑みを浮かべながら、そう尋ねる。右目の下の筋肉が痙攣《けいれん》していた。

「答えが欲しい？」

「嘘《うそ》だろ？　俺のリーサが？　いや、そもそもぜんぶ誤解じゃないのかよ？」

「わたしたちの調査結果を知りたい？」

「なにをにやにやしてんだよ？　なにがそんなに可笑《おか》しい？」

「にやにやなんてしてない。あなたにとってはあきらかにつらい状況だから、かんじ良くしようとしてるだけ」

「つらくなんかない。真実を知りたいだけだ」

「なににについての真実？」

「妻が売女《ばいた》かどうかだ」

二人は少しのあいだ口をつぐみ、シモンはビールをもう一口飲み込む。ジョッキを下ろす手が震えていることに、サーガは気づく。

「あなたはうちの事務所に調査を依頼した。なぜなら、奥さんが別の男と会っているのではないかと疑ったから。あなたが――」

「つまりしてたってことだな」シモンはサーガの言葉を遮る。

サーガは、ダークグレーの書類挟みを手渡す。その右上の角には、〈ケント探偵社〉と銀の文字で印字されている。

「調査結果の詳細はすべてここにある。監視報告とそこから導き出した結論も。で、これはそれを補足するためのファイルと写真」サーガはそう言いながら、USBメモリを差し出す。

シモンはノートパソコンを開き、USBメモリを差し込む。画面は脂ぎった指紋と飛沫《ひまつ》の痕だらけだった。その薄汚いガラス面に、頭上のライトが反射する。

「報告書を先に読んだほうがいいかも」とサーガは示唆《しさ》する。

シモンは映像ファイルをダブルクリックし、再生ボタンを押す。

フロアランプが、肘掛け椅子に倒れかかっていた。電球は、楕円形《だえん》の光を二つ、壁面に投げかけている。シモンの妻はその光を浴びながら、二人の男とセックスしている。

リーサは一人の男にまたがり、その胴体の両脇に手をついている。顔は紅潮し、口が開いていた。そして上唇の傷痕は、リーサが荒い息をつくたびに青ざめた。

二人目の男は、膝をついた姿勢で彼女の背後にいる。リーサの尻をつかみ、真剣な顔で集中しながら突き続けている。その背中は汗にまみれて光っていた。

短い映像は、そこで途切れる。

「失せろ！」シモンが吠《ほ》えながら、サーガに向かってビールをぶちまける。「この糞豚のクズが……」

バーにはほかに数名の客しかいないが、全員がシモンに視線を向ける。バーテンダーがこちらに向かって歩きはじめる。シャツとジーンズがぐしょ濡れだったが、サーガはひと言も発することなく立ち上がり、歩き去った。

「おまえなんか死んじまえ！」シモンがその背中に向かって喚《わめ》く。「レイプされて辱《はずかし》めを受けて死にやがれ！」

通りに出たサーガは携帯電話に目をやり、帰宅して着替える時間がないことを知る。上司は、社員たちに厳しいスケジュール管理を強いるだけでなく、並外れて厳格であることでも知られている。ほかの探偵たちは、別の案件で今日は終日出払っている。だがヘンヌルは、自分が午後二時にジムへ向かう時、オフィスが無人になるのを嫌がるのだ。そのうえサーガは、四時までにまとめねばならない調査報告書を抱えていた。それは、家族経営の会社を引き裂く、インサイダー取引に関する案件だった。そのまま事務所へとバイクを駆りながら、濡れた服を着ているサーガは震えていた。そのままエレベーターで三階まで上がり、扉を解錠する。

無人のオフィスには明かりが点いていて、パーティションで囲まれた同僚たちのデスクではパソコン画面がぼんやりと光っている。ガラスの壁を通して、ヘンヌルのしゃがれ声が聞こえてきた。いつものように、ブラインドを閉じたまま電話で話しているのだ。

サーガは急ぎ足で室内に入り、濡れた服を脱ぐと、窓の下にある暖房用放熱器に掛ける。それから下着姿でデスクに向かうとパソコンにログインし、時間ぎりぎりで辿《たど》り着けたことを知る。これで、報告書に取りかかれる。

古ぼけた白いブラはビールでずぶ濡れになっていて、青いアンダーウェアのウエストバンドも湿っている。

ボクシングは何年も前にやめていた。だがオフィスのきつい照明を浴びると、腹と肩の筋肉はいまだに際だって見える。

ヘンヌルの話し声が聞こえないことに気づき、サーガは身震いする。ヘンヌルはオフィスのいたるところに監視カメラをしかけていて、トイレも例外ではなかった。夜間にしか起動しないと主張してはいたが。

サーガはキーボードを打つ手を止め、ふと絵葉書のこと、そしてマルゴットの遺体がコレラ墓地で見つかったことに思いをはせる。どうすればヨーナを守れるのかまったくわからない。そのことがサーガを落ち着かない気持ちにさせていた。ヨーナは身を隠しもしないし、身辺警護を受け入れることもしない。サーガにはそれがわかっていた。

恐怖を感じていないことが、今回に限っては危険な結果を招くのではないか。サーガはどうしてもそう考えないではいられなかった。脅威を過小評価することで、痛い目に遭《あ》うのではないか、と。

ヘンヌルのオフィスの扉が開き、サーガは報告書に集中する。発送郵便物のトレイになにかを置く音が聞こえたかと思うと、足音がサーガのほうに近づいてくる。

ヘンヌル・ケントは三十九歳だ。黒髪を短く刈り、口髭をきれいに整えている。小さくてまっすぐな鼻と、緑がかった茶色の目をしていた。高価なスーツを好み、信じられないほど社交的だ。

ヘンヌルの父は、幼かった息子を火の点いた煙草で罰した。それでヘンヌルは、腕や胸に残る丸い火傷の痕を好んで見せびらかす。そしてほほえみを浮かべながら、父親のことは憎んでいるが、おかげで規律というものを叩《たた》き込まれたのだと説明する。

ヘンヌルはゆっくりとサーガの背後にある窓に歩み寄ると、ラッシュアワーの交通を見つめ、それからブルンスヴィーケンの湖面とハーガ公園の景色を遮る一連の橋に見入る。

「依頼人は満足していたかな?」ヘンヌルは踵を返しながら、サーガにそう尋ねる。

サーガは手を止め、ヘンヌルと目を合わせる。

「手順には従ったのですが、映像を先に見ると言い張ったんです。依頼人は怒り、わたしにビールをかけました」

「請求書にはクリーニング代をのせることにしよう」ヘンヌルはそう言いながら、サーガに近づく。

「昨日も言いましたが、依頼人にはあなたから報告したほうがよかったんです」とサーガが言う。

「このスーツはな、きみが持っている服ぜんぶを合わせたよりも高価なんだ」

「気まずい状況でしたと言いたいだけです」

「よければ、私の部屋の放熱器で下着を乾かしてくれてかまわないんだぞ」とヘンヌルが言う。

「ご冗談を」

「それとも、濡れた下着が好きなのかな?」

「やめて」サーガは、ヘンヌルの目を正面から見つめながら警告する。

「なにを」

「わかってるでしょう」

「〝ミートゥー〟運動に反対する気持ちはない。だが男だってたまにはな、冗談を言ったり、ほめ言葉を投げかけたりするのを許されてしかるべきだろう」ヘンヌルはそう言い、サーガをじっと見つめ返す。

「そうね」

「きみは美しい。いい身体をしている」

「もうそれくらいでいいでしょう」

「礼を言ってもいいんだぞ」ヘンヌルは声を張りあげて応じる。

「ありがとう」

「この仕事を失いたくないんだろ？」

「話したとおり、わたしにはとても大切な仕事なんです」

「もし私がクビにしたら、警備員の仕事すら見つからんだろうな」

「そう思います」

　ヘンヌルは顔を逸《そ》らす。「そろそろ出る。ジョンソン対ジョンソンの件の概要を、必ず四時までに寄こすんだぞ」

「はい。今まとめているところです」

ヘンヌルは扉のほうへと歩きはじめるが、そこで立ち止まって振り返る。

「犯罪捜査部に雇用されるなど、本気で思っているのか？　考えてもみろよ、犯罪捜査部だぞ？」

「わたしの個人メールを読んでいるんですか？」

「きみは二度と警察官には戻れんよ」ヘンヌルはそう言い、歩み去る。

七

週末になると、ヨーナはしばしばヴァレリアの種苗店〈ナッカ〉の手伝いをする。肉体労働は、思考の整理に役立つのだ。

犯罪捜査部では、だれもが超過勤務をしながらマルゴットを殺害した犯人を追っている。だが、捜査は行き詰まっているように感じられた。

手がかりがいっさいないのだ。

マルゴット殺しは謎に充《み》ちている。ほとんど無差別殺人のようにも見えた。

現場に残されていた痕跡を犯人に結び付けようという努力は、今のところ実を結んでいない。また検視報告書に加えて、結果待ちのまま遅れている分析がいくつも残っていた。

ヨーナは地下貯蔵庫から泥炭を八袋取り出し、揚げ床の隣に置く。フィンランド製の長靴と古ぼけたジーンズ、そして昨秋、木工品を補修した際に付着したペンキの染みが点々と残る濃紺のセーターを身に着けていた。

ヴァレリアは、追肥用の肥料を載せた手押し車を押しながら、若木のあいだを移動している。ヨーナは立ち止まり、その姿を見つめる。ヴァレリアの片頬には絆創膏《ばんそうこう》が貼られ、カールした髪は藁《わら》や枯れた針葉だらけだ。作業用手袋をはめ、黒いジーンズと赤い汚れたキルティングの上着を身に着け、乾いた泥のこびりついたゴム長靴を履いている。

〝美しい。なんて素敵なんだ〟とヨーナはひとりごちる。

すでに長いあいだプロポーズしたいという気持ちを抱えていた。すれば受け入れてくれるだろうとも考えている。

だがそれは、ヨーナの秘密を知らないからに過ぎない。

自分の存在が、この世界全体をより暗く、より危険な場所にしていると感じる時には阿片《あへん》を吸っている。しかし、そのことはヴァレリアに話していない。依存しているわけではなかったが、手を出すたびにもう二度とするまいと心に誓っていた。

ヴァレリアを失うかもしれない、と考えることにすら耐えられないのだ。

高校卒業後、ヴァレリアはある一人の男にすっかり夢中になった。何歳か年上の、薬物依存症者だった。ヴァレリアはどうにかして男を助けようとした。息子を二人もうけもした。だが最終的には、自分自身もまたヘロインにはまり込んだ。エストニア産のハシシュ八キロを国内に密輸しようとして逮捕され、実刑判決を受けた。それが、ヴァレリアの人生がどん底まで落ち込んだ瞬間だった。

それから長い年月が過ぎた。その間、一度として薬物に手を出すことなく、釈放されたあとはたった一人で二人の息子を育て、仕事をこなしてきた。それでも、ヴァレリアは決して自分を許したことがない。

そして、決してヨーナを許すこともないだろう。

自我が溶解するほどの深度にまで潜っていく。なぜ自分が時折、そんなことをしたくなるのか、ヨーナにはまったくわからなかった。自分なりに悲しみと向き合うためのものなのだと思い込もうとはしてきた。自分自身の弱さと向きあい、日々の戦いを続けるための手立てなのだ、と。だがそれは真実ではなかった。

真実は、ユレック・ヴァルテルの首にロープを巻いた時、ヨーナの中でなにかが起こったということだった。今でも夜中に目覚めると、ヨーナの耳の中では必ずユレックの最後の囁きが響いている。

ヨーナがシャベルで泥炭をすくいはじめると、淡い陽光の中を塵《ちり》が舞った。

ヴァレリアは立ち止まり、顔にかかる髪の毛を振り払いながら、ひび割れた舗装道路の先を見やる。

白いバンがこちらに近づいてくる。

ヨーナはシャベルを揚げ床に立てかけ、ヴァレリアのほうに歩み寄る。

「エリクソンだよ」と彼は言う。

「来ることになってたの？」

「いいや。だが、なにを伝えに来たのかはわかる気がする」とヨーナは応える。

バンは車寄せでUターンし、エリクソンがドアを開けて降り立つ。同時に、空になったポテトチップスの袋が地面に落ちた。

「ここはすごいね」エリクソンは片腕を広げて周囲を指し示しながら、ヴァレリアに向かってそう言う。「魔法みたいにうっとりさせられるよ」

「ありがとう」とヴァレリアが応える。そしてほほえみながら手袋を片方はずし、エリクソンと握手をする。

「植物の世界に対する僕の気持ちは、残念ながら一方通行なんだけどね……かんじのいいプラスティック製の花なんて、置いてないよね？」とエリクソンが冗談を言いながら、悲しげな顔をしてみせる。

ヴァレリアが笑う。「そうね。でも、あなたが欲しければ注文できるけど」

「プラスティックの花でも枯らすさ」とヨーナが言う。

「たぶんね」とエリクソンがため息をつく。

ヴァレリアはちらりとヨーナを見やり、自分が状況を理解していることを知らせる。

「ちょうど手を洗って食事の支度をはじめようと思ってたところなの。エリクソン、あなたもよければ食べていってね」ヴァレリアはそう言い、踵を返して家のほうへと向かう。

男二人はしばらく沈黙したままその場に立ち、歩み去るヴァレリアを見送る。それから、若木のあいだをあてもなくぶらぶらと歩きはじめた。

「電話で済ませたくなかったんだ。分析結果が出て、ＤＮＡはマルゴットのものだと確定した。バッグの中の遺体は彼女のものだ」

「やはりそうか」ヨーナはそう言い、積まれた木製パレットの上にぐったりと腰を下ろす。

エリクソンは砂利を蹴り、潤《うる》んだ瞳でヨーナを見下ろす。

「正直、あんなにひどいものはあまり見たことがない……ビニールと繊維でできた袋にはゴムの内張がしてあった。犯人は、現場で遺体を溶かしたんだ。水酸化ナトリウム、つまり苛性ソーダを使ってね。死因の特定は不可能だ」

「マルゴットはバッグの中で生きていたかもしれないということか？」

「どうかな。写真は見たかい？」

エリクソンはＡ５判の封筒を差し出し、顔をそむける。ヨーナはその中から二枚のカラー写真を取り出す。

最初の一枚には、バッグの内容物が写っていた。磨き上げられた解剖台の上に、すべてが広げられている。マルゴットの体組織は、灰色がかった黄色の、半透明な粘液でしかない。その中に、やや大きめな塊がわずかばかり点在している。

ほぼ完全に剝《む》き出しとなったマルゴットの脊柱の傍らには、指のない鮮やかな赤色の足がある。

二枚目の写真では、マルゴットの遺体の中でも比較的損傷の少ない部分が並べられている。ノーレンが化学薬品と残留物を洗い流したものだ。

髪の毛がわずかばかり残る頭蓋骨、喉の筋肉と気管の切れ端、片方の太腿、血に塗《まみ》れた灰色の骨盤、そして尾骨の欠片。

「厩舎について言うと……」エリクソンは咳払いをしながら口を開く。「きみの言うとおりだった。床にあった五つの血痕から射撃残渣が検出された。それから、ここが興味深いところなんだが……アンチモンの痕跡もあったが、これは予想どおりだ。ところがそれだけじゃなくて、カリウム、錫《すず》、水銀も出てきたんだ」

「弾丸には水銀の雷管が付いていた」ヨーナはそう言いながら、写真を封筒に戻す。

「調べたところ、今は生産されていないことがわかった。東欧諸国で数年間製造されただけなんだ。ただし、詳しい人間なら古い倉庫を探し出して、そこから手に入れられるはずだ」

「弾丸は遺体の中にあったのかい？」ヨーナはそう尋ねながら、二本の指を左目の瞼に押し当てる。偏頭痛の兆しが、頭の中でちらりと閃いたのだ。

「ああ、バンの検査室の中にある。見たがるかもと思ってね」

二人がバンのほうに歩いて行くと、果物の若木のあいだを風が音をたてながら吹き渡った。

「奇妙なのは、薬莢《やっきょう》が雪のように真っ白だってことなんだ」エリクソンは、ヨーナのほうを振り返ってそう言う。

「金属の種類は？」

「まぎれもない純銀さ。知ってのとおり、銀には必ずわずかな銅が含まれる。純度九十二・五パーセントのスターリングシルバーですらそうだ。ところがこの犯人は、薬莢を熱して銅を酸化させたんだと思う……それから、酸を使って酸化銅を取り除いた。こうして、外側を純銀で覆った弾丸ができあがったというわけさ」

エリクソンはバンの扉を開け、ため息とともに乗り込む。小さな机の上の照明を点け、椅子に巻き付けてあるストラップを緩める。頭を打ち付けないように身をかがめながら、ヨーナもそのあとに続く。

「指紋はない」エリクソンはそう続けながら、引き出しを開ける。「座りなよ。位相差顕微鏡が必要なら言ってくれ」

「どうも」

エリクソンは、セラミックピンセットを手に取り、小箱の中から弾丸をつまみ上げると、顕微鏡スライドの上に置く。

ヨーナは机の近くの椅子に座り、ランプの角度を調整して光を向ける。

弾丸はすでに変形している。白い弾頭がチューリップの花のように開き、鉛の弾芯はボタンのように潰れている。

「ホローポイント弾」とヨーナが言う。

「直径九・二七ミリ。きみが使ってる弾丸より、四分の一ミリ大きいってことだ」とエリクソンは説明する。

「つまりマカロフ弾か」

「ああ」とエリクソンはうなずく。

「水銀の雷管と純銀の薬莢付きの」

「ものすごく奇妙だ」エリクソンはため息をつき、ヨーナに向きなおる。「そう思うだろ?」

「ふうむ」とヨーナが応える。

「どういうことなのか、話してくれるんだろ？」

「その時が来たらな」とヨーナは応える。
＊　＊　＊

エリクソンが立ち去ると、ヨーナは鋤《すき》と手押し車を道具小屋に運び込む。太陽は梢の背後に沈み、森は影に満たされている。

マルゴットの遺体を溶かそうという不気味な意志には、どんな意味があるのだろう。ヨーナはまたしても、いつのまにかそのことについて考えていた。

苗圃《びようほ》は、やわらかい灰色の黄昏《たそがれ》に包まれていた。泥炭の袋が並び、雨水タンクの水面が瞳のようにきらきらと瞬いている。

マルゴットの死は、サーガが受け取った絵葉書につながっている。今やそのことに疑いの余地はほとんどなかった。アルトゥル・K・イェーヴェルとはユレック・ヴァルテルのアナグラムであり、差出人はマカロフ拳銃に言及している。文面によれば、その中には白い弾丸が九発入っている。

その中の一発は自分に向けられる、とヨーナは考える。そして差出人を信じるなら、ヨーナを救えるのはサーガだけだ。

　絵葉書を書いた可能性があるのはだれだろう？

　ユレック・ヴァルテルの家族は大昔に死んでいる。そして、右腕だったビーバーはベラルーシの刑務所にいる。

　これは模倣《もほう》犯のしわざではない。犯人の行動パターンは、ユレックのものと完全に異なる。ユレックがゲームやアナグラム、謎かけを用いることは決してなかった。ヨーナは、立ち並ぶ温室のほうへと歩きながらそう考える。

　スケッチやメモのたぐいを残す危険を避けるため、ユレックは複雑な記憶の宮殿を作り上げていた。こちらからすれば、それはほとんど謎かけに等しいものだった。だがユレックにとっては、犠牲者たちの墓の位置を把握しておくための視覚的な体系に過ぎなかったのだ。

　ユレックがその体系を完成させることもなかった。最後の一地点、モーラベリには墓がなかったのだ。

　それでもなお、絵葉書の差出人がなんらかのかたちでユレックとのつながりを持っていることはあきらかだ。つまり、俺とサーガにもつながっている、とヨーナは考える。

　ヨーナは、サーガとの対話を続けたかった。そこで、精神科医の承認が出るまでのあいだ一時的にサーガを受け入れるよう、犯罪捜査部の長官代理に進言することに決める。

鮮血のように赤いマカロフ拳銃と九発の弾丸。9×18ミリマカロフ弾は、第二次世界大戦直後のソヴィエト連邦で開発されたマカロフ拳銃に適合する。そしてその後改良が加えられたとはいえ、世界中で広く使われている弾丸でもある。

犯人は厩舎にいるマルゴットに忍び寄り、脊柱を撃った。それから外に引きずり出し、車両に押し込み、水酸化ナトリウムを用いて遺体を溶かした。銃撃現場からは百二十キロほど離れたカッペルファールのコレラ墓地で。

ヨーナは、袋に入っていた落ち葉を堆肥の山に空け、木々のあいだに目を向ける。そして、苔桃とヒースの茂みの奥へと視線を動かしていき、そのままなにも見えなくなるまで凝視する。

ヨーナの間近に生えているトウヒの枝から、一羽の鳥が不安げに羽ばたきながら飛び立つ。

松かさが二つ、地面に落ちる。

ヨーナは踵を返し、道具小屋に戻りはじめる。その背後では、横倒しになっていた背の高い草むらが、元の姿勢へと戻っていく。袋を熊手の隣に掛け、家のほうを見やる。キッチンの窓からは金色の光が漏れていた。カーテンの上では、ヴァレリアの影が舞っている。

ホースを巻き取っていると、いちばん遠くにある温室の扉が半開きになっていることに気づく。ヨーナは、両手をズボンで拭く。

砂利道が、ヨーナの長靴の下で音をたてる。

温室のガラスには、キッチンからのかすかな光を背負った自分のシルエットが映っている。

ヘリコプターの音がどこか遠くから途切れ途切れに聞こえてくるが、すぐに静寂が戻る。

ヨーナは立ち並ぶ温室のあいだを進み、ヴァレリアが倉庫兼用として使っているいちばん奥の一棟に辿り着く。

扉が開いていた。

中を覗き込むと、グレーの猫がするりと鶏糞《けいふん》堆肥の背後に回り込む。

ヨーナは扉を開け、コンクリート板を敷いてある中央の通路を歩きはじめる。

トマトの木の鋭い香りが濃厚に漂っている。

その枝葉は、ガラスの壁に身を押しつけるようにしてヨーナの両側で上に伸び上がり、暗闇の中へと呑み込まれる通路を形づくっている。

猫の姿は見あたらない。

リレースイッチがカチリといい、灌水《かんすい》装置の低いうなりが聞こえはじめる。

ヨーナはゆっくりと狭い通路を行く。

視界の先には、雑然とした倉庫部分が見えている。

ガラス屋根の上に広がる宵《よい》の空は暗い。

汚れたビニール袋が、テラコッタ製の鉢に押し込まれている。

ヨーナは進み続ける。

猫がシャッといい、跳ねるようにして走り去る。

外で枝がぽきりという。

木箱の中には、柄《え》の折れた鋤が転がっている。

ヨーナは立ち止まり、ヴァレリアの古い家具をじっと見つめる。

大きなマホガニー製のチェストの脚が二本折れ、その上に積み上げられていたものがすべて床に落ちている。ヴァレリアのポルトガル製の衣服箱も横倒しになり、蓋が開いていた。表にあしらわれている羅針盤の描かれたタイルが割れ、写真が何枚か飛び出ている。

ドアが軋み、ヨーナは振り返る。鋤の柄をつかむが、ヴァレリアが頭上の明かりを点けると、すぐに放す。

「こんなところに隠れてたの?」彼女はそう言いながら近づいてくる。「これ、どうしたんだろ？」

「脚が折れたんだろうな」とヨーナは話す。

「明日直しとく。夕食ができたわよ」

ヨーナは三枚の写真を拾い上げ、ヴァレリアに手渡す。

「これはお父さんの四十歳の誕生日」ヴァレリアはそう言い、写真スタジオで撮られた家族写真を見せる。

「これは額に入れなきゃ」

「それかこれも」とヴァレリアは言い、ほほえむ。

ヨーナは色褪《いろあ》せた写真を受け取る。五歳くらいのヴァレリアが大きな歯を覗かせて笑いながら、サッカーボールを抱えている。

「かわいいなあ」ヨーナはそう言いながらヴァレリアを見やる。

ヴァレリアは、残りの写真を見つめながら眉間に皺を寄せる。そこには髪の毛の長い十代の少女たちが三人写っていて、身体を水に浸していた。三人は、女性を象《かたど》った大きな彫刻を抱えている。その彫刻は明るい青色で、流れるようなベールを思わせる服を身に着けていて、真珠のネックレスをしていた。

「真ん中の子がきみかい？」とヨーナが訊く。

「いいえ、でもなんでだろう……これはマイ・ダーグアという儀式。わたしの故郷ではみんな参加していたけど、うちの家族は違った。父は厳格なところがあったのよ」

「じゃあ、この子たちは友だちってこと？」

「ちがうの……ほんとうに、わけがわからない。こんな写真見るの、はじめて」とヴァレリアは考え込みながら応える。

＊　＊　＊

ブランドンはピザを食べ終わった——ソースをたっぷりとかけたケバブが載っている〈ミレニアム〉ピザだ。そして今彼は〈ブルー・バー〉で、その夜五杯目のビールを飲み干すことに余念がない。

携帯電話を片手に、複数のデートアプリを行き来しながらいくつもの会話を進めている。だが、会おうというところまでいく相手はまだ一人も現れない。

ウプサラに戻ったほうがいいのかもしれない、と考えることがよくある。いずれにせよ、ブランドンには暮らしを立て直す気力がない。しかもクリスティーナゴーデンでの仕事も悪くはなかった。ありがたいことだ。

教会の墓地には二度と行くまいと心に決めている。だがどういうわけか、あの熊手で均《なら》された砂利、狭い小道、そして街灯と街灯のあいだで暗闇に沈むベンチのイメージを、頭の中から振り払えないでいる。

エリックとは、そこで出会ったのだった。

ブランドンにとっては、唯一長続きした恋人だ。七カ月間続き、今年の夏、ヨーロッパを周遊する鉄道の旅に出るエリックに、自由になりたいと告げられたことでその関係は終わった。

エリックは戻って来るかもしれない、という希望をすっかり捨ててみると、墓地通いは強迫行動のようなものへと変化を遂げた。

行ったからといって気が楽になるわけではない。自信を取り戻す助けにもならなければ、慰めにもならないのだ。しかも性的な満足すら得られない。良いことがあるとしても、せいぜい行き帰りで疲れ果て、帰宅してからすぐ眠りにつけることくらいだった。

古い友人たちは、いまだにサッカー場やハルスタヴィーク広場あたりで集まっている。だが、彼らとばったり顔を合わせることだけは避けたかった。街のこちら側に逃げ込んだのはそのためなのだ。

ブランドンは、残っていたビールをあおってから立ち上がると、緑の椅子をテーブルの下に片づけながら、薄汚れた柱につかまってバランスを保つ。それから軋む床を歩きつつ、バーテンダーに向かって声を張りあげて礼を言う。

夏の空気は、学校が休みの日に夜更かしした時とおなじ匂いがした。空は暗く、アイスクリームを宣伝するピエロのイラストが鈍い音をたてている。風が吹き渡るたびに、テラス席を囲む柵に当たるのだ。

ブランドンはよろめく。帰宅すべきなのはわかっている。だが、落ち着かない気持ちに駆られて、製紙工場に沿って伸びている小道に足を踏み入れる。広大な敷地だった。立ち並ぶ巨大な工場の正面《ファサード》は窓が一つもないレンガ造りで、濡れた木くずと木材がいたるところに高々と積み上がり、大型トラックがうなりをあげている。まるでディストピアもののSFみたいな景色だな、とブランドンは考える。

舗道を外れ、白樺とシナノキのあいだに広がる刈りたての芝生の上に出る。教会の建物はライトアップされている。だが、駐車場は闇に沈んでいた。新車のように見えるボルボが、壁に沿って駐まっている。

ブランドンは立ち止まり、目眩《めまい》の波を感じる。湯気に曇った車のドアガラスの中で、なにやら動くものが目に入ったのだ。

よろめきながら斜面を上り、蛇行する小道と、無人のベンチを目指した。いつもそこを目的地にしてしまうのだ。

並んでいる楓《カエデ》の木の下には、ほぼ完全な闇がある。

ブランドンはベンチの傍らに立ち、あたりを見まわす。

　大通りを一台の車が過ぎていく。それが走り去ると、林の中を吹き渡る風の音しか聞こえなくなった。かさかさというかすかな音がする。細い枝が揺れている。それから、くぐもったうなり声。

　それはほとんど聞き取れないほど低く、気づいた時には消えている。

　ブランドンの視線は、カーブを描く小道に吸い寄せられる。墓地はその先に広がっていた。

　茶色いレザージャケットを着た中年男が茂みの背後に立っていて、皮肉な笑みを浮かべているのに気づく。

　その瞬間、首筋になにかが滴るのを感じる。

　煮えたぎる湯のようにひりつく大きな雨滴。手を伸ばして拭い去ろうとするが、今度はその指に、もう一滴垂れてくる。

「くそ、なんなんだよ……」

　ブランドンは一歩横に移動すると、狭い小道に立って見上げる。頭上三メートルの枝に引っかかっているのは、ビニールと生地でできた繭《まゆ》のようなものだった。テープとロープで縛り上げられている。その大きな包みが震え、かすかに揺れはじめる。それとともに、太い枝が軋む。

八

八月半ばの陰鬱《いんうつ》なその日、大規模な葬列とともに、マルゴット・シルヴェルマンの遺体を納めた白い棺《ひつぎ》がストックホルムの街を通り抜けていく。列は、マルゴットが警察官として最初に勤務したハニンゲ・セントルムにある赤いレンガ造りの警察署を起点とし、最後にはマリア・マグダレーナ教会にいたる。ヨハンナとの結婚式において司式者となった牧師が、礼拝を執り行う予定だ。

黒い霊柩《れいきゅう》車をエスコートする先頭の六台の白バイが、セーデルレッド・トンネルから現れ、左に折れる。

ホーン通りは、スルッセンとティンメルマン通りのあいだが全面通行止めとなっている。

マルゴットの葬列はマリア広場の手前で左に折れ、そのブロックをひと回りしてから教会に向かう。

おごそかに鐘が鳴る中、白いシャツ、黒いネクタイ、そして喪章を身に着けた六人の同僚たちが、丸石を踏みしめながら棺を運ぶ。そして軍旗衛兵の傍らを通り過ぎ、暗い教会内へと進む。

＊　＊　＊

薄汚れた窓を通して、物憂げな光がオフィスに差し込んでいた。外には青白い空が広がり、眼下には環状高速道路を行く車列がある。

サーガはこの五時間、デスクを離れることも、食事を取ることもしていない。キーボードの上にかがみ込み、ヘッドフォンから流れてくる十三の会話を倍速で書き起こしているのだ。

サーガの指はキーボードの上で舞い、心臓が激しく脈打っている。

マルゴットの葬儀に参列するために二時間の休憩を願い出たところ、上司の承認が下りた。ただし、オフィスを出る前に、書き起こしを仕上げることを条件に。

「戻ってきて終わらせることもできます」とサーガは訴えた。

「終わらせないで出ていったら、二度と戻って来るんじゃないぞ」上司はそう言い放った。

サーガは再び速度を上げる。言い間違いや、間を埋めるためだけの言葉さえも一つも逃すまいとしている。

額が汗で光っている。

前夜の夜間勤務に続いて、赤のレザーパンツと、輝く頭蓋骨を胸にあしらったダミアン・ハーストのTシャツを身に着けたままだ。

打ち込みを終えると、ヒールを脱ぎ捨てながらファイルを保存し、それを暗号化した状態で上司に送り、ログアウトしてからパソコンの電源を落とす。

急いで廊下に出て、ブーツを履き上着を身に着ける。

「もうできたのか?」ヘンヌルが自分のオフィスの戸口から尋ねる。

「ちょうど送ったところです」

「しかしプリントアウトも必要なんだがな」

サーガはブーツを脱ぎ、自分のデスクに戻り、パソコンを起動する。それからログインし、書類を開き、印刷ボタンを押し、プリンターの排出した紙をかき集めてホッチキス留めし、ヘンヌルのオフィスをノックする。

返事はなく、サーガは慌ててパソコンに戻るとログアウトし、デスクランプを消し、すばやくデスクの上を整え、再びノックする。

「入れ」少し間があいてから、ヘンヌルがそう言う。

サーガは扉を開いて足を踏み入れる。上司は肘掛け椅子に座ったまま雑誌の《コノスール》を読んでいる。

「書き起こしをお持ちし――」

「ご苦労。デスクの上に置いておいてくれ」ヘンヌルは顔を上げもせずに言う。

サーガは言われたとおりにし、廊下に戻ると再びブーツを履く。足早に事務所をあとにし、上着に腕を通しながら階段を駆け下りる。

表の通りに出ると、震える手でバイクを解錠する。それを押しながら舗道を横切り、道路の上でまたがってからエンジンをかける。

わずかばかり速度を上げすぎていたサーガは、クラーラストランド通りに入ろうとしてハンドルを取られかける。だがサーガは、コンクリート壁とのろのろ進む車列のあいだには、あまり隙間がなかった。トンネル内でもどうにか速度を保つ。

探偵事務所での仕事は、長く続けられるものではないと理解してはいる。しかしもし解雇されれば、警察の精神科医が職務への復帰を承認するはずがない。

セントラル橋の中程で、右手側の車線を逆方向に進む列車が、轟音《ごうおん》をたててすれ違う。頭上の架線《かせん》が火花を飛ばし、風がサーガを揺らす。

サーガは自宅に戻り、服を着替えようと考えている。教会まではわずか五分しか離れていないし、赤いレザーパンツと頭蓋骨のTシャツで葬儀に参列したくはなかった。

アパートの建物に辿り着いた時には、三時を過ぎていた。すでに葬儀ははじまっている。扉のすぐ外にバイクを放置し、監視カメラを確認してから中に入るといういつもの段取りは飛ばすことに決める。階段を駆け上がり、玄関マットの上の郵便物を踏みつけながらブーツを脱ぎ捨てる。

寝室に飛び込みながらレザーパンツのボタンを外し、それを引きずり下ろしてから蹴り飛ばす。レザージャケットを床に脱ぎ捨て、もがくようにして黒いワンピースを身体に通すが、ストッキングは諦める。廊下に出ながら黒のジャケットを身に着け、パンプスではなくスニーカーを手に取る。そして、足早にアパートをあとにする。

ベルマン通りの坂を全速力で駆け上がり、黒い金属製の柵を左手でつかみながら左折し、石段を上る。そして、ホーン通りをバスが走り抜けるあいだ立ち止まって待つ。サーガは通りを渡り、石段を上って墓地に入ると、教会の建物へと墓石のあいだを斜めに突っ切る。入り口にいる私服警官に身分証を掲げ、名簿との照合が終わると、暗いエントランスホールに入る。

イーデ島のリハビリセンターから帰宅した当初、サーガは、マリア・マグダレーナ教会の老牧師であるセヴェリン・バルデションとの一対一の面談を申し入れた。その時のことを、サーガはしばしば思い返す。面談の最中に、自分に赦《ゆる》しを与えるためには再び警察官になるほかないと悟ったサーガは、ついと席を立ってそのまま教会をあとにしたのだ。

マルゴットの葬儀についての告知にバルデションの名を見つけたサーガは、式のあとで話しかけてみようと決めていた。あまりに慌ただしく書き殴《なぐ》った手紙について謝罪したいと考えている。神は全能であり、すべての子どもの守護者であると語ることでサーガを挑発したバルデションに対して、非難を浴びせる内容だったのだ。

サーガが教会内に入ると、警察の合唱隊が「地は栄光に満つ」を歌っているところだった。オルガンの真下に位置する最後列近くの席に腰を下ろし、ジャケットを脱ぐ。

内陣の正面にある白い棺の上には赤い薔薇《ばら》が置かれ、蠟燭《ろうそく》の輝きが白い漆喰塗りのアーチや丸天井をゆらゆらと照らしている。

マルゴットの近親者は、すでに身内だけの葬儀で別れの挨拶《あいさつ》を済ませている。だがヨハンナはこの場に留まり、最前列にいるヨーナの横で背筋を伸ばして座っていた。

教会内は制服を着た警察官で満たされている。だれもが喪章を身に着けていた。

合唱隊が歌を終え、移動をはじめた男たちのネクタイピンが蠟燭で輝く。

若い牧師が赤い絨毯《じゆうたん》の上を前方に歩み出て段を下りると、会衆席の前で立ち止まる。参列者を見わたし、あまりに早く奪われた命と、われわれには理解不能な死について語りはじめる。

ヨハンナの肩が震えはじめ、ヨーナがハンカチを手渡す。

サーガは静かに式次第を開き、司式者はセヴェリン・バルデションと記されていることを確認する。

だが、今話しているのはバルデションではない。

なぜ交代したのだろう？

サーガは汗が噴き出すのを感じる。祈りに集中することができない。サーガはどうして自分で自分を抑えられなくなる躁《そう》病的傾向の自覚はある。だが、サーガはどうしても携帯電話を取り出さずにはいられない。

隣に座っている女性が画面の青白い光に気づき、失望の目を向ける。

サーガは、ジャケットで携帯電話を覆い隠そうとする。前かがみになり、セヴェリン・バルデションを検索する。フェイスブックのページを見つけ、顎髭をたくわえ、ふさふさの眉毛をしたその顔を見つめる。

郵便受けに届いた小さな金属製のフィギュアは、バルデションに似ている。ルーペを使ってもっと詳しく調べる必要がある、とサーガは考える。

ヨーナに話さなければ。

＊　＊　＊

最後に歌われた賛美歌の胸に迫る旋律が会衆席に響きわたる中、ヨハンナを導きながら、ヨーナは通路を進む。ヨハンナの憔悴《しょうすい》ぶりが、ヨーナにはありありと伝わっていた。ともすれば足がもつれそうになり、腰に回した腕で支えてやらなければ、まっすぐに立っていることもできないのだ。

信者席は、黒い喪服を身に着け首《こうべ》を垂れている人々で埋めつくされている。

二人は暗い入り口ホールを抜けて、明るい夏の日差しの中に出る。茂みではイエスズメがさえずり、林の中ではクロウタドリが啼いている。

教会の前では、つややかな黒い車体のタクシーがヨハンナを待ち受けている。

「まだ信じられないの」ヨハンナはそう言い、立ち止まる。

「時間がかかるだろうね」とヨーナがおだやかな口調で応える。

教会から出てきた人々が、二人の両側を通り過ぎていく。

「やっぱりあの人を見なくちゃいけないと思う」とヨハンナが言う。「マルゴットが亡くなったっていう事実を、はっきりと認識するために。あなたが反対してることはわかってる。でもね、最後に一目見なかったらずっと後悔することになるんじゃないかって感じるの。マルゴットはもういないんだっていう事実を、一生受けとめられないことになったらどうしようって。毎晩うちに帰ってきて、一緒のベッドにもぐり込んでくるんだ、って感じ続けることになったらどうしよう、って」

「教会に戻ることはできるよ。もうすぐ空っぽになるから、気が済むまで残ったらいい。だけど、棺はぜったいに開けないほうがいい」

「わかった」ヨハンナはそう言い、ごくりと唾を呑み込む。

「タクシーに、待つように伝えようか？」

「どうしようかな、娘たちのいる家に戻るべきなんだけど……ただ、マルゴットをひとりぼっちで残していくのが耐えられなくて。それに……」

ヨハンナは再び号泣しはじめる。ヨーナはその身体に腕を回し、彼女が落ち着くのを待つ。それからタクシーに歩み寄り、ヨハンナを乗せるとドアを閉め、発車するところを見送る。

ヨーナは教会に戻る。すでに立ち去りはじめた人々もいたが、小さなグループに分かれておしゃべりをしている人々もいる。サーガは、教会の扉を出たところで牧師と話していた。参列者が立ち止まり、牧師に向かって礼を言うたびに、サーガの顔になにかが閃くことにヨーナは気づく。

ヨーナは携帯電話を取り出し、電源を入れる。マンヴィル・ライが留守番電話にメッセージを残していた。

ヨーナは楓の木の下に移動すると、それに耳を傾けた。

「マンヴィルだ。葬儀に参列中だとはわかっているが、死体がもう一つ見つかったんだ。おなじやり口、おなじ犯人だ……」

ヨーナはメッセージを最後まで聞き、ポケットの中に携帯電話を戻す。サーガがその姿に気づき、丸石の上を足早に近づいてくる。ヨーナもまた、墓地を抜けてサーガのほうに歩み寄る。

「話したいことがあるの」と彼女が言う。

「一緒に歩こう。少し急いでるんだ」ヨーナはそう告げながら、ベルマン通りに向かって歩きはじめる。

「なにがあったの？」

「死体がもう一つ見つかった。今度はハルスタヴィークの教会の近くだ」

「たった今？」

二人は砂利道を横切り、路地に入る。

「通報は昨夜入っていたんだが、当番の警察官がまともに取りあわなかったんだ——」

「どうしてなの？」とサーガがうなり声をあげる。

「通報した人間がどうやらかなり酔っ払っていたらしい。宇宙からやって来た繭だと主張し続けたんだ」

「なるほどね」とサーガはため息をつく。

ベルマン通りに出た二人は、舗道を左に進む。

「ノーレンが現場にいる」

「身元確認はできたの？」

「いいや、完全に溶けているんだ。今回はもっと長い時間ぶら下がっていたに違いない」ヨーナはそう説明しながら車のドアを解錠する。「だがノーレンは、ウプサラにある神学校の指輪を見つけた。つまり被害者はおそらく牧師だ」

「名前はセヴェリン・バルデション」とサーガは言い、ヨーナの目を見つめる。

九

サーガとともに探偵事務所に戻ったヨーナは今、会議室にいて、デジタルディスプレーを備えた大型顕微鏡を目の前にしている。ヨーナの腕時計が反射するグレーの光が、壁一面に踊る。

ゴム手袋をしたサーガが、自分のデスクから小さな箱を手に戻って来る。

「木曜日にこれが郵便で届いた」

折りたたまれた紙を慎重に開き、白く薄い生地の中から小さなフィギュアを取り出すと、それを顕微鏡のスライドの上に置く。拳銃の弾丸程度の大きさだ。

「あの人に間違いない」ディスプレーにすばやく視線を走らせたサーガが、そう言う。

ヨーナは、雑に彫られたフィギュアの顔をじっくりと観察する。顎髭で顔を覆われた男性の顔、眉毛は太く、目は落ち窪《くぼ》み、鼻筋は細い。

安置所の死体を思わせる灰色。

　サーガは携帯電話を持ち上げ、セヴェリン・バルデションの写真をヨーナに見せる。疑いの余地はない。金属の小さなフィギュアは、たしかにバルデションに似ている。

「別の牧師とも話したんだけど」とサーガが言う。「バルデションからの連絡は、何日も途絶えてる。どうやら渇酒癖《かっしゅ》があるらしくて、同僚の牧師は少し待ってやろうとしたみたいなの」

「よし。ではノーレンに連絡して、ＤＮＡ照合を依頼しよう」

　会議室の扉が開き、サーガの雇用主であるヘンヌル・ケントが、落胆の表情を浮かべながら入って来る。

「サーガ、これはどういうことだ？」とヘンヌルが尋ねる。

「警察に協力して――」

「そいつはすばらしい」とヘンヌルはサーガの言葉を遮る。「だがな、今は勤務時間中だってことを忘れるなよ」

「まだあと一時間あります」

「そうかい。しかしクリーニング屋から取ってきてもらわなきゃいかんシャツが何枚かあるんだがな」

「私から話そうか？」ヨーナがおだやかに尋ねる。

「大丈夫」サーガはそう応え、上司に向きなおる。「少しだけヨーナと話をさせてください。済んだらすぐにシャツを取ってきます。カラーキーパーだってちゃんと外して、あなたの好みどおりハンガーに掛けますから」

「私のデスクの中を嗅ぎ回っていたのか?」ヘンヌルはそう尋ね、視線を小さな金属のフィギュアに向ける。

「どうしてわたしがそんなこと……」

サーガはそこで言葉を切るとやおら立ち上がり、上司を片手で壁に押さえつける。

「なにをする!?」

「フィギュアのことを指してたのね? 机の中を嗅ぎ回っているのかと尋ねた時」サーガは鋭く問い詰める。

「サーガ、落ち着くんだ」とヨーナが諭す。

「あれは木曜日に郵便で届いた」とサーガは続ける。

「そうか、しかし——」

「あなたは木曜日会社にいなかった」サーガはそう言い、ヘンヌルの言葉を断ち切る。

「そのようだな」

「ならどうして、机の中を嗅ぎ回っていたのかなんて言ったの?」

「それはつまり——」

「こういうフィギュアが、ほかにもわたし宛に届いていた。そういうことなんでしょう?」

「一個は持ってる」とヘンヌルが応える。「いちばん下の引き出しの――」

「その小包もわたし宛だった? どうなの? わたし宛の私信を抜き取ったのね? それは法律違反じゃないの!」サーガが叫ぶ。

「ここは私の会社だし私の……」

ヘンヌルが怯え顔で後ずさりし、自分のオフィスへと突進していくサーガのあとを追う。サーガは次々と引き出しを開け、書類やファイル、そしてシューツリーを床に放り投げていく。もう一つの箱とよく似た厚紙の小箱を見つけたサーガは、それを取り出す。

「おまえはクビだ。完璧にクビだ」

「黙れ」とサーガが言い放つ。「わたしは辞める。あんたは必要な推薦状をぜんぶ用意する。さもないと戻って来るから」

サーガはヘンヌルのパソコンをなぎ払って空間を作る。ペンや書類入れを横に押しのけ、デスクの上に小箱を置く。

「ヨーナ!」と彼女が叫ぶ。

ヘンヌルは震えている。そしてヨーナが部屋に入ってくると、一歩身を退く。サーガはペンをつかみ、慎重に小箱の蓋を開いていく。

ヨーナが身を乗り出す。

サーガはゆっくりと気泡緩衝材《エアークッション》を開き、その中にあったしわくちゃの本のページも開く。中からは小さなフィギュアが出てくる。

「マルゴットだ」とヨーナが囁く。

一〇

国家警察犯罪捜査部の長官代理であるモルガン・マルムストレームは、ヨーナとの会話のあと、二つの殺人事件を〝緊急事案〟と宣言した。

緊急事案を宣言する主たる目的は、人的資源の集中を特に求められる捜査活動において、一般の警察官までもが忙殺されることを防ぐ点にある。その代わりに、この事件を担当する特別捜査本部が設けられ、自律した組織として独自の人事組織構造、支援要員、予算、技術専門家、法律専門家、そして捜査員が確保される。

モルガン・マルムストレームは、マンヴィル・ライをその指揮官に任命し、マンヴィルはただちにサーガ・バウエルを捜査官として仮採用した。

月曜の朝六時十五分、サーガはヨーナに続いて、警察庁舎のガラス張りのエントランスホールに足を踏み入れる。そして仮通行証をカードリーダーに通すと、回転ドアを抜けた。

「犯罪捜査部にようこそ」八階でエレベーターを降りたヨーナはそう言い、二人は廊下を進む。

無人のパントリーを過ぎ、閉ざされた扉の前を次々と歩き抜けていく。蛍光灯の光がプラスティックの床に反射して輝き、爆発物データセンターの設立を知らせるポスターが、通り過ぎた二人の起こした風でふわりと舞い上がった。

ヨーナが巨大な会議室への扉を開けると、マンヴィル、グレタ・ジャクソン、そしてペッテル・ネスルンドは白熱した議論に没頭していた。だが、サーガの姿を認めた三人は、すぐに口をつぐむ。

現場をドローン撮影した写真が、壁にピン留めされている。その脇には、マルゴット・シルヴェルマンが銃撃された厩舎の写真もある。

大きな会議テーブルの上にあるコーヒーのマグカップとノートパソコンのあいだには、二体の小さなフィギュアを写したクローズアップ写真のプリントアウトが散らばり、そこには科学捜査研究所から送られてきた予備的な分析結果報告書も混ざっている。

「わたしを受け入れてくださりありがとうございます」サーガはそう言い、三人の警部たちと握手をする。「みなさんとの仕事で大いに学ばせていただきますし、犯人逮捕の一助になりたいと考えています」

マンヴィルは一台のパソコンを指し示し、座るように促す。それから咳払いをし、ログインの仕方を伝える。ペッテルがそれを補足するが、その声は奇妙にこわばっていた。

「よけいなお世話でしょうけど」とグレタが口を開く。「たぶんサーガは見た目で判断されることにうんざりしてるはずよ。仕事ぶりに応じた敬意を払われるべきね」

「私も初日にはおんなじことを言われたよ」とヨーナが冗談を言う。

「でしょうね」とグレタは笑い声をあげながら言い、眼鏡をかける。

扉がノックされ、だれかが反応するよりも先に、公安警察長官のヴェルネル・サンデーンが会議室に入ってくる。身長は二メートルで、皺だらけのズボンと茶色のブレザーを身に着けている。

「サーガ、うちに戻ってきてくれることを願っていたんだがね」バリトンの声を轟かせてそう言う。

「そうおっしゃっていただけていたら……」とサーガは言う。

「ただもしかしたら……」

「わたしが断ると思ったんですか？」

「邪魔して申しわけないが、手品に詳しい人はいないかな。孫たちにおばあちゃんを宙に浮かせてやると約束してしまったんだよ」

「マーヤを宙に浮かすですって？」グレタはそう問いかけ、苦笑いをする。

「あの、わたしたち仕事をしてるんですけど」とサーガが言う。

「そうだったな、すまない」ヴェルネルはほほえみ、会議室を大股で出ていく。

警察庁舎の足許《あしもと》を走るポルヘム通りで、自動車のアラームが響きわたる。だれかがカートを軋ませながら廊下を通り過ぎ、エアコンは休みなくうなり続けている。

「では、はじめようか？」マンヴィルが咳払いをしながらそう問いかける。「ヨーナから知らされたのは、絵葉書と白い九発の弾丸、マカロフ拳銃、それから脅迫。これはその……」

「ヨーナに対する脅迫です」とサーガが補足する。

「まったく、なにもかも狂ってるとしか思えん」とペッテルが呟く。

「そのとおりです。ただ少なくとも犯行の手口は見えています」とサーガが応える。

「狩りははじまっていますが、今のところすべて犯人の思いどおりにことは進んでいます」

「そういうわけで、われわれはプレッシャーを感じている」マンヴィルはうなずきながらそう言う。

「ヨーナ、つけ加えることは?」とペッテルが尋ねる。

「私はたいてい――」

「まさかもう解決したとは言わんだろうな?」

「いいや。でも解決する。しかも早期に」

「そりゃすばらしい。最高だね」

「ペッテル、いいかげんにしなさい」とグレタが釘を刺す。

「私にとって、この事件は個人的な意味を持つんだ。私はマルゴットが大好きだった」鋭く切り返すペッテルの顎は震えている。

「みんなにとってそうよ」とグレタが応える。

ペッテルはため息をつき、窓際に移動するとスヌースの缶を取り出して、嚙《か》み煙草の葉を唇の下に押し込む。

「サーガ、仕事にかかる前に、あなたに質問がありますいいかしら?」とグレタが訊く。

「もちろんです」

「コーヒーかなにかいる?」

「いいえ、わたしは大丈夫です。ありがとう」とサーガは言い、椅子の上で前傾姿勢になる。

「では、わたしの最初の質問」グレタはそう言いながら、白紙のノートをめくる。「なぜ犯人があなたに連絡を寄こしたのか、その理由はわかる？」

「いいえ、でも突き止めるつもりです」

「なるほど。質問を言いなおさせて。犯人はどうしてあなたに絵葉書を送ってきたのだと思う？」

「なぜなら、ヨーナを救えるのはわたしだけだからです。少なくとも、犯人の明かす理由はそういうことです」

「犯人はヨーナが救われてほしいと願っている？」

「わたしに責任の重圧を負わせたいんだと思います」

ペッテルは自分の椅子に戻り、身を投げ出すようにしてどさりと腰を下ろす。

「でも、なぜよりによってあなたなのかしら？」グレタは、その目をじっと見つめたまま、サーガに迫る。

「わかりません。でも、ユレック・ヴァルテルとのなんらかのつながりがあるんだと思います」

「絵葉書のアナグラムだな」とマンヴィルが口を挟む。

「で、それはどういうつながりだと思う？」とグレタが問いかける。

「おそらく、犯人は自分をユレックに重ね合わせているのだと思われます。あれだけ長いあいだ、捕まらずに活動を続けたユレックを崇拝しているんです」

「でもどうしてその人間はヨーナを殺したがるの？」

「ヨーナがユレックを殺したからです」

「で、どうしてあなたに自分の犯行を止めてもらいたがっているのかしら？」グレタは、前のめりになりながら尋ねる。

「たぶん、わたしがユレックの犯行を止め損ねたからでしょうか」

「つまり、殺人を止める責任をあなたに負わせておいて、あなたが失敗するのを見たいと考えている？」

「そうです」

「興味深い」とマンヴィルがうなずく。

ヨーナは、サーガを誇らしく思う気持ちを表に出さないよう懸命に押し殺した。サーガは明快かつ簡潔な答えを返し、しかも自分自身の失敗を隠したりぼかしたりすることがなかった。

「FBIがテキサス州サンアントニオで開いた、シリアル・キラーに関するシンポジウムに参加したことがあります」グレタが、ほかの面々に向かって語りかける。「シリアル・キラーは捕らえられたがっている、犯行を止めてもらいたがっているという考えは神話である。参加者のほとんどが、かなり早い段階でそう結論づけていたわ」

「そういうものが、彼らを駆り立てている衝動の中心にはない。それはたしかだろうね」とヨーナは同意する。

「そう。要するに、しばらくするとシリアル・キラーたちは自信過剰になる。その事実に基づいて作り上げられた誤解なんだろう、ということ。捕まえてもらいたいのではなく、捕まるはずがないと考えているわけ」

「とはいえ、多くのシリアル・キラーたちはメッセージのやりとりをする。警察やマスコミと。そんなことをする理由もないのに」とヨーナが指摘する。「奴らが自信過剰になるというだけでは、説明がつかない」

「そうね、まったくそのとおり。わたしも同意見。セミナーでもおなじ指摘をしたわ」とグレタはうなずく。

「わたしにはみなさんとおなじ経験があるわけではないのですが」とサーガが言う。「多くのシリアル・キラーたちが、幼少期に放火魔だった過去を持つことと関係してはいないでしょうか？　成長してからおなじ衝動が現れてくる。ただし……ゲームのようなもののかたちで。自分自身では制御できなくなるような状況を作り出し、そうすることでその責任からは逃れるというような。まるで、『これから火を点けるぞ。燃え広がったら被害をもたらすからだれか火を消せよ』とでも言うように」

「そのとおり」グレタは、真剣な視線をサーガに向けたままそう話す。「それこそまさにこの事件の犯人が言ってることだと思う。『サーガ、警告したぞ。しかも火を消さなければどういう結果が待っているか、わかっているだろう。こっちには九発の弾丸がある。今この瞬間から、命を落とす人間一人ひとりについて全責任を負うのはおまえだぞ』」

「しかも、犯人のメッセージをわたしがすぐに解き明かしていたら、被害者二人の命を救うことができた」

「フィギュアは二つとも、殺人の前に、サーガのもとへ送りとどけられている」とヨーナが説明を加える。「まだ救える段階で、だれが被害者になるのかを明かしていたわけだ」

「捜査官二人に、探偵事務所を監視させている。これ以上の見落としがないようにね」ペッテルが口を開く。

「ありがとう」とヨーナが言う。

マンヴィルが立ち上がり、マルゴットのフィギュアを拡大撮影した写真を一枚手に取る。そして眉間に皺を寄せてじっくりと見つめる。

「犯人についてわかっていることは？」マンヴィルはそう尋ねながら、写真をデスクに放り投げる。

「犯人がわれわれに明かしたことだけだ」とヨーナは言う。

「それはたしかかしら？」とグレタが反論する。

マンヴィルはジャケットのボタンを留め、ホワイトボードへと移動する。そして棚からペンを取ると、ペン先を軋らせながら書き留めていく。

犯人は話し好き‥　それによって責任を放棄しようとしている可能性あり。
言及されている人物‥　ユレック・ヴァルテル、サーガ、そしてヨーナ。
金属のフィギュア‥　サーガ宛に送付、次の被害者を示唆
凶器‥　9×18ミリマカロフ弾、純銀の薬莢。ロシア製の水銀の雷管。
殺害現場と遺体発見現場は異なる。
遺体は苛性ソーダで溶かされる、ゴム製の遺体袋。
被害者‥　中年女性一人、国家警察長官。年配の男性一人、マリア・マグダレーナ教会の牧師。

マンヴィルは振り返る。なにかを言いかけるようなそぶりを見せるが、口をつぐんだまま手を下ろす。

「われわれが相手にしているのはシリアル・キラーだ」とヨーナが言う。「奴の拳銃には弾丸が九発入っている。犯人は過去にも人を殺しているかもしれないが、なんとも言えない。ただし、早期に犯人を捕らえないかぎり、奴は再び殺す。これは確実だ」

「九人の被害者」サーガがひとり呟く。

「なぜ九人なんだ？」ペッテルが問う。

「それがカギなのかもしれない」とヨーナが言う。

「ホワイトボードに書き足そうか？」マンヴィルが訊く。

「ああ」


シリアル・キラー、九人の殺害を意図している。


マンヴィルは再びメンバーのほうに振り返り、ペンに蓋をしてから、それを持ち上げて注意を引く。

「指紋なし。DNAなし。出所不明の繊維なし……しかし、マルゴットの血痕に残っていた射撃残渣が意図的なものとは思えない」と彼は言う。

「おそらくは」とヨーナは言う。「だがそれは、すでに犯人がわれわれに明かしていることを裏付けるものに過ぎない」

「水銀という点を掘り下げるべきだと思うんだけど」とグレタが言う。

「良いアイディアだ」とヨーナが言う。

「分析によれば、フィギュアは一般的な錫でできていた。予想どおりだな。出所を追跡するのは不可能だ」マンヴィルはそう言い、ホワイトボードのほうに向きなおる。
「錫を加工するのに、特別な装置や道具は必要ない。融解点は低く、一般的なキッチンでも扱える」サーガがそう言い、マンヴィルが書き加える。

手がかり不在：　犯人の慎重さと、犯罪科学に関する知識を示唆。
資材に関する知識：　錫の型取り、純銀の鋳造、苛性ソーダの使用。

五人はフィギュアの拡大写真を回覧する。セヴェリンの雑に彫られた顔、顎髭と眉。マルゴットの目立つ鼻、眉間の皺、そして肩に載っている編んだ髪。
「若い頃にクレイアニメを作っていたことがある」とペッテルが話しだす。「言えるのは、俺のほうがはるかに丁寧だったということだ……つまり、犯人は仕上げなど気にしていない。やすりがけもしていないし、バリのたぐいも放ったらかしだ」
「そうだな。私も錫の兵隊を作っていたからわかる」マンヴィルは一つうなずきながらそう言い、ホワイトボードにもう一点書き足す。

完璧主義者ではない。

グレタが立ち上がり、フィギュアをとらえた大判の写真を二枚、壁にピン留めする。席に戻ると水を一杯注ぎ、それをすすってからナプキンで口元を押さえる。

「小包は二箇所から発送されている。ともにストックホルム周辺だ」とマンヴィルが言う。「一つはオーデン通りの新聞販売店で投函《とうかん》されている。もう一つは、ミッドソンマルクランセンにあるスーパー〈コープ〉の郵便窓口だ……捜査員を二班派遣して、各地域の監視カメラを確認させているところだ。だがこの二箇所については、監視下には置いていない。ほかにもごまんと投函場所があるわけで、犯人がおなじところに現れるとは思えないからな」

「箱やテープその他、小包に指紋はなかった」とペッテルが言い添える。「破り取られた本のページ、緩衝材、子どもの絵、それから古い布きれを分析しているところで……」

ペッテルは口をつぐむ。警察の緊急通信システムを通して、全員が通知を受け取ったのだ。

サーガ・バウエル宛ての小包が、もう一つ届いた。

一一

ケント探偵社のある北駅通りを出た警察車両は、回転灯を光らせサイレンを鳴り響かせながらクングスホルメン地区にある警察庁舎まで疾走した。パトカーが停まると、すでに二人の鑑識技術者がガラス扉の外で待ち構えている。彼らは受け取った小包をそれよりも大きな箱に収め、爆発物処理班に手渡す。

探知犬が熱心にそれを嗅いだあと、処理班はすばやく爆発物検査装置にかけてから、X線を用いて内容物を検《あらた》める。

中には小さくて荒削りな金属の塊しか見えない。

鑑識技術者たちは爆発物処理班から箱を取り戻すと、足早にエントランスホールに入り、保安検査所を通り抜け、エレベーターを使って分析室に入る。そこでは、防護服を身に着けた捜査班の面々が待ち構えていた。

捜査官たちはじりじりとしながら、技術者の一人が大きな箱の中から小包を取り出し、ライトテーブルに置いて写真を撮りはじめる様子を見つめる。包みには、〈ケント探偵社気付　サーガ・バウエル〉と記されていた。

見えているのは、手袋の痕跡だけだった。おそらくは、郵便物仕分け室で付いたものだろう。

緑の瞳の女性技術者が、小箱の底をメスで切り取る。そして中からくしゃくしゃに丸められた紙を引き出し、それを開いて内側にある白い綿の束を剝き出しにする。

「早く、早く」とグレタが呟く。

技術者の女性が包みを開くのを、だれもがじっと見つめる。その間、ほかの二人の技術者たちは、犯人の痕跡を求めて空になった箱の内側と包装紙を調べはじめる。

「急げ」とペッテルが言う。「次の被害者を特定するまでどれくらいの余裕があるのかわからんが、とにかく時間はないんだぞ」

「指紋を探せ。ぜったいになにかあるはずだ！」とマンヴィルが声を張りあげる。

「顕微鏡だ！　早く早く」

「慎重にな」とペッテルが技術者に言う。

技術者はなめらかで、やさしいとすら呼びたくなる動きで、布きれを開いていく。中には、小さな錫のフィギュアがある。二センチほどの背丈だ。技術者はそれを、ピンセットを用いながら、顕微鏡の下にあるスライドの上に置く。

五人の捜査官たちは、拡大倍率と焦点を調整しつつある一人の技術者を取り囲む。鈍いグレーの光がモニター上に現れる。フィギュアの頭部は画面から外れている。だが身に着けている半袖シャツの肩章と、右腕の徽章《きしょう》は判別できる。

「警察官だ」とヨーナが言う。

フィギュアはベルトに拳銃と警棒も下げていて、片手で帽子を持っている。

緑の瞳の技術者がスライドを動かし、フィギュアの顔が視界に入るように調整してから、一歩脇に退く。

捜査官たちは、粗く彫られた顔をじっと見下ろす。口髭が濃く、鼻の両脇には深い皺があり、目の下はたるんでいる。首はたくましく、目は小さい。そして剝き出しの頭に奇妙な瘤《こぶ》がいくつかあった。角のようにも、薔薇のつぼみのようにも見える。

「警官は三万五千人いるんだぞ」とマンヴィルがぼそぼそ呟きながら、前のめりになる。

「さあ、どうする?」ペッテルが不安げに問いかける。

青ざめたサーガが、一歩後ずさりする。ヨーナが顕微鏡から視線を上げ、彼女のほうを見つめる。

「ようし、みんな」とマンヴィルが言う。「フィギュアの写真を、すぐに警察全体に配らなくちゃいかん」

「サーガ、見おぼえがあるんだな。そうだろう?」とヨーナが言う。

「シモン・ビェルケという名前の警察官だと思う。ノールマルム署に勤務してる」とサーガが応える。

「シモン・ビェルケ？　だれなんだ？」手袋を外しながら、マンヴィルが尋ねる。

「わかっていることは、最近までわたしが勤めていた探偵事務所に調査依頼をしていたということだけです」とサーガが言う。

「確信ありげね」グレタが強い調子で言う。

サーガがうなずく。

「ほんとうに？　ほんとうに確信があるのね？」

「警察学校の同期生なんです」

「これで先手を打てるかもしれない。手遅れになる前に彼を見つけるんだ」とヨーナが言う。

「よし、かかろう」とマンヴィルが言う。

五人は急ぎ足で分析室をあとにしながら、防護服を脱いでいく。ペッテルは足に引っかかったオーバーオールを引きずりながら、苦労して蹴り飛ばす。マンヴィルは手袋を外し、それをポケットに押し込む。

廊下を走りながら、ペッテルはシモン・ビェルケの自宅住所、電話番号、無線の識別信号を手に入れる。ペッテルが携帯電話に発信する一方、マンヴィルは無線での呼び出しを試みる。

「わたしは指令センターと連絡を取る」とグレタが言う。

そして彼女は歩きながら当直警官と話し、シモン・ビェルケがパトロールに出ていることをすぐに知らされる。

「みんな、静かに」とグレタは言い、携帯電話をスピーカーフォンにする。「彼はどこにいるの？」

「ええっと」と警察官が言う。「シモンと相棒のハロン・シャコールは、通報に対応するためにオーシュタ地区に出ていますが――」

「通報の種類は？」グレタはそう尋ね、廊下の中央でぴたりと立ち止まる。

「男たちの集団が、ハラル肉店の店主に嫌がらせをしているという内容です」

「では、二人は現場にいるわけね？　彼らにこの電話をつないでくれる？」とグレタが言う。

「できません。彼らは、無線機をダイレクト通信モードに切り替えてるようなんです」当直警官がそう応える。

「応援を派遣するんだ」とヨーナが言う。

「付近にいるほかの車両は？」グレタはそう尋ねると、再び廊下を歩きはじめる。

「確認します……いました、グローブ・アリーナに一台と、オストバリ通りのオーシュタフェルテット公園近くにもう一台」

「二台とも現場に向かわせて」とグレタが言う。

五人の捜査官は、エレベーターに向かって駆け出す。

「私が行く」ボタンを押しながら、ヨーナがそう言う。

「作戦は？」ペッテルが尋ねる。

「今度こそ、犯人より先に辿り着く」とサーガが言う。

「相棒と一緒にいるかぎり、おそらくシモンの身は安全だろう」とマンヴィルが言う。

「私が彼をここに連れてくる」ヨーナはそう言い、階段室への扉を開く。

「わたしも同行したほうがいい？」とサーガが尋ねる。

「現場に出られるのはヨーナだけだ」とマンヴィルがすばやく口を挟む。

「なんですって？」

階段をすばやく下りていくヨーナの足音が、鉄扉が閉ざされる鈍い音とともに消える。

「上に戻って、シモンについてわかっていることをまとめよう。完璧な人物情報が必要だ」マンヴィルはそう言いながら、エレベーターのボタンを苛立《いらだ》たしげに再び押す。

「シモン・ビェルケになにがあるの？　なぜ彼を殺したいなんて考える人間がいるの？」とグレタが問う。「サーガ、あなたにはわかる？」

＊　＊　＊

ヨーナはタンクローリーを追い抜く。E20号線でリリェホルメン地区を抜けて左車線に移りながら、セデテリエリエデン線をまたぐ高架橋を75号線へと下りていく。

現場に到着した二台のパトカーが規制線を張りつつあると、無線通信で知らされたばかりだ。

ヨーナは高速道路を下り、オルスタの複合ターミナル周辺に出現した工業地帯に入る。くたびれたベスト・ウェスタン・ホテル、バーガーキング、そして洗車設備のある広いガソリンスタンドを通り過ぎると、パトカーの青い光が三百メートル先のアスファルトやビルを嘗めるのが見えた。

巨大なホールセール店、無数のゴミ箱、そして荷物搬入口が、視界の両脇を飛び去っていく。

ヨーナは、道をふさぐ位置に駐められているパトカーの前に車をつける。

警察官たちは、広い範囲に規制線を張っていた。

ヨーナは車を降り、足早に制服警官のもとに歩み寄ると、身分証を掲げる。

「あなたが来られるという連絡がちょうど入ったところです」と警察官が言う。

「なにが起こってる?」とヨーナは尋ねる。

「よくわからないんです。喧嘩《けんか》か強盗の通報を受けた同僚たちがやって来て、中に入っていったようなんですが……最後に聞いたところによれば、人質事案に発展して、指令センターからはその場で待機しろと言われて……それっきりです」

黄色いレンガ造りの建物から突き出た屋根には、緑と白の看板が吊されていた。そこには、緑と黒で構成された紋章とともに、〈ハラル肉店〉とある。鉄扉は閉ざされ、三つある小窓のブラインドはすべて下りている。

平屋根の上には冷蔵室の室外機が設置されていて、テープの切れ端が微風にパタパタとなびいている。

駐車場と建物のあいだの空間には、古い冷蔵庫やキャビネットがいくつも置かれている。

「きみは中に入ったのか？」とヨーナが尋ねる。

「応援の到着まで待機するようにとの命令を受けています」

シモンとハロンのパトカーは、錆《さ》びついたバンと、ドアに肉店のロゴがあしらわれているシルバーのヒュンダイのあいだに駐まっている。

「到着予定時刻は？」

「二十五分後とのことでした。最後の通信によれば」

「きみたちのうち一人は裏口に、一人は隣の建物の屋根に行ってもらいたい」ヨーナはそう言いながら、自分の車へと戻る。

トランクから防弾ジャケットを取り出し、すばやく身に着ける。その時、興奮気味に話す女性の声が背後から聞こえてきた。

「わたしの話を聞いてないじゃ――」

「こちらに来ていただければ話を聞きます」警察官の一人が鋭く応じる。

「でも父なんです、あそこの――」

「だとしても、ここには入れません。この一帯は立入禁止なんです」

ヨーナはマジックテープを腹部に巻いてから振り返り、警察官が中年女性を肉店に近づかせまいとしている様子を見つめる。

「ここは父の店なんです」と女性が続ける。「商品を陳列するカウンターも新品だし、換気扇も新品なんです。生涯をかけて築いてきた店なんです。放してちょうだい。わたしにはここにいる権利があるのよ！」

「いいえ、ありません、ここは……」

黄色いゴミ箱を回り込むヨーナの耳には警察官の言葉が届かないが、それに応える女性の声には、なおも興奮の響きがあった。

「わかりました。わたしの話を聞いてくれたら一緒に行きます」と彼女は言う。「父は中にいるんです。高齢なんです。あいつらは父に嫌がらせをしてる。なんとかしてちょうだい！　三人もいて、銃を持ってて……」

店内から怒鳴り声が聞こえてきて、女性は言葉を途切れさせた。

壁を打つ鈍い音がする。

なにかが床に落ちて割れる。

それから、静寂が訪れる。

一二

警察官がバリケードテープを持ち上げ、女性を規制線の外側へと案内する。二人は建物の縁《へり》に沿って二十メートルほど歩いたところで立ち止まる。彼らの目の前には、閉ざされたアルミの扉がいくつも並んでいた。

警察官が女性の腕をつかむが、彼女はそれを振り払う。

八月の太陽を浴びている駐車場に、砂埃が舞い上がる。

ヨーナは足早に進んで二人に追いつき、この先は自分が引き継ぐ旨を警察官に伝えると、女性に向きなおる。

彼女の目は大きく見開かれ、充血している。そしてぽってりとした唇が震えていた。ジーンズを穿き、白いウィンドブレイカーとバーバリーのスカーフを身に着けている。

「ヨーナ・リンナと申します。国家警察犯罪捜査部の警部です。これから、あなたのお父さんを助け出すために全力を尽くします」

「さっきから話してたんですが——」

「ちょっと待ってください。あなたが怯えていらっしゃることは承知しています。お話しになりたいことはきちんとうかがいます。でもまずは、お名前を教えていただけませんか?」

「ノーラよ、でもそんなことどうでもいい。あいつら、店の中で父を襲ってるんです。三人います。父は高齢なんです」

「なるほどわかりました。ノーラさん、なにが起こったのか、ここまでのところを教えてください」

女性は、ほつれた髪の毛を耳の後ろに掛ける。「今朝はなにもかもいつもどおりだったんです。わたしは店にいて、父が値札をつけるのを手伝ってました」そう話しながら、口元を擦る。「そうしたら兄弟がやって来たんです。父は、あいつらのバンが店の外に停まってるのを見つけて、警察に通報して裏口から逃げるようにってわたしに言ったんです。冷蔵室の横の事務所を抜けたら出られるんです」

「兄弟というのは何者なんです?」

「父のアイアスは、あの人たちのお父さんの店を廃業に追い込んだんです。十年前のことです。で、今になってその仕返しをしたがってる……兄弟の一人、ブランコは同級生なので知り合いです。ほんとうはけっこういい人で、父がコーチを務めていたサッカーチームに所属してました」

「その連中は職業的犯罪者ですか？」

「違うと思います。でも手紙を送りつけたり、夜中に電話をかけてきたりしました。父を訴えようとしてるんです。大金の関わる話なんです。大量の食肉です。父は、もうこれ以上頑張るのは無理なんです」

涙がこぼれてアイライナーが流れ、目の下の皺にたまる。

「ノーラさん、わかりました。離れたところに留まり、警察官の言うことを聞いてください。そうしていただくと、私たちが仕事をしやすくなります。わかっていただけますね？」

ノーラはうなずき、震える指先で鼻を拭う。

「父が傷つけられるんじゃないかって、心配でたまらないの」

「わかりますよ、でもこれから私が中に入って彼らと話してきます」

「中に入るんですか？」

ヨーナは踵を返し、青と白のテープを持ち上げる。そして、アンデション青果店を通り過ぎる。

裏口の前にはテーブルがあり、その周囲にはプラスティック製の椅子が三脚ある。テーブルの上のビール瓶は、煙草の吸い殻でいっぱいだ。

ヨーナは前進する。低い柵をまたぎながらほかの警察官たちに合図を送り、店内に入ることを知らせる。ハラル肉店の角を回り込み、扉をノックする。

「シモン？　話があるんだ」そう言いながら、ドアハンドルを回す。

「入って来るんじゃねえ！」しわがれ声の叫びがあがる。

「落ち着いてくれ。シモンとちょっと話したいだけなんだ」とヨーナは言い、両手を上げたまま足を踏み入れる。

「なんなんだよ？」

扉の右、カウンターのほぼ正面の位置に、ショットガンを構えた髭面の男がいる。

「おまえ、耳が聞こえないのか？」

「いいや、だがこんなことをしてる暇はないんだ」とヨーナは男に告げる。「シモンを探している。ここにいると聞いたんだが……」

ヨーナはただちに状況を把握する。肉店の中にいる五人は、一つ間違えれば血の海という一触即発の状態にある。今のところは、全員の抱いている恐怖の表面張力によって、彼らの命が保たれている。

カウンターの背後、十四メートル離れた冷蔵カウンターの背後に白衣のアイアスがいて、ブランコの喉にナイフを当てている。

ブランコの拳銃は、血に塗れた作業台の上に転がっている。

扉の右側、カウンターの前にいる髭面の男は、ベネリM4スーペル90を構え、アイアスに向けている。

ソーダやエナジードリンクの缶、そして水のペットボトルが入っている冷蔵庫の脇には、片膝立ちの警察官、ハロンがいた。左手で右腕を安定させ、シグザウエルで髭面の男に狙いをつけている。

店のいちばん奥、ポンプ式魔法瓶とプラスティックコップの載っているテーブルの横には、金髪をポニーテールにしている痩せた男がいて、グロック17を不安げに警察官に向けている。

「ハロン、きみとシモンは通報に対応するために、二人でここに来たんだな」ヨーナはおだやかな声でそう続ける。

「シモンは裏のほうにいると思う」ハロンは拳銃の狙いを保ちながら、そう言う。

「了解した。これからそのことを指令センターに伝える」ヨーナはなにげない口調でそう言う。

「動くんじゃねえ！」金髪の男が声を震わせながら喚く。

「無線機を取り出すだけだ」とヨーナが言う。

「仲間を撃つぞ。やってやる、豚野郎を撃ってやる」

「ダンネ、落ち着けって。大丈夫だ」ブランコが声を張りあげる。

ヨーナはゆっくりとポケットの中から携帯電話を取り出し、マンヴィルにかける。

店内に高まる緊張は、肌で感じられそうなほどだった。だれもがわれを失うぎりぎりの瀬戸際にいる。生肉と湿ったコンクリートの臭いに混ざる、脂汗の臭いがヨーナの鼻に届く。

「マンヴィルだ」

「オーシュタの状況は把握してるな？　シモン・ビェルケはここにいない。店の裏にいるようだ」

「シモンってのはだれなんだよ？」金髪の男が尋ねる。

「情報はチームと共有する」とマンヴィルが言う。

「撃つぞ、撃ってやるぞクソったれが」髭面の男が、アイアスをぎらつく目で睨みつけながら囁く。

男は極度の興奮状態にあり、構えたショットガンが震えている。伸縮式の銃床は伸ばされておらず、弾倉には最大五発。この距離であれば、老人には確実に命中するだろうとヨーナは考える。

「みんな聞いてくれ」ヨーナはそう言い、携帯電話をポケットの中に落とす。「われわれは明らかに手詰まりの状態にある。きみたち三人は兄弟だ。その事実を少し考えてみてくれ。もしきみたちのうち一人が発砲すれば二人が死に、残った者は終身刑を言いわたされる」

「黙れ」髭面の男が吠える。

「まあ待ってくれ。もしきみがアイアスを撃ったとしても、アイアスにはブランコの首を切る余裕があるし、ここにいる私の同僚がきみを撃つ」ヨーナはおだやかな口調を保ちながら、説明する。「ダンネはグロックを発砲して私の同僚を傷つけることはできるだろうが、私はダンネを武装解除して逮捕する」

店の外で声があがり、ノーラの絶望の叫びがヨーナの耳に届く。今やアイアスは震えている。ブランコの喉を一滴の血が伝い下りる。

ヨーナは、冷蔵室の入り口でゆっくりと揺れているビニールカーテンをじっと見つめる。白いタイルには、ブランコの手がぼんやりと映っていた。

「ブランコは血を流してるじゃねえかよ！」金髪の兄弟が叫ぶ。

「俺は大丈夫だ」とブランコが叫び返す。「ほんとうに俺は大丈夫だから、だれも――」

「もうたくさんだ、やっちまおう」髭男が息を切らしながら一歩踏み出す。

「ただのかすり傷だ。アイアスに傷つけようという意図はない」とヨーナは言い、状況を鎮めようとする。「アイアス、ナイフに気をつけてください。娘さんが店の外にいます。娘さんはブランコとおなじ学校に通っていたんですね？」

「そうだ」と老人が応える。

「ブランコはサッカーチームに入っていて、あなたはコーチだった。それで――」

「そのとおりなんだよ、ごめんなさい、俺は――」

「ブランコ、おまえが謝ろうが俺たちには関係ねえぞ」髭面の男が叫ぶ。

引き金にかかった彼の指が震え、汗の粒が鼻から滴る。

「聞いてくれ。私が提案をするまで、どれほどの行き詰まり状態にいたか考えてみてほしい」とヨーナが言う。「だれかが動けば、必ずすべての拳銃が同時に発砲される。きみたちはこちらに目を向けることもできない。狙いを外せないからな。だから私は、容易《たやす》くホルスターからコルトを抜くことができる」

「よせ」と髭の男が叫び返す。「おまえアホかなんかか？」

「だれも私には銃を向けられない」ヨーナはそう言い、ゆっくりと肩掛け式のホルスターから拳銃を抜き、薬室に弾丸を送り込む。

「こんなのありえねえ」ダンネが囁く。

ブランコは緊張のあまりゲップをし、少しのあいだ目を閉じる。

「きみたちにできることはない」とヨーナは説く。「やろうと思えば、私には三人のうちだれかのところまで歩いて行って撃つこともできる。だが――」

「本気かよ、こいつ、頭イカレてるんじゃねえか？」

「いいから聞いてくれ」とヨーナは続ける。「時間があまりない。特殊部隊が扉を蹴破って入って来る前に解決したいんだ」

「なにが望みなんだよ？」髭面の男が金切り声をあげる。

「アイアスが、きみたちのお父さんを廃業に追い込んだことは知っている。きれいなやり方でもなかった。それから――」

「私のほうが真剣に働いたということだ」老人が反論する。

「……きみたち三人は今朝、ぜんぶ取り戻すつもりでここに来たことも知っている。だが物事はそういうふうには進まない。どうなるかといえば、きみたちが刑務所に入ることになる。それだけだ」

「最高だね」と髭面の男が言う。

彼が唇を舐《な》めると、ショットガンの銃口がガラスのカウンターに当たり、ゴツンと音をたてる。

「しかしもっと良い解決策がある」とヨーナが言う。「ハロン、銃を下げてもらえないかな」

「でも……」

「言うとおりにしてくれ、大丈夫だから」

シグザウエルを下ろすハロンの目には、恐怖が浮かんでいる。冷却装置のファンが息を吹き返し、冷蔵庫に入っている飲料の瓶がカタカタと音をたてはじめる。

「さあ、ダンネ、次はきみがおなじことをするんだ」

「嫌だね」そう応える金髪男の唇には、緊張にこわばった笑みが浮かんでいる。

「だがせめて引き金から指を外してくれるね？」

「わかった、いいだろう」と彼が言う。

ヨーナはゆっくりとショットガンの男に向かって移動をはじめる。駐車場で踏んだ砂利の粒が、靴の下でギシギシと音をたてて砕ける。

「アイアスと、取り決めのようなものを結んでもらいたい」とヨーナは続ける。「ハラル肉には大きな需要がある――」

「いったいなんのつもりなんだ？」髭男が吠える。

「アイアス一人ではさばききれないほどの需要だ。きみたち全員を支えるのに充分な量さ……しかも、この近くには空き物件がある。実際、場所としてはここよりも良い。ホテルに近いからな」

「こいつの戯言《たわごと》に耳を貸すんじゃないぞ！」

ヨーナはコルト・コンバットを上に向けて弾倉を抜き、それをポケットにしまう。それからスライドを引いて、弾丸を床に落とす。

髭男はアドレナリンで身体を震わせている。復讐《ふくしゅう》したいという渇望を抑えることができないでいるのだ。今この瞬間にでも発砲しかねない状態だ。

「物件を借りたらいい」とヨーナは続ける。「そうすれば自分の店が持てる……外に置いてある古い冷蔵庫とカウンターを使ったらいい。無料でいいですね、アイアス？」

「ああ、いいとも。持って行けばいい」と老人がうなずく。

金髪男が拳銃を下ろす。両手は震え、頬は紅潮していた。髭男はぶつぶつと呟く。ショットガンをきつく握りしめるあまり、拳が白くなっている。

「それから、配達区域をみんなで調整しよう」ヨーナはそう言いながら、カウンターに歩み寄る。「アイアス、領収書を見せてやってくれないか。みんなにとってどれほどの利益になるか、もし――」

言葉の途中ですばやく側面に視線を走らせたヨーナは、片腕を伸ばし、髭男の持つショットガンの銃身をつかむ。その瞬間、耳をつんざく轟音が鳴り響く。

弾丸は天井の照明に当たる。

ヨーナは身をひるがえし、コルトの銃把を髭男の額に叩きつけながら、ショットガンを奪い去り、それを金髪男に向ける。

ガラスと漆喰の破片が天井から降りそそぐ。

髭男はよろよろと後ずさり、壁に頭を打ち付けてからずるずると床に崩れ落ちる。口を開き、沈黙したまままばたきをしている。

照明器具と金網が天井から落下し、ガラスのカウンターを粉々に砕く。中に入っていた肉には、無数のガラス片が突き刺さった。

金髪男は拳銃を床に落とす。

ハロンがそれを遠くへ蹴り飛ばし、手錠を取り出す。

アイアスはナイフを投げ捨ててから踵を返し、目を両手で覆いながらすすり泣きしはじめる。ブランコは、自分を指導してくれた元サッカーコーチの肩に腕を回し、慰めようとする。

一三

紙皿が風に吹かれて駐車場を横切り、舞い上がった砂埃とともに、ひび割れた荷物搬入口の彼方に立ち並ぶ建物のほうへと運ばれていく。

アイアスは、救急車の背後で担架に腰かけ、ノーラに手を握られながら警察官に話している。

ヨーナは駐車場を横切り、シモン・ビェルケの相棒であるハロン・シャコールのもとに駆け寄る。彼はちょうど、防弾ベストをパトカーのトランクに収納しようとしているところだった。

「シモンは建物の裏にいなかった。探したがどこにもいなかったぞ」とヨーナが言う。

「おかしいな」ハロンは顔を上げずに応える。

「しかも彼の無線はダイレクト通信モードになっていない。スイッチが切られている」

「なんと言えばいいのか」

「緊急事態なんだ」

特殊部隊の隊員たちが、兄弟を肉店から連れ出していく。三人とも手錠をかけられ、髭面の男は頭に包帯を巻かれていた。

「取り決めは生きているからな」アイアスは三人に向かって声をあげる。「私は約束を守る男だ」

ブランコがほほえみ、特殊部隊の黒いバンに乗り込みながらアイアスをじっと見つめる。

「ハロン、聞くんだ。きみがシモンをかばっていることはわかっている」とヨーナは続ける。「だがな、あんなふうに一人で突入するのはきわめて危険だぞ」

ハロンは首を振る。「あいつには裏口にいてもらいたかったんですが……」

そこで彼は口をつぐむ。無線に通信が入ったのだ。ハロンはそれを上着から外し、音量を上げる。

「ハロン、応答せよ」と気だるげな声が言う。

「シモンか？」ハロンはヨーナから数歩離れる。「犯罪捜査部の刑事が来てて、おまえと――」

「向かってるところだ」と言う声が、ハロンの言葉を遮る。「小便をしてから店に寄って――」

すさまじい爆発音が聞こえ、雑音が続いたあと静寂が訪れる。

「シモン？　シモン、応答せよ」とハロンが叫ぶ。「シモン、応答せよ！」

「居場所を言え」とヨーナは命ずる。

ハロンはうつろな顔でヨーナのほうに振り返る。

「通信が途絶えました……」

「ハロン、シモンの居場所を知っているのなら今すぐに言うんだ」ヨーナは自分の車を解錠しながら言う。

「いったいなにごと――」

「いいから言え」とヨーナが怒鳴る。

「奴は、今日の午後はずっと〈ＬＡバー〉にいました。あっちのほう、競技場の近くです」ハロンはそう言いながら、建物の屋根の上を指差す。

「私と一緒に来るんだ」

二人は車に乗り込み、ヨーナはタイヤを軋らせながら発進する。

高速道路の上の環状交差点《ラウンダバウト》で加速しながら、ヨーナは地区指令センターに連絡を入れ、目的地を告げる。

「つまり、シモンは飲むんだな？」ヨーナはハロンに質問する。

ハロンは、シモンのアルコール依存症について話す。シモンは幾度となく更生を誓ったが、事態は悪化するばかりだったのだと。

「何年もあいつをかばってきたんです」とハロンは言う。

ハロンはシモンをバーで降ろし、その一時間後に肉店での騒ぎに関する通報が入った。それで相棒と連絡を取ろうとしたが、シモンが無線機のスイッチを切っていることに気づき、一人で現場入りすることに決めたのだった。

ヨーナは最後の直線道路で速度を上げる。そして対向車線に入り込むと、片輪を歩道に乗り上げながらＬＡバーの外に車を停めて飛び降りる。

バーは、乳白色の共同住宅の角部分を占めている。赤いバルコニーがあり、埃まみれの日除けが無人のテラスに影を投げかけている。

ヨーナは駆け寄り、勢いよく入り口の扉を開ける。

店内では、三人の男たちが別々のテーブルについていて、サッカーの試合中継を静かに観ていた。それぞれ、目の前にはビールのグラスがある。

カラオケ・スペースは無人で、バーテンダーはカウンターの背後に座り、コーヒーを飲みながら携帯電話でゲームをしている。

ヨーナはバーテンダーに大股で歩み寄ると、身分証を掲げる。

「警官はどこですか？　制服を着た警官です」とヨーナは尋ねる。

「会計をして出ていきましたよ。たぶん十分くらい前に」バーテンダーはそう応え、ナプキンの入った小さな容器と、ナイフとフォーク類を片側に寄せる。

「一人でしたか？」

「いつもそうです」

「出ていったあと、どこに向かったかわかりますか？」とヨーナは訊く。バーカウンターの背後にある鏡に、店に入ってきたハロンの姿が映る。

「ぜんぜんわからないですね」とバーテンダーが答える。

「考えろ！　重要なことなんだ！」

「右に曲がったのは見えたけど――」

ヨーナは踵を返し、足早に入り口に向かう。ハロンはヨーナのために扉を開けてから、あとに続く。

「小便をすると話してた時は、屋外にいるように聞こえました」とハロンが言う。

ヨーナは建物に沿って走りはじめる。タイマッサージ店の先で階段を下り、駐車場に入る。

ゴミ箱から一羽のカラスが飛び立つ。

ヨーナは拳銃を抜き、落ち葉だらけの静まりかえった中庭へと歩を進めた。背の高い樺の木の根が、アスファルトを割っている。そして前方には、赤い滑り台のある公園が見える。

ヨーナはあたりをくまなく見まわしてから、建物の裏手に沿って移動しはじめる。その先では、手摺《てす》りの錆びついた外階段が高く伸び上がっていた。

階段の向こう側から、ジャリジャリとなにかが砕けるような、擦れるような音が聞こえてくる。ヨーナは、ハロンに合図を送り、大きく半円を描くようにしてあとに続くよう指示をする。

公園のブランコが微風に軋む。

ヨーナは物音をたてずに進んでいく。肩を階段の一階部分に押し当てると、湿ったレンガと腐りつつある葉の匂いが感じられた。それに続いて、誤りようのない血液の鋭い金属臭が鼻孔を打つ。

ヨーナはまたしても、先ほどとおなじジャリジャリという音を耳にする。今回ははるかに近い。

ヨーナは階段裏の暗い片隅に拳銃を向けながら、一歩踏み出す。

地下室の窓は銀箔《ぎんぱく》で覆われていて、ネズミが二匹駆け出していく。

階段の周辺の地面は、血液で濡れている。そして壁際には長々と引きずった痕があり、それが三メートルほど伸びたところで完全に消えていた。

ヨーナは駆け出し、そのまま中庭から建物の反対側に出る。無人の通りを見わたしてから右方向に進み、交差点の真ん中で立ち止まる。

車は一台もない。人もいない。

手遅れだったのだ。またしても。

ヨーナは指令センターに無線連絡を入れ、検問所の設置とヘリコプターの出動を依頼してから、マンヴィルに電話をかけて最新情報を伝える。

中庭に戻ると、血痕を見つめているハロンの姿がヨーナの目に入った。両腕を力なく脇に垂らし、完全に血の気を失った顔面は、ハンドルを握ったまま居眠りしかけている人間を思わせた。

シモン・ビェルケのボディーカメラが、血の筋が伸びている地面の脇に転がっている。そして錆びついた排水溝の蓋の傍らでは、乳白色の薬莢が輝いていた。

＊　＊　＊

ヨーナは、ほかの捜査官たちとともに犯罪捜査部の会議室にいて、静かに座りなが

ら待機している。犯行現場はエリクソンが引き継ぎ、どれほど些細《ささい》なものであっても
なにか発見があればすぐに報告を入れるようにとの指示を受けている。
オーシュタ周辺では何百台もの車に対して検問が実施されたものの、今のところ成果はあがっていない。ヘリコプターによる上空からの監視についても同様だ。現場周辺の通りに、監視カメラは一台も設置されていなかった。だが現在のところ、送り込まれた捜査員の一団が、周辺で戸別の聞き込みにあたっている。目撃者を探し出すのが目的だ。

ＩＴ専門家のヨハン・イェンソンは、だらりとしたパジャマのズボンのように見えるものを穿き、〈Ｔシャツ見っけ〉と記されたＴシャツを着ている。携帯電話をコンセントに差して充電しながら、ノートパソコンを開く。

鑑識技術者の一人がシモン・ビェルケのカメラを箱から取り出し、オークションにかけられる貴重な品物であるかのようにそれを掲げる。

「指紋については調べてありますが、扱いには気をつけてくださいよ」と彼は言い、眼鏡を押し上げる。

ヨハン・イェンソンはゴム手袋を着け、そのカメラを受け取る。そして少し振ってみてから、パソコンの脇に置く。

「上映開始だ」雰囲気を出すために咳払いをしながら、ヨハンはそう告げる。

シモン・ビェルケのボディーカメラは、〝隠し撮りモード〟になっていた。つまり、カメラが起動していないように見える状態で録画していたということだ。通常の録画モードであれば正面の赤いLEDランプが点灯するわけだが、そうではなかったことを意味する。

警察のボディーカメラにはデータを一時保存する機能が備わっていて、実際に録画が開始される三十秒前から記録が残される。それは、カメラが起動された理由となる出来事を含めて録画するためであり、しばしばその出来事こそが、捜査において重要なカギとなる。ただし個人情報保護の観点から、最初の三十秒については音声データがない。

「音声も欲しいですか?」とヨハンが尋ねる。

「音声はそもそも存在しない」ほとんど腹を立てたような口調で、マンヴィルが応える。

「存在するに決まってるでしょう。転送時に削除されてるだけなんですよ……というか、正直に言えば、その時に消されているわけですらない」

「なら音声付きで頼む」

「よかった。そうなると作業が少し楽になる」ヨハンはそう言い、メモリーカードの中身を自分のノートパソコンにコピーする。

そしてカメラを鑑識技術者の箱に戻すと、手袋を外してからパソコンをほかの人々のほうに向ける。

「さあ準備はいいかな?」ヨハンは刑事たちの顔を見上げながら尋ねる。

「ええ」とサーガが言う。

映像は唐突にはじまる。マイクが風でうなり、アスファルトを行く足音も聞こえた。カメラはシモンの胴体に取り付けられている。そのため映像は、建物の裏手にある階段へと近づいていく彼の歩調に合わせて揺れる。

「シモンか?」ハロンの不安げな声が雑音とともに無線機のスピーカーから漏れる。

「犯罪捜査部の刑事が来てて、おまえと――」

「向かってるところだ」シモンがそれを遮る。

シモンは階段の背後に回り込み、地下室の窓の前で立ち止まる。窓ガラスの内側に貼られている銀箔が、シモンの気の抜けた顔を歪《ゆが》めて映し出す。その背後には緑の公園がぼんやりと映っていて、滑り台が赤い星のように見える。するとなにか灰色ののが、草むらを横切ってシモンに向かって突進してくる。

「小便をしてから店に寄って――」

身をかがめた影が目に留まらぬ速度で移動し、背後に出現する。そしてシモンが話し終える前に轟音がほかのすべての音を呑み込む。

地面がカメラに迫り、ドスンという音がしたかと思うと画面が真っ暗になる。

シモンの苦しげな息づかいが会議室を満たす。

苦悶《くもん》の叫びをあげたシモンは横向きになると、カメラを起動する。突如として、音声がはるかに鮮明になる。シモンがひどい苦痛に襲われていることはあきらかだった。浅い息づかいのあいだに、すすり泣きが混ざっている。

見えているのは、シモンの頭上にある樺からの木漏れ日ばかりだった。

車両のエンジン音がゆっくりと近づいてきて、停止する。そして、何者かがアスファルト上を駆ける音が聞こえた。

カメラが震え、地面に向けられる。

ウィーンという機械音があがり、シモンのくぐもった泣き声を切り裂く。閃光が走るとともに、建物が揺れながら視界に入ると、それが上方に持ち上がって静止する。

「カメラが落ちたんだ」とヨーナが言う。

機械音は続き、そこに金属の擦れる音が混ざる。シモンのうめき声も聞こえていた。

「肉挽《ひ》き機にでも押し込まれてるような音だ」ペッテルが囁く。

「トラックの背後に、ウィンチで引き上げられている」とヨーナが言う。

静寂が会議室を満たす。二回ほどものを叩く大きな音がしてから、車は走り去った。

カメラはまだ地面にあり、手前のアスファルト越しに録画を続けている。

間もなく最初のネズミが現れ、その後二匹出現する。一瞬後、ゆっくりとした足音が近づいてくる。

「私だ。ほんのわずかな差で逃したんだ」とヨーナが言う。

「もう一度見せて」とサーガが言う。

「犯人の映像の画質を上げることはできないかしら」とグレタが問いかける。

一四

ヨハン・イェンソンは、ポップロックキャンディの袋の端を引き裂き、中身を口の中に流し込む。小さな砂糖の結晶が唾液で溶け、中に封じ込められていた炭酸ガスが弾けた。それを味わいながらも、ヨハンは犯人の映像の質を改善しようと試みている。

「犯人の映像は拡大できる?」とグレタが尋ねる。

「無理だね」ヨハンは背後にもたれかかりながら言う。「鮮明な線がない。だからぼんやりした埃の塊にしかならない」

マンヴィルが立ち上がり、片手をネクタイに走らせると、会議室の隅に移動した。そして、二面の壁が接する角を見つめたまま立ち尽くす。

ペッテルが、その背中を見つめながら口を開きかけるが、グレタがそれを制止する。

「そっとしておくの」と彼女は静かに言う。

ヨハン・イェンソンが迷路のような黒いアイコンをクリックすると、画面が暗くなる。

「Xターミナルというソフトを試すことはできるけど、そんなに変わらないと思うな……」

ヨーナはオーシュタの中庭に関する予備分析の結果報告書に目を通し、グレタは三人の被害者の写真を見比べる。ペッテルはぼんやりと警察組合の会報のページをめくり、サーガはヨハンの背後をうろつきながら、しかめ面でパソコンの画面を見下ろす。

「成果なし？」とサーガが訊く。

「駄目だね。これ以上は鮮明にならない」とヨハンは応え、充血した目で彼女を見上げる。

マンヴィルを隅に残したまま、残りの四人はヨハンのパソコンの周囲に集まる。そこにはこれまでで最も鮮明な犯人の姿があったが、それでもまだシモンの背後にあるグレーの靄《もや》でしかない。犯人の肩と頭は見分けられる。だが明確な特徴はない。手足も、衣服もわからなかった。

「身長を割り出すことはできるんじゃないの？」とグレタが尋ねる。

「微妙」とヨハンが応える。「見たところ犯人はかがんでるか……少なくとも、なにか身体におかしなところがありそうだからね」

「もしかしたら四つん這いになって走ってるとか?」とサーガが言う。

「イカレてる」とペッテルがため息を漏らす。

「たしかに手がかりは少ない」とヨーナが言う。「それでも、犯人の姿をはじめて目にすることができた。動きがすばやく、被害者を不意討ちすることもわかった」

「捕食動物《プレデター》のように」とグレタが囁く。

「それから、犯行時に犯人が寡黙《かもく》だということもわかった。被害者にはなにも話しかけない」とサーガが話す。

パソコンの画面がスリープし、会議室はやや暗くなる。暖房用放熱器のうなりが止み、かすかなカチカチという音だけが聞こえる。

「あと少しのところだった」グレタは、ヨーナの目を見ながらそう言う。「運が味方していれば、犯人を捕まえられたかもしれない」

「どうかな」とヨーナが言う。

「あなたが五分早く着いていたら、それか、もしシモンが無線のスイッチを切っていなかったら……」

「そうだな」とヨーナは応えながら、ホワイトボードと壁の写真に向かってうなずく。「でもわれわれは、まだ犯人の作ったゲームをさせられている。奴がルールを作り、奴のペースに合わせてわれわれは動いている」

「それでも考えてしまうの……わたしたちがあとほんの少しだけ早ければ、ほんの少しだけ賢ければ」とグレタは続ける。「わかっているのは、マルゴットは厩舎で撃たれ、カッペルファールの古い墓地で発見されたこと。セヴェリンが撃たれた場所はわからないけど、ハルスタヴィークの墓地で発見されている」

「二カ所の墓地。これは犯行パターンと呼べるのかも」とサーガが言う。

「そしてシモンはバーの外で撃たれた」とグレタは続ける。「だけど遺体はまだ回収されていない」

「まだ生きているのかもな」とペッテルが指摘する。

「ええ、そうね……もしかしたら今この瞬間にも、ゴム袋の中で必死にあがいているのかもしれない」グレタはそう言い、顔を逸《そ》らす。

「おそろしい真実だ」とペッテルが言う。

「そう」とグレタが言う。「でもそう考えると耐えられない。無理なの。どうしても仕事に集中できない」

「指摘しておかねばと思っただけなんだが――」とペッテルが口走る。

「きっちりと指摘していただきましたとも」とグレタがそれを遮る。

「だがほんとうに考えるべきことは、われわれがこれからなにをすべきかということだ」掌でデスクを撫でながら、ペッテルがそう言う。

「シモンを探し出さなきゃ」グレタが低い声で言う。

「犯人の行動範囲はかなり広い」とサーガが言う。「つまり、ヴァルムドの厩舎とハルスタヴィークの墓地は、七十キロくらい離れているわけで……それを円の直径とすると、わたしたちが相手にするのはどのくらい？ ほぼ四千平方キロの面積ということになる」

「しかも、犯人がその円の中に留まるとは限らない」とグレタが指摘する。

「だったらなんだ？ ここでなにもせず手をこまねいてるわけにはいかんだろう」とペッテルは言い、椅子から立ち上がる。「マンヴィル、違うか？」

「放っておきなさい」とグレタが繰り返す。

「直径を倍にして、該当する地域に連絡しよう。すべての墓地にパトカーを派遣するんだ」とヨーナが言う。

「すぐに取りかかるよ」ペッテルはそう言うと、立ち去りかける。その時、扉にノックがある。

ランディが会議室に足を踏み入れる。黒いジーンズとグレーの上着という姿だった。鋭い眉毛が、本来親しみやすい顔つきにかすかな険しさを加えている。

「オーシュタに出ている班から報告が返ってきました」ランディは咳払いをしながら

そう口を開く。「なにもなしです、残念ながら……一軒も残さず戸別訪問しましたし、すべての検問所、違反取締カメラ、路上の聞き込み、すべて確認しました」

「捜査を続けるように伝えてちょうだい」とグレタが言う。

ランディは、一瞬サーガの目をとらえようとするが、「了解です」と囁くと、扉を閉めて出ていく。

口をつぐんだまま部屋の角を離れたマンヴィルは、ホワイトボードに歩み寄る。そして棚のマーカーを手に取ると、三人目の被害者によってもたらされた情報を足して整理する。

シリアル・キラー、九人の殺害を意図している。
被害者1：　女性、中年、国家警察長官。
被害者2：　男性、年配、マリア・マグダレーナ教会の牧師。
被害者3：　男性、中年早期、アルコール依存症の警察官。
犯人は話し好き：　それによって責任を放棄しようとしている可能性あり。
言及されている人物：　ユレック・ヴァルテル、サーガ、そしてヨーナ。
金属のフィギュア：　サーガ宛に送付、次の被害者を示唆。
被害者の背後から至近距離で銃撃。

凶器：９×18ミリマカロフ弾、純銀の薬莢。ロシア製の水銀の雷管。

電動ウィンチ付きの車両を所有。

殺害現場と遺体発見現場は異なる。

発見現場は各々の埋葬地か。

遺体は苛性ソーダで溶かされる。ゴム製の遺体袋。

手がかり不在：犯人の慎重さと、犯罪科学に関する知識を示唆。

資材に関する知識：錫の型取り、純銀の鋳造、苛性ソーダの使用。

完璧主義者ではない（錫製フィギュアの粗い仕上がりから）。

動きが極端に速い。捕食動物を思わせる。


マンヴィルはマーカーに蓋をする。そして数歩後退してからリストをはじめから読み返すと、四人のほうに振り返る。

「サーガ、犯人はユレック・ヴァルテルと自分を重ね合わせていると話していたね」と彼が言う。

「はい……絵葉書のアナグラムがあったからです。ゲームなのかもしれないし、わたしたちを挑発しようとしてるのかもしれない」とサーガが応える。

「でも、犯人はなぜユレックを知っているの？　あの事件に関する書類はすべて極秘扱いになっているのに」とグレタが訊く。

「重大な情報漏洩《ろうえい》があったんだ」とヨーナが説明する。

「一握りの警察官が知っていれば、全世界が知ることになる、か」マンヴィルが呟く。

「予備捜査の最終段階では、かなりの人数が関わっていた」とヨーナが続ける。「またその後も、残された古い手がかりをもとに、失踪者の遺体を見つけ出すために捜査員が大規模に動員された」

「でもどうしてユレックなの？」とグレタが問う。「手口から見ると、犯人は模倣犯ではない。むしろ真逆と言える」

「ほかのつながりがなければおかしい」とサーガが言う。

「今のところ三件の殺人が起こっている。だが、われわれはほんとうに犯人の行動パターンを把握していると言えるだろうか？」マンヴィルはそう問いかけながら、ホワイトボードを指し示す。

「犯人は被害者を監視する。おそらく長い時間をかけて。そこから、襲撃の場所とタイミングを割り出している」サーガは、椅子から立ち上がりながらそう言う。

「綿密な計画」マンヴィルはそう言いながら、ホワイトボードに書き加える。

「犯人は背後から被害者に忍び寄り、警告なく至近距離から背中を撃つ」とサーガは言う。

「三発目の銀の薬莢が手に入った……サイズはおなじ、9×18ミリマカロフ弾……ソ連製のマカロフ拳銃用の弾だ」とマンヴィルがつけ加える。

「弾丸は、移送に先立って、被害者を身動きできない状態にするためのものだと思う」厩舎で発見された血痕の写真を指差しながら、サーガがそう言う。「なぜ即死させないのか、その理由はわからない。でも、それが計画の一部であることははっきりしている」

「同意するわ」とグレタが言う。

「拉致から間を置くことなく、遺体を新たな場所に捨てる。おそらくは墓地に」サーガは口調を強めながら、そう話し続ける。「袋はゴムの内張がされていて、水酸化ナトリウムで満たされている。外側はビニールとシーツ、そしてロープで包まれている」

「ノーレンは、最初の二人の被害者について死因を特定できなかった。それが弾丸だったのか、ほかのなにかだったのかは、わからない」とヨーナが言う。「腐食がはじまった時に、被害者が死んでいたのかどうかもわからない」

「ひどいな」とペッテルが呟く。

「犯人は被害者をただ殺したいだけではなく、完全に消滅させたいんだ」ヨーナが静かにそう話す。

サーガは元の椅子に座り、顔面蒼白のマンヴィルは、マーカーの蓋を外して再び書きはじめる。


犯人は高度な計画性を持つ。被害者を監視し、習慣や日課を把握している。

被害者をその場で殺さないことに理由がある。

被害者を消滅させる。


マンヴィルはマーカーを棚に返し、テーブルに戻る。ジャケットの第一ボタンを外し、ズボンの裾をわずかに引き上げてから腰を下ろす。

「錫のフィギュアが最も具体的な手がかりだ」と彼は言う。「犯人がわれわれとコミュニケーションをとる手段だからな」

「では、どう解釈したらいいの？　なぜ錫？　そもそもなぜ小さな彫像なんか作るのかしら？」とグレタが問いかける。

「すぐに考えたのは、おもちゃの兵隊のことだった」とマンヴィルが言う。「子どもの頃には、自分たちで鋳造して色を塗って、歴史上のさまざまな戦いを再現したものだ」

「今時の子どもたちは見向きもしなそう」とグレタがほほえむ。

「頼むよ、ここは集中しよう」マンヴィルはかまわずに続ける。

「サーガに送りつけられた小箱は、スウェーデンではありふれたもので、追跡は不可能。テープについても同様。両方とも、どこででも買えるものだ」ペッテルはそう言い、写真を二枚掲げてみせる。

「錫のフィギュアは、犯人の手もとにあったものでいいかげんに包まれている。おそらくはただのゴミね」とグレタが言う。「古い紙切れとか布きれとか」

「ただし、鑑識ではどれからも指紋を採取できなかった」とペッテルが指摘する。

ヨーナは書類挟みを開き、包みの写真を取り出す。それをテーブルの上に並べ、一枚一枚見つめていく。

引き裂かれたTシャツが一枚。ロサンゼルス・ドジャースのエンブレムと、バーのメニューが半分プリントされている。

気泡緩衝材の切れ端が一つ。グスタフスベリ製陶所のシールが貼られている。

百科事典から破り取られたページが一枚。片面には、鳥類のキヌバネドリ科と鉱物であるトロイライトの項目がある。もう片面には、紀元前六七〇年に遡るアンフォラ（陶器の器。）に描かれた、トロイの木馬をとらえた写真が大きく掲載されている。

小さな布の切れ端が一つ。レースの縁飾りが付いていて、アル＝マジュダルという湖畔の町の手書きの地図がプリントされている。

その布の裏には、食卓につく家族の絵がある。子どもが赤いクレヨンで描いたものだ。

　グレタは、神経を集中させたヨーナの顔と、彼の目の前のテーブルに置かれている写真とをじっと観察する。

「ヨーナ、なにを考えているの?」とグレタは尋ねる。

「マルゴットのフィギュアは、トロイの木馬に関する文章と、グスタフスベリの気泡緩衝材で包まれていた。グスタフスベリ製陶所は、ヴァルムドにある」とヨーナは応える。「シモンのは、バーのメニューと、LAの野球チームのエンブレムがプリントされた生地に包まれていた」

「厩舎とLAバー」とサーガが息を呑む。

「捕食者《プレデター》は、次の被害者をどこで銃撃するのかを伝えている」とヨーナは続ける。

「そんな」グレタが囁く。

「牧師のフィギュアはこの織物に包まれていた」ヨーナはそう言いながら、サーガに写真を手渡す。

「たぶん洗礼服だと思う。アル＝マジュダルも検索したけど、今は存在していない」サーガは、手もとの携帯電話を見ながらそう言う。「かつてはミグダルという名で知られていた。イエス・キリストの話していたアラム語では、マグダラ……」

「マグダラのマリア」とグレタが言う。

「マリア・マグダレーナ教会で洗礼服が失《な》くなっていないか、だれか確認してくれないか?」とヨーナが言う。

「俺がやろう」とペッテルが応じる。

「つまり犯人は、あらかじめだれをどこで殺すか知らせて寄こしていた。にも関わらず、われわれはまだ奴を止められないでいるということか」マンヴィルはため息とともにそう言い、ネクタイを緩める。

「こうなると、すべて俺たちの責任だと感じられてくるな」とペッテルが漏らす。

「やめて」グレタがぴしゃりと言い放つ。

「すまん。しかしじれったくてたまらん」

「わかる」とグレタはため息をつく。「気持ちはおなじ。でも少なくとも、ゲームのルールは解き明かしたわ」そう言いながら、グレタは立ち上がる。「次のフィギュアが届いたら――ぜったいに届くわけだけど――今度こそこちらの準備は万端……」

一五

フランチェスカ・ベックマンは、警察と密接な協力関係にある危機―トラウマ・センターの精神科医であり、サーガの復職にあたってその可否を判断する責任者でもある。

三年前、ユレック・ヴァルテルを追跡していたサーガの立場は突如として入れ替わり、自分自身が狩られる獲物となった。自分の家族を守るために、死力を尽くして戦うことになったのだ。

腹違いの妹であるペレリーナが、棺の中に監禁されたあとに死亡した時、サーガの人生すべてが崩壊した。公安警察は二年間の傷病休暇を認め、サーガはイーデ島のリハビリ施設で、精神科専門医による治療を受けることになった。そうしてストックホルムに戻る頃には、ようやく自殺以外のことを考える気力が戻ってきた、とサーガ自身も感じられるようになっていたのだった。

午後の陽光が、窓外で揺れている枝を通して、フランチェスカのオフィスに差し込んでいる。そのせいで、部屋全体が回転しているように感じられた。まるで、危険な斜面をどこまでも転がり落ちているようだ。

サーガは、明るい青色の肘掛け椅子の端に腰かけていた。そして、弱々しくうなずきながら、フランチェスカの茶色い目を見つめている。

壁には個人的な写真や子どもの描いた絵の代わりに、森を写した額入りの大判の写真が掛かっていた。フランチェスカから視線を外したサーガは、木漏れ日がまだらに落ちている草むらと、苔に覆われた岩のあいだを細い川が流れていくその風景写真に、いつのまにか見入っていた自分に気づく。

「すばらしい進歩です。そのことに疑いの余地はありません。ここでのカウンセリング時間に遅れたことはないし、きちんと職に就いている。そして幼い子ども二人を支援している」とフランチェスカが語りかける。「そういうわけで、国家警察長官代理には、あなたがデスクワークに戻ることを喜んで承認する旨を伝えました」

フランチェスカはかわいらしい顔をしていたが、頬に無数の小さな傷痕があった。それが、両耳から頭皮にまで達している。

五十代で、背が高すぎるせいで、膝がデスクに当たらないようにするためには、いつも両脚を伸ばして座らなければならない。

「でも、わたしは現場の人間です。いつも現場で捜査に参加していました。それがわたしです。そうはっきり話したつもりだったんですが」とサーガが言う。

「そうですね」精神科医はそう応えながら眼鏡を外す。

「わたしにはすごく大切なことなんです」サーガは、足で貧乏揺すりをしながら話し続ける。「仕事に戻れれば、わたしにも良い影響があるはずです。自分は捜査の現場でやっていけると実感できると思うんです。実際、わたしはやっていけるわけですし」

「わかりますよ」

「しかも今、わたしは必要とされているんです。大げさに聞こえるかもしれませんが

——」

「サーガ、早すぎます」フランチェスカ・ベックマンが優しく口を挟む。「それがわたしの見立てです。あなたはたしかに、大いに進歩を遂げました。でも——」

「わたしのことなんかなんにもわかってない」サーガはそう言い放ち、急に立ち上がる。椅子が背後の壁に打《ぶ》ち当たる。「あなたは、警察の仕事のことなんかなにも知らない。わたしたちがどんな目に遭うのか、ほんとうはどんな能力が必要なのか、ぜんぜんわかってない」

「なるほど、ではそのことについて説明してもらえるかしら?」とフランチェスカがしんぼう強く言う。

「ごめんなさい」とサーガは口ごもりながら腰を下ろす。「ほんとうにがっかりしたもので」

「喜んでもらえると思っていたわ。警察での仕事を再開するにあたって、わたしはあなたの味方なんですから」

「喜んでます。でも、わたしはデスクワークには向いてないんです。わたしは……」

サーガは徐々に小声になり、震えを抑えるために両手を握り締める。

「では、今日の犯罪捜査部での一日に満足していないのかしら?」

「ここ何年間かで最高の一日でした。仕事の内容は興味深いし、みなの役に立てるし。

捜査に貢献していると感じられたし……ただ、もしヨーナと一緒に現場に出られたら、わたしにはもっとできることがあると思うんです」

サーガは沈黙する。その視線は彷徨《さまよ》い、窓の下でまたたく陽光へと移った。

「もうランディとは話しましたか？」フランチェスカが尋ねる。

「はい……というか、見かけました。報告のために会議室に入ってきたんです」

「どんなかんじがしましたか？」

「問題ない、というか大丈夫でした」

フランチェスカは眼鏡をかけなおし、ノートのページを繰る。「あなたは、自分を罰するために彼との関係を終わらせたと話してくれましたね」

サーガは深々と息を吸い込み、精神科医に向きなおる。

「今はそう感じていません……最初は、自分に耐えられなかったんです。前にも話したけど、だれの愛にも値しない人間だと感じたんです。生きる権利すらないと考えたんですから」

「でもあなたは新しい関係を結んでいますね……ステファンと？」

「はい」

「彼のことを教えてもらえるかしら？」精神科医は、一瞬の間をおいてからそう尋ねる。

「よくわからない。まだちょっと早すぎる。どうなるのかぜんぜんわからないかんじで、無理にそれを変えたいとも思わないんです。お互いにそれぞれの生活があるけど、定期的に会ってはいる。今のところ、わたしにはそれで充分なんです」

「あなたは、自分は彼の愛に値すると感じているのかしら?」

＊＊＊

サーガは、灰色の住宅の外にある駐車スペースにバイクを駐める。入り口で暗証番号を打ち込み、階段で二階に上がる。静かにノックをしてから中に入り、扉に施錠し、ブーツを脱ぎ捨て、上着を掛ける。

ステファンはキッチンでノートパソコンに向かっていて、サーガが入ってきても顔を上げない。ネット掲示板に書き込みをしているのだと彼女は気づく。ステファンは、〈イエマヤ・マッサージ〉という店に五つ星を付け、一人のセックスワーカーについてコメントを残す。

数秒間待ってから浴室に向かい、服を脱いでシャワーを浴びはじめる。ステファンに会いに来る時には、いつも腹の底に不安が蠢《うごめ》くのを感じる。

麻酔科医である彼は、妻のジェシカと二人の息子、ニルスとレンナルトとともに、ユルスホルムにある郊外住宅に住んでいる。だが、ソルナのブロム通りにも小さなアパートを持っている。勤務先の病院から車で数分の場所だ。

ステファンは、ほんのわずかに残る香料にも敏感だ。それでサーガは、念入りに石《せっ》鹸《けん》を洗い流してから身体をタオルで拭き、それをハンガーに掛ける。そして浴室を出ると、寝室の椅子に座る。

ブラインドは閉じている。それでも部屋にはやわらかな薄明かりがこぼれていて、プラスティックの床材と淡褐色の家具を浮かび上がらせている。今日は掃除人が来る日だったのだろう。ベッドメイキングは済んでおり、モップの白い毛が一筋、暖房用放熱器の下にある幅木の根元に残っていた。

一時間ほど経ってから、ステファンが寝室にやって来る。その時には、すでに身体の冷え切ったサーガは震えている。

ステファンは、ベッドを覆う毛糸玉《ボ》付《ブ》き《ル》ブランケットを引き剝がす。「横にならないなら帰れ」

「家には帰りたくない」とサーガは言い、ベッドに仰向けに横たわる。

自分が求めているのは肉体関係だけ。サーガはしばしば自分にそう言い聞かせようとする。今の自分にはこのくらいしかできない、これが自分の望む生き方なのだ、と。

ステファンはサーガの脚を開き、上にのしかかる。

彼は、サーガが濡れるのを嫌う。これまでに何回かそういうことがあった。ステファンが、わずかなやさしさの欠片を見せたような時だ。だがそうなると彼は必ず立ち上がり、サーガの服をつかんで階段室に放り投げると、帰れと怒鳴りつける。

それでもいい。今はステファンを失うわけにはいかない。だからサーガは、気持ちを持って行かれそうになるたびに舌を噛みしめた。

視線を合わせないように天井のライトを見つめる。空中をふわふわと漂い続ける小さな塵に神経を集中する。

ステファンは高速で荒々しく突く。身じろぎ一つせずに横たわっていないと、サーガを罵る。卑猥《ひわい》な言葉を投げ付け、友だち全員にやらせるぞと囁く。

しばらくすると、サーガの喉を片手でつかみ、突く速度を上げる。

サーガは全身の力を完全に抜く。酸素が欠乏し、視界を閃光が踊りはじめる。

ステファンが射精して引き抜く時、サーガにはベッドの軋みとステファンの苦しげなうめき声だけが聞こえている。

サーガはベッドの上で回転し、自分の側に移ると肘で口元を覆って咳き込む。そして、可能なかぎり静かに息をする。

ステファンは仰向けに寝転がり、耳と胸を真っ赤にしながら荒く息をついている。

本人は知らないが、ステファンにはサーガとのつながりがある。彼は、サーガの人生が崩壊したあの日、病院で治療に当たっていたチームの一人だったのだ。

ステファンは、妹の麻酔科医だった。だが、彼はサーガをおぼえていない。はじめてティンダーで彼の写真を見つけた時、サーガはバスルームに駆け込んで吐いた。ステファンと寝るのは、悲しみを手放さないでおくための彼女なりの方法だった。なにもないよりははるかにましなのだ。

「犯罪捜査部で働きはじめたの」とサーガは言う。

「給料はどうなんだ?」

「わからない。わたしはただ――」

「頭悪いな」とステファンはため息をつく。

「食べ物のデリバリーを頼む?」サーガは身体を起こしながら尋ねる。

「時間がない。ジムに行く前に睡眠を取っておきたい」

「でも――」

「ここに来る必要はないんだぞ、わかってるだろ」とステファンは言葉を遮る。「そんなに気持ち良いわけでもないし」

「そんなに怒らないで。ただ訊いただけじゃ――」

「おまえとメシなんか食いたくないいんだよ。つき合ってるわけじゃないんだからな」

「わかってるけどあなたが必要なの」

ステファンは、サーガに一・五ミリグラムの緊急避妊薬レボノルゲストレルを手渡し、錠剤を確実に飲むまでじっと観察する。妊娠の可能性を完全に排除したいのだ。酔った時のステファンは、自分のことを魅力的と考えている女性や、キャリアを積んできた女性がいかに嫌いか、という話を必ずしはじめる。帝王切開をした女性をいかに嫌悪しているか、醜《みにく》い傷痕とともにくたばればいいのだと話す。

サーガはシャワーを浴びることなく服を着る。バイクにまたがりながら、太腿を精液が伝い下りていくのを感じているサーガのことを、ステファンは好んで想像する。重要な会議の場にいるサーガの太腿を垂れる精液を思い浮かべたら笑えた、と彼女に話したこともある。

だが階段室から出た瞬間、サーガはバッグからティッシュを取り出して拭い取り、それを屋外のゴミ箱に投げ入れる。

バイクに乗ってから、ようやく涙が流れはじめる。悲しみが胸にこみ上げ、喉を締めあげる。呼吸もほとんどできないほどになった。

サーガは家に向かってバイクを走らせながら、いまだに自分はユレックに人生を支配されているのだと理解する。自分がもはや警察官ではないという事実、そして愛と向き合うことができないということ。この二つは、煎《せん》じ詰めればユレックに行き着くのだから。

時間を巻き戻し、ユレックを殺せるのなら、なにを差し出してもいい。

自分が殺すべきだった。

カロリンスカ研究所のそばを通り過ぎると、前方に高層マンションの〈ノーラ・トーネン〉がぬっと姿を現す。だがサーガは右折し、高速道路を目指す。

ユレック・ヴァルテルのなにが特別だったのだろう？ どうして自分はこれほどまでに深く冒されてしまったのだろう？

ひとたび頭の中に入らせてしまったら、ユレックは永久に留まり続けるようだった。

ヨーナの瞳の奥にも、時々おなじものが閃く。

ヨーナもまた、自由ではないのかもしれない。

新しいシリアル・キラーもおなじような感覚を持っているに違いない。どこからともなく、ふとそんな考えが浮かんだ。ユレックの迷宮で道に迷い、ユレックの瞳の奥を長いあいだ凝視しすぎたのだ。

サーガはヴェステル橋に乗る。眼下で荒れている水面が、夕陽の焦げるような黄色い輝きを照り返す。

サーガの背筋を震えが走った。犯人は、ユレックの迷宮の中で途方に暮れている。

だが、ユレックと顔を会わせた人間は、ほとんど一人残らず死んでいる。いったいだれなのだろう？

陽光に照らされたロングホルメン島の木々は、燃え上がるようだった。

被害者なのだろうか？　ユレックが、右腕としての採用を検討した人々の一人だろうか？　ユレックの投げかけた、長い延縄《はえなわ》から逃げ果《おお》せただれかなのだろうか？

一六

サーガは、自宅アパートから一ブロック離れた場所にバイクを駐めて携帯電話を取り出すと、習慣からホームセキュリティアプリを起ち上げて、リアルタイムの中継映像を確認する。四カ所に監視カメラが設置されていて、それぞれ玄関ホール、キッチン、リビング、窓付きの浴室をとらえている。

すべて異常なし。

サーガは過去の映像を開く。カメラは動きを感知した時にしか録画しない。そのため最後の映像は、玄関ホールにいるサーガ自身の姿を映し出した。靴を履き、両手と額を玄関の扉に押し当てて立ち尽くしている。

サーガは、そのまま自分の姿を数分間見つめ続ける。

ステファンに会いに行く時には、必ず不安を感じるのだ。自分を痛めつける行為だということは、明確に理解している。だが、家を出る前に自分がどれほどの時間逡《しゅん》

ほんの一瞬だけ動きを止めて、気持ちを奮
い立たせているだけだと自分では思い込んでいた。
アパートに戻るや、服を汚れもののバスケットに放り込み、シャワーに飛び込む。
頭の中では、新しい仮説が駆け巡り続けている。
犯人である捕食者は、なんらかのかたちでユレックに傷つけられている。
サーガは身体を乾かし、ピンクの部屋着を着る。
ノートパソコンとともにベッドに上がった時には、七時半になっていた。サーガは、
ユレック・ヴァルテルの名を検索する。
ユレックに関する書類はすべて機密扱いとされているにも関わらず、検索エンジン
にかけると、三千件以上の引用符に挟まれた文書がヒットする。大部分が、犯罪実話
や未解決事件にテーマを絞ったブログやポッドキャストからのものだ。ほとんど一字
一句変わることなく繰り返し現れる文章もある。それは、ユレック・ヴァルテルは都
市伝説であり、行方不明人の記録に投げかけられる暗い影のようなものだという主旨
のものだった。
掲示板の一つには、オスロ警察の信頼できる筋からの情報として、ユレック・ヴァ
ルテルが墓地を荒らし、被害者の記念品を持ち帰ったという書き込みがある。別のユ
ーザーは、マドリード郊外にあるという集団墓地に言及している。

より具体的な単語や、警察捜査で使われる表現法、あるいは具体的な地名を検索にかける必要があることにサーガは気づく。だがその代わりに、妹の名とユレックの名を並べて、エンターキーを押す。

すると、今回はヒットが十三件しかない。検索結果のリストを上から眺めていき、《ユレック・ヴァルテル・ファイル》と名づけられたホームページを見つけたサーガは身震いする。両腕が粟立《あわだ》つのを感じながら深々と息を吸い込み、リンクをクリックする。

一瞥《いちべつ》しただけで、無数の機密文書を活用しながら作られたホームページであることが見て取れた。国家警察のものも、公安警察のものもある。

スクロールして下がっていくと、レーヴェンストレムスカ病院における司法精神医療の閉鎖病棟を脱走する前に撮られた、ユレック・ヴァルテルの最後の写真を目の前にしている自分に気づく。強烈な衝撃を受けたサーガは、しばらくのあいだパソコンを閉じ、呼吸を整えるために意識を集中させなければならない。

サーガは、粗い画像をクリックしていく。スウェーデン入国に際してユレックが使用したポーランド政府発行のパスポート、リル＝ヤンの森で逮捕された際に作成された勾留《こうりゅう》手続書類一式、鑑識からの報告書、そして経歴書の冒頭部。

サーガはたちまちのうちに、すべての書類が真正であり、ユレック・ヴァルテルに直接関わるものであることを把握する。偽造されたと思われる画像は、ほんの一握りしかなかった。たとえば、認知症を患《わずら》う老人のための療養施設、〈ハッセルゴーデン〉で発見されたものとされる血塗れの椅子をとらえた写真だ。

このホームページは、ユレック・ヴァルテルに関する資料を可能なかぎり集め、それを公の目に差し出すこと以外の目的を持っているようには見えない。まるである種のファンページのようだ、とサーガは考える。

管理人には、カール・スペーレルを名乗る人物が登録されている。すばやく検索にかけてみると、偽名ではないことが判明する。カール・スペーレルは南アフリカからスウェーデンに移住し、現在はエルヴェフェーに住んでいる。タブロイド紙《エクスプレッセン》の記者として数年間勤務するが、解雇された時から被害妄想に駆られるようになった。

サーガには、その出来事についてぼんやりとした記憶があった。《エクスプレッセン》はユレック・ヴァルテルに関する記事を掲載した。公安警察はその事実をつかむやいなや社に踏み込み、印刷された新聞をすべて押収したのだ。

カール・スペーレルこそ、その記事を書いた人物だったに違いない。

サーガはホームページに意識を戻し、不完全な経歴書へのリンクの先にあった、スサンネ・イエルムの短い電話インタビュー記事を読む。

スサンネは、何年ものあいだ閉鎖病棟で医師として勤務していた。ユレック・ヴァルテルが監禁されていた病院だ。しかしユレックを頭の中に入らせてしまった彼女は、自分自身が長期の実刑判決を受け、現在はヒンセベリ刑務所に収容されている。

カールは直接的な質問をいくつも投げかけるが、スサンネの返答はすべて信じられないほどあいまいだ。だがそれでも、ユレック・ヴァルテルと顔を合わせたことによって、彼女の人生が破壊されたことは明らかだった。今では離婚し、二人の娘の養育権を失い、面会人は一人もいない。

電話インタビューの書き起こし記事は、ヨーナについて質問されたスサンネが口をつぐみ、会話を打ち切ったところで終わっている。

サーガは連絡先ボタンをクリックし、〈info@jurekwalterfiles.com〉宛に、カール・スペーレルとの面会を求める短いメールを書く。そして、自分の名前と電話番号を書き添えて締めくくる。

送信ボタンを押し、ホームページに戻る暇《ひま》もなく、携帯電話が鳴りはじめる。

「サーガです」と応答する。

「カール・スペーレルだ」と男の声が言う。息切れしているように聞こえた。「あんた、サーガ・バウエルか？」

「ええ。ちょうどメールを送ったところ」

「へえ、すげえ。申しわけない、セレブと話せてちょっと緊張してるんだ」とカールが口走る。

カール・スペーレルは、ユレック・ヴァルテルに関する真実を自らの手で公にしようと考えた。取材の賜物《たまもの》を押収され、記事を削除され、解雇されたからだ。そうサーガは推測している。

その荒い息づかいを耳にしながら、おそらくカールは長い時間をかけて調査を続け、集まった情報から物語の全体像を組み立てていったのだろう、とサーガは想像する。

その物語の中でのサーガとヨーナは、ユレックとともに主だった役割を果たしていた。

あまりにも長いあいだ追跡し、資料を集め、離れたところから分析を加えてきた対象と言葉を交わすのは、奇妙な感覚に違いない。

「話す時間はある？」とサーガは訊く。

カールは電話を口元から離し、短く不安げな笑い声をあげる。

「堕《お》ちた天使と話す時間はあるかって？　もちろん、信じられんくらいに予定が詰まってて生きがいに充ちた俺の暮らしの中から、ほんの少しだけなら時間を割けると思うよ」

「あなた、警察の外部の人間としてはだれよりもユレック・ヴァルテルのことを知っているようね」とサーガは言う。

「その点は間違いない」とカールは応える。今度は、口元を受話器に近づけすぎている。

「いくつかの件では、警察以上」

「おおいにあり得るね」

「ユレックと会ったことがあり、しかも生き延びた人間のリストを作りたい。それを手伝ってくれるとありがたいのだけど」

「もちろん」

「ユレックと接触した人間は一人残らず知りたい」

「わかったよ、でも……」

「わたしのメールアドレスはわかってるでしょ」とサーガが言う。

「でも、調査結果を渡すんなら、まずはあんたに会いたい。きちんと腰を据えてコーヒーでも飲みながら、これまでのところつかんだ情報を披露《ひろう》したいんだ」

「今はたてこんでるの」

「そうか」とカールは失望の声をあげる。「あんたに時間ができるまで待つよ」

「そういう意味じゃないの」と慌ててサーガはつけ加える。「今はひどく慌ただしくしていてるから、待ってる時間はないということ。今晩なら会えるけど、あなたの都合は？」

＊　＊　＊

サーガはジーンズとあたたかいセーターを身に着けると、バイクに乗ってホーンストゥール地区を目指す。リリエホルメン橋を渡りながら、あと一歩でカールに面会の機会をかわされるところだったのだと、サーガは考える。情報と引き換えにサーガと直接会い、目と目を合わせながら質問する機会がほしい。最後の瞬間になって、カールがそう望んでいることにサーガは気づいたのだった。

おだやかな海水の上空を、明るい色の雲がゆっくりと横切っていく。ブレンシルカで高速道路の上に架かる橋を越え、消防署を過ぎてからロング湖方面に進む。

立ち並ぶ住宅は大きさを増していく。庭には植物が生い茂り、窓から漏れる明かりが、光沢のある葉にちらちらと反射する。

通りに人影はなく、すれ違う自動車もない。暗い夢の世界に足を踏み込んだように感じられた。

これからすることを正当化できる言いわけは、まだ思いついていなかった。今サーガは、だれにも明かすことなく捜査の現場に出ようとしている。犯罪捜査部に正式に雇用される機会をふいにする可能性があることは、明確に認識していた。

無人の通りに、サーガのバイクのエンジン音が響きわたる。

速度を落とし、右折する。そして、六〇年代に建てられた巨大な住宅の私道で停まる。

サーガはバイクに施錠し、キッチンに並ぶ窓から屋内を覗き込む。食卓と白い大理石の調理台の向こうに、木製の衝立《ついたて》がある。その背後にはリビングと、庭を見わたせるガラス張りの広いダイニングが控えていた。

明かりは点いているが、屋内に人の気配はない。

カール・スペーレルは、表玄関ではなく裏口に回るようにと話していた。そこでサーガは芝生を横切り、邸宅の背後を目指す。

犬の吠え声が、どこか遠くから聞こえてくる。

足下の敷石は苔むしている。サーガは、何百本もの吸い殻が詰めこまれた古いジャムの瓶があることに気づく。

キッチンの扉の脇にはワイヤレスの呼び鈴が取り付けられていて、その上に貼られたテープにはスペーレルの名がある。

サーガはボタンを押し、一歩さがる。

屋内で重い音がしたかと思うと、背が低くてずんぐりとした中年男が扉を開く。丸顔で、眉は明るい茶色、そして後ろに撫でつけた前髪以外は、金髪を短く刈り揃えている。

「早かったな！　さあ、入って入って」カールがほほえみながら言う。下唇からは鋭い犬歯が突き出ていた。

白い靴下と青のジーンズ、そしてデペッシュ・モードのTシャツの上に、皺だらけのジャケットを着ている。

サーガは、カールのあとに続いて狭苦しい廊下を進む。帽子掛けの下のフックに、コートが何着も掛かっていた。キッチンへの扉は閉ざされているが、前方には地下室へと続く狭い階段がある。

「いやあ、こいつはほんとにすごいことだぞ」カールはそう言いながら、震える手でサーガの背後の扉に施錠する。

そして階段を下りはじめるが、サーガが立ち止まったままためらっていることに気づき、振り返る。

「屋敷の所有者から、地下室を借りてるんだ」とカールは説明する。「必要がないかぎり、お互いになるべく関わらないようにしてる」

「彼らは家にいるの？」

「いや、たぶんいないだろうな」

サーガは、山積みになったスウェットと、玄関マットに脱ぎ捨てられたカウボーイブーツをまたぎ、カールに続いて階段を下りる。

「携帯のライトを使ったらいい」サーガから目を離すことなく、カールがそう言う。

「わがささやかな資料館では少しばかり電気系統の問題があってね。ブレーカーがすぐに落ちるのさ」

その勧めにしたがって携帯電話の懐中電灯を起動したサーガは、カールの丸みを帯びた頰を伝い下りる汗が光るのを目にする。

二人の足下で階段が軋み、カールの影が目の前で右へ左へと揺れる。サーガが手にしている携帯電話の光は、上向きになると傾斜した天井を照らし、振り下ろされると明るい色をしたプラスティックの床材に当たる。

一人で来るべきではなかった。ヨーナにここの住所を送るべきだったのだ。だがサーガは、制止される危険を冒すわけにはいかなかった。

シュッシュッという奇妙な音が壁越しに聞こえた。まるで、氷を削るスケート靴のブレードのようだ。

カールは右手で手摺りにつかまる。腕時計の金のベルトが木材に当たって音をたてた。サーガは、彼の親指に貼られている不潔そうな絆創膏に気がつく。カールはやや興奮した口調で、ジャーナリズム講座を履修していた同級生の中には名を成した連中もいるのだと、なにか支離滅裂なことを話す。

広くて暗い部屋に辿り着くとともに、カールは口をつぐむ。そして何歩か前に踏み出してから身をひるがえすと、目を細めてサーガを見る。

「ほんもののサーガ・バウエルが……わがささやかな資料館にいるとはな」信じられないといった様子で、カールがそう話す。

サーガは、携帯電話の明かりをその広い部屋全体に向けていく。天井際にある二つの小さな窓からは、背の高い草むらとビニールのサッカーボールが見えた。壁面は、額入りの写真で覆われている。すべて、ユレックとなんらかの関わりがあるものだ。警察の報告書、鑑識関連の書類、サーガやヨーナに関する文書のコピー。ユレックが墓地の位置を記憶するのに使っていた体系が、天井に貼られた大きな地図に印されている。リル＝ヤンの森から、未使用に終わった最後の地点であるモーラベリの高速道路にいたるまでがそこにあった。

クリームイエローのビニールの敷物の中央には、ガラスケースが三つ置かれていて、それを天井に取り付けられている光量の弱いスポットライトが照らしている。

「こっちに」カールはそう言いながら、サーガを手招きする。

そちらに歩み寄ったサーガは、一台のキャビネットに収められている鋤に気づいて立ち止まる。ヘグマシェー島のチャペルにあったものだ。

「なんなのかわかったようだね。遺品整理で売られていたものの中から、タダ同然で手に入れたのさ」とカールはサーガに説明する。

次のケースには、精神科閉鎖病棟でサーガが使っていた血塗れのスリッパが入っていた。そして最後のケースには、ダークブラウンの小瓶が三本おさまっていて、それぞれの中に鎮静剤のセボフルランが入っている。

「さてと、これで案内はおしまいだ」とカールが言う。

一七

カール・スペーレルは明るく照らされた部屋への扉を開き、サーガはシュッシュッという音を耳にする。先ほどとおなじだが、今度はより近いところから聞こえる。

携帯電話の明かりを消し、カールに続いて窓のないキッチンに入る。黒ずんだ木製のバーカウンターには、グラスやシェーカー、アイスペール、そしてソーダ・サイフォンが載っている。カールは、カウンターの奥の壁に南アフリカ国旗を吊している。その傍らには、犬の牙のようなもので飾り付けされたアーモンド形の盾がある。

「ここがキッチンとバー」物件を案内する不動産業者よろしくそう言ってから、カールは次の間へと移る。

サーガは通りがかりに掃除機に触れる。プラスティックの筐体《きょうたい》から放たれる熱が感じられた。やや萎《しぼ》んだ手榴弾《しゅりゅうだん》形の風船が天井間近に浮かんでいて、二人が通り過ぎるとひょいと離れていく。

二人はレトロなガムの自販機を回り込む。ガラスの球体とコインを入れて回すハンドル、そしてガムが出てくるスロットにいたるまでが一式揃っている。

「で、こっちがリビング。ここで話そう」カールはそう言いながら扉を押し開ける。

サーガの鼓動が速くなる。室内には、ほかに二人の男がいたのだ。彼らは、シャッフルボードテーブルの両端に立っている。

先ほど聞こえた音は、円盤《ディスク》を押し出し合う音だったに違いない。

サーガが部屋に足を踏み入れると、二人とも静止して彼女を見つめる。

年上のほうは鼻が目立ち、眉毛が黒くて髪が長い。すべての指に銀の指輪をしていて、タイトなレザーパンツと黒いTシャツを身に着けている。

「信じられん」男はにやりとしてそう漏らす。そして、サーガから目を逸らすことなくゆっくりと近づいてくる。

「視線を外せないでいるそいつの名は、ドラーガン」とカールが言う。「で、こっちがラッセル。バイ菌恐怖症なんだ」

少年のような雰囲気を持つ三十代半ばのラッセルは、ぴりぴりと神経質そうな気配を漂わせている。肩は細く、眼鏡は分厚い。そして口のまわりの皮膚は赤くひび割れている。茶色のローファーとベージュのズボン、そしてシャツの上にはチェック柄のセーターを着ていた。

キッチン同様、リビングにも窓がない。アロマキャンドルの載っているローテーブルの周囲には、茶色い革張りの肘掛け椅子が数脚置かれている。また、フロアランプのやわらかい光に照らされた一台のテレビと棚もある。そこには、さまざまなゲーム機とコントローラーが隙間なく並び、それ以外に蠟燭と、ブリキでできた赤い自由の女神があった。

〝裏口に続く階段が唯一の出口だ〟とサーガは頭の中で考える。バーカウンターの上にある重いボトルが、手に届くものとしては最善の武器かもしれない。

「じろじろ見て申しわけない。でもなにしろ……サーガ・バウエルだぞ！」とドラーガンが言う。「俺たちにとって、あんたはほとんど神話上の存在なんだ……しかも、実物もまた美しい」

「控えめに言っても」とカールがつけ加える。

「控えめに言っても」とドラーガンが同意する。

「ワインを持ってくるよ」と言い、カールが出ていく。

差し止め処分を受けた記事が、額入りで壁に飾られていた。そこには、リル＝ヤンの森で逮捕された直後のユレックをとらえた写真も掲載されている。極秘裏に追跡されている逃亡中のシリアル・キラーについての短い文章には、警察当局は事件そのものの存在を否定し、捜査を指揮する公安警察のサーガ・バウエルには連絡がつかなかった、と記されている。

カールは、ガラスのボウルに盛ったディル味のポテトチップスと、箱に入ったカリフォルニア産の赤ワイン、そして四個のグラスとともに戻って来る。

「座りなよ」カールは笑みを浮かべながらそう言う。

サーガ、カール、そしてドラーガンはそれぞれ肘掛け椅子に座る。ラッセルは、ドラーガンの真後ろにある椅子に腰かける。カールは泡立つほど勢いよくワインを注ぎ、飛沫がテーブルに滴る。

サーガはグラスを受け取って乾杯すると、ワインを口に含むふりをする。そして男たちの熱意溢れる顔を見て、彼らがサーガのために大いに力を尽くしたことに気づく。掃除機をかけ、蠟燭を灯し、ワインを買い、ポテトチップスをボウルに盛り付ける――便器を擦り洗いしてから蓋を閉めたという可能性すらある。

「はじめる前に……」とカールが言う。「知っておきたいんだ。俺の被害妄想なのかな。それとも、公安警察が新聞社に俺をクビにさせたのかな？」

「もちろん後者」とサーガが応える。

「やっぱりな！」とカールは叫び、ほかの二人にうなずいてみせる。

「ブタどもが」ドラーガンがにやりとする。

奇妙な匂いが漂っている。髪の毛の燃えるような、アンモニアのような臭気だ。カールはグラスを飲み干し、なみなみと注ぎなおす。

「考えたんだけど」とサーガが口を開く。「あなたたちはここまで……調べ上げたわけで」

「だいたいはカールの手柄だよ」とラッセルが指摘する。

「つまり、ユレックと会っている可能性のある人物……今も存命で、ユレックに影響を受けたかもしれない人間を、あなたたちなら知っているかもしれないと考えたわけ」

「なるほど……そういうことか」カールはため息をつき、ためらいがちにサーガを見やる。

「あなたたちが、どうやって機密文書を手に入れたのかってことには興味がない」サーガはそう話し、カールを安心させようとする。

「なら俺のほうは、あんたが捜査の現場に戻れることになった経緯については、訊かないことにするよ」カールはにやりとする。

「今は犯罪捜査部にいる」

「知ってるとも」ドラーガンはそう言い、震える手で髪の毛を耳の後ろにかける。

ラッセルが緊張のまなざしをカールに向け、カールはゆっくりと煙草の箱を取り出す。そして中を覗き込んでから、それをテーブルに置く。

「まあその……警察についてはものすごく良い印象を持ってるというわけじゃないが」とカールは話しはじめる。「だが相手はあんただし、あんたはここまで来てくれた。だから、喜んで条件を話し合いたい、交換条件と言うか」

「どんな交換条件？」とサーガは尋ねる。

「俺の情報にはいくつか抜けがある。それを埋めるのを手伝ってほしいのさ」カールは笑みを浮かべ、尖った犬歯を再び覗かせる。

「情報交換だね」ラッセルは、平板な声でそうつけ加える。

「父と妹のことは話したくない」とサーガは真剣な口調で告げる。

「わかるよ」とドラーガンが言う。

彼は両脚を広げて肘掛け椅子の背にぐったりと背中を預けたまま、満足げな笑顔を見せている。カールは右足首を掻いてから、サーガと目を合わせる。

「最初の質問は訊くまでもないものだ」と彼は言い、前のめりになる。

「なに？」

「あんたがここにいるのは、ユレック・ヴァルテルが生きているからか?」

「違う」

「オランダの警察が撮った写真は見たし、検視解剖の報告書も読んだ。しかし偽造するのは簡単だからね」

「ユレックは死んだ」サーガはその目を見つめたまま言う。

「ぜったいに?」

「ええ」

「な、言ったとおりだろ」ラッセルが囁く。

「ユレックは死んでる。なぜならヨーナ・リンナが普通の暮らしに戻っているから。ラッセルはそう話していたんだ」とドラーガンが説明する。

「それでもたしかめておかないとな」カールはにやりとして言う。「だって彼女がここにいるのは、俺たちにつき合いたいからでもなければ、ユレック・ヴァルテルは最高のシリアル・キラーだと思ってるからでもないわけだからね」

「じゃあ、あんたはなぜここに来たんだい? 何年も経ってるのに」とドラーガンが訊く。

サーガは深く息を吸い込む。「アルトゥル・K・イェーヴェルを名乗る人物からの脅迫状を受け取った」と彼女は話す。

「で、だれなんだいそいつは？」ドラーガンがサーガに迫りながら、困惑した顔をカールに向ける。

「は？　俺が知るわけないだろ？」とカールが顔を紅潮させながら応じる。

「アナグラムになってる」とサーガが説明する。

「たしかに」とラッセルがうなずく。

「なんだっけ？」とドラーガンが訊き直す。「アルトゥル・K・イェーヴェルだっけ？」

「ええ」

「うわ」とドラーガンが囁く。「なるほどね……イカレてる」

「だがユレックは死んでるし……」とカールが続ける。その声には新たな張りがあった。「ユレックの家族も死に絶えてる。てことは、別の人間のはず……なんらかのつながりがある別の人間だ」

「そのアルトゥル・K・イェーヴェルは……だれかを殺してるのかい？」ドラーガンが訊く。

「それには答えられない。捜査が進行中だから」

「そうか」カールはそう言い、爪を噛む。

「うわあ、鳥肌立った」ラッセルはにやつきながらそう言う。

ドラーガンはワインの箱を手に取ると、手つかずのままであるにも関わらずサーガのグラスを満たし、自分のグラスもおなじようにする。ラッセルは膝の下に両手を差し込み、うつむいたまま唇を嚙んでいる。

「ものすごく煙草が吸いたいんだが、たぶんそんなには時間がなさそうだよな」カールはそう言い、テーブルの上にあった煙草の箱を手に取り、内ポケットに入れる。

「あと四十分ここに居られる」とサーガは言う。

「わかった。じゃあ続けよう」

「わたしとヨーナを脅迫するとしたらだれなのか。それから、アルトゥル・K・イェーヴェルと名乗ることを思いつくとしたらだれなのか」とサーガは問いかける。

「まったくわからん……あんたも言ったとおり、ユレックと行き合った人間はほとんど一人残らず死んでる」

「つまり、人数はかなり絞り込まれる」とラッセルが言いながら、眼鏡を押し上げる。

「晩年数年間のユレックがしていたことを突き止めたあと」とカールが続ける。「俺は、ユレックの興味を引いた可能性がある人間を探しはじめたんだ」

「すばらしい」サーガは励ますようにうなずく。

「ユレックとつながりがあったかもしれない人間、トップスリーのリストを作った……」

カールの丸顔は、いかめしさと同時に不安も浮かべていた。金髪の眉を寄せ、唇は色を失っている。

「だれなの?」サーガがおだやかに尋ねる。

「ユレックと実際に会ったという確証はまったくない。だけど最も有力なのは、ヤコフ・ファウステル、アレクサンデル・ピチュシキン、そしてペドロ・ロペス・モンサルべだ」

「その三人の名前は知ってる」とサーガが言う。「最初の二人は刑務所にいる。モンサルべは高齢で、健康をかなり害してる。コロンビアにいて、パスポートを持っていない」

カールはポテトチップスの半分をむさぼり食い、両手をジーンズで拭う。

「今度はこっちの番だ」とサーガの目をまっすぐに見つめながら言う。「レーヴェンストレムスカ病院の閉鎖病棟で、具体的にはなにが起こったのか、それがどうしても俺にはわからなかったんだ」

「あれは高度な潜入捜査だった」とサーガは言う。

カールは両手を上げて彼女を制止する。「基本的なことはすでに知っている。録音テープを聴いたからな。知りたいのは、あんたとユレックのあいだでなにがあったのか、あんたがなにを見てなにを感じたのかだ」

サーガは歯を食いしばり、うなずく。「わたしの任務は、ユレックを自分の頭の中に侵入させることなく、しゃべらせることだった」と彼女は一本調子に話す。

「俺が見るところあんたは、ユレックがあと少しのところで愛を向けそうになった唯一の人間なんじゃないか?」

「それは違うと思う」サーガはそう言い、視線を逸らす。

「あんたのことを魔性の女《セイレーン》と呼んでいる。それはつまり、ユレックが心を動かされたということでしょう」ラッセルが単調な声で言う。

「特別扱いされていると、わたしに感じさせたかっただけ」

「でも、あんたを殺す機会はあったのに、そうはしなかった」とカールが食い下がる。

「なぜならユレックは、わたしの中に将来の利用価値を見いだしたから。ユレックは、わたしの頭の中に侵入するための裏口を確保していた。わたし自身ですら知らなかったような」

「すげえ奴だ、信じられん」カールがうなずく。

「厳密な意味での古典的な戦略家さ」とラッセルが口走る。「目的、手段、方法論」

サーガは自分のグラスを持ち上げ、飲もうとしたがふと考えが浮かんで手を止めた、というふうに見せる。

「目下の疑問に戻りましょう。ユレックに会ったすべての人間の中で、今も生きているのはだれかしら」とサーガは問いかける。

「あんた、ヨーナ、ルーミ……言うまでもなくビーバーも」カールはそう言い、三杯目を飲み干す。「レーダー・コーレル・フロストは死んだが、子どもたちは生きてる。二人とも最近はロンドンで生活していて、取材の申し込みはすべて丁重に断ってきた」

「連絡先は持ってる?」

「送るよ」

「ありがとう」

カールは立ち上がり、数歩踏み出す。そして、撫でつけてある前髪に手を走らせ、サーガのほうに向きなおる。

「くそお、質問がありすぎる」と彼が漏らす。「ユレックは、あんたの住んでるターヴァス通りのアパートにやって来たことがある。あんたは武装してた。なんで殺さなかった?」

「人生最大の過ち……生かしておくほうがいいと思い込まされたの」サーガはそう応えながら、こみ上げてくる強烈な不安を懸命に押し戻す。

「ヨーナには警告されていたのに?」

「そう」サーガは携帯電話で時刻を確認する。「もうこんな時間……」

「一緒に写真を撮ってもいい?」ラッセルはそう言い、すぐに赤くなる。

「いいけど……あと一つだけ」と彼女が言う。「カール、刑務所にいるスサンネ・イェルムに電話インタビューをしたでしょう?」

「そうだ、忘れてた。彼女はまだ生きてる」カールはそう言いながら、再び腰を下ろす。

「ホームページの書き起こしによると、途中で電話を切られたようだったけど?」とサーガが言う。

「ああ、なにか技術的な問題が起こったのかと思ってかけなおしたんだけど、彼女はヨーナ・リンナをどれほど憎んでるかと喚き散らしはじめただけだった」

「なにが理由だと感じた?」

「わからない。というか……警察官を撃つはめになったのはヨーナのせいだと考えてるのかと、その時は思った。でも今では確信が持てない。釈放されたから連絡を取ろうとしてるんだが、住所も電話番号も見つけられないんだ」

サーガは椅子の上で背中を伸ばす。「釈放されたの?」

「ああ、三年前、九月一日だ」

サーガの鼓動が速くなる。口元を擦りながら、すばやく計算する。

スサンネ・イェルムは、九月一日に刑務所から釈放された。三年前のことだ。それは、カッペルファールの海沿いにあるコレラ墓地の写真をあしらった絵葉書を、サーガが受け取る二週間前にあたる。

ユレック・ヴァルテルは、スサンネ・イェルムの頭の中に侵入した。彼女が閉鎖病棟に勤務していた時のことだ。自宅で逮捕されるまでのあいだに、彼女は警察官を一人殺し、さらに二人を殺そうとした。

「今晩はどうもありがとう」サーガはそう言いながら立ち上がる。「もっと居たいところだけど……」

三人の男たちは跳ねるようにして立ち上がり、携帯電話を取り出す。そして一人ずつサーガの脇に立ち、自撮りをした。

三人の手は震えている。カール・スペーレルの順番が来て横に立つと、身体から放射されている湿った熱が、サーガにまで伝わってきた。

一八

ベッドで寝ていたサーガは、郵便受けの音で目覚めた。郵便物が床を打つ重い音が耳に届き、目を開けて明るい光にまばたきする。午前六時半、寝室は朝日を浴びている。サーガは横向きになり、目を閉じる。昨夜ベッドに入ったのは遅い時刻だった。あと数時間は睡眠を取りたいところだ。

地下室にいた三人の男たちのことが頭に浮かぶ。彼らはいつまで経っても写真を撮るのをやめなかった。カールは、サーガからなにか買い取りたいと申し出た——靴下、ヘアバンド、なんでもいいから、と。

サイドテーブルの携帯電話に手を伸ばして、郵便配達が来るには時刻が早すぎることに気づく。

すぐにベッドから飛び起き、引き出しから拳銃を取り出し、下着姿のまますばやく廊下に出る。玄関マットには、押し潰された厚紙の箱が転がっていた。サーガは解錠し、階段を駆け下りて通りに出る。

ターヴァス通りは閑散としていた。

裸足《はだし》のままブレクトーン通りとの交差点まで走る。ホーン通りに下る階段にも人影はない。

カフェの前の歩道で歩行器を使っていた老人が、目を丸くしてサーガを見つめている。

サーガは踵を返し、自宅に戻る。扉に鍵をかけ、もう一度すばやくアパート内を一巡してから、拳銃を下ろす。それからゴム手袋を取り出し、薄汚れて傷んだ小箱を食卓に運ぶ。サーガは、無線を使って特別捜査本部に連絡を入れる。

「おはよう、サーガ」とマンヴィルが言う。その明るくきびきびとした話し方からすると、すでに何時間も前から起きていたようだ。

「ペッテル以外は全員揃っている」とヨーナが言う。

「了解。フィギュアがもう一体届いたようなんです」とサーガが報告する。「数分前に、だれかが小包を郵便受けに押し込んでいきました」

「だがそいつの顔は見なかった――」

「はい。まだ寝ていたもので、すばやく対応できなかったんです」

「箱はまだ開けていないんでしょう?」とグレタが尋ねる。

「手袋をつけたところでまだ――」

「指紋やDNAのことは気にしなくていい」とヨーナが口を挟む。「すぐに開けるんだ。先手を打つためには、ぐずぐずしていられない」

サーガは箱からテープを剝がし、蓋を開け、中に指を入れる。そして小さな包みを取り出すと、それをテーブルの上に載せる。ゆっくりと白いハンカチを開き、新聞紙の玉の中にある小さな男性のフィギュアを剝き出しにする。

「新しいフィギュアです」とサーガが伝える。

「ようしみんな、一歩先を行くチャンスだぞ」とマンヴィルが息せき切って言う。

「だれかわかるか?」とヨーナが尋ねる。

「いいえ、顔面が平らで……ちょっと待って。写真を撮ります」と彼女が言う。

サーガは、テーブルの上の日だまりの中にフィギュアを置く。何枚か撮ってから、それらを拡大する。額が広くて片耳であること、そして頭蓋骨の曲がり具合以外には特徴を見いだせない。顔面部分が傷んでいるのだ。

サーガは写真を捜査本部に送る。

スリムな体型で、これまでのフィギュアよりもわずかに背が高い。今回は二センチ半ほどだろうか。スーツを身に着けていて、頑丈そうな靴を履き、片手にはブリーフケースがある。

「サーガ、背中にあるそれはなんだ？」少ししてからヨーナが尋ねる。

フィギュアを持ち上げてみると、当初は鋳造の過程でできた傷痕だと思われたものが、実際にはジャケットの背中の柄であることがわかった。

「曲線で……小さな雲がいくつも浮かんでいるように見えるけど、よくわからない。すごくかすかだから……もう少しましな写真が撮れないかやってみる」

「で、だれだと思う？　次の被害者はだれなの？」とグレタが問いかける。

「特定は不可能です」とサーガが応える。

「ちくしょう」

「包みはどうだ？」とヨーナが訊く。

「こうしているあいだにも時間が過ぎていく」とグレタが全員に思い出させる。

「ぐしゃぐしゃになった新聞記事とハンカチ。綿のやつ」とサーガが言う。

「なんの記事だ？」とマンヴィルが尋ねる。

「地下鉄の廃駅の記事です」

「裏面は？」グレタが焦りの滲《にじ》む声で尋ねる。

「ストックホルム群島で藻が大量発生している……」

「ハンカチになにか変わったところは？」とヨーナが尋ねる。

「モノグラムっていうのかな、Ａという文字が角に刺繍《ししゅう》されている」

「海に関する記事に戻るんだ」とヨーナが指示を出す。

「地下鉄駅に注目したほうが良いと思う」とサーガが言う。

「藻が大量発生している地点について、具体的に言及されているか？」

「いいえ、でも表があって、そこにはいろんな場所が載ってる……ティーレスエー、エステローケル、ヴェルムデ、サルトシェーバーデン、ナッカ、インガレー……」

「地下鉄駅に注目しよう」とマンヴィルが言う。

「シュムリンゲ駅か？」とヨーナが訊く。

「はい」

「指令センターに知らせるわ」とグレタが言う。

「両方の記事を注意深く読んでくれ」ヨーナはそうサーガにうながす。「ほかに言及されていたり暗示されていたりする場所がないか、知る必要があるからな」

サーガが記事に集中する中、グレタが指令センターと話す声が聞こえてくる。付近にいる四台のパトカーを急行させる段取りが整った。

切り抜きの両面を読み進めるサーガの心臓は、激しく脈打っている。具体的な地名として触れられているのは、シュムリンゲ駅だけだった。それは、ストックホルム中心部の官庁街を移転させる計画が持ち上がった時期に、ハロンバリエン駅とキスタ駅のあいだに建設された地下鉄ブルー線の駅だ。その後、政府は別の移転先を選び、完成間近のところで駅の工事は中止された。

「どこもなし」とサーガは言う。

「私はシュムリンゲ駅に向かう」とヨーナが言う。

「現地で」とサーガは告げ、だれかに反論される前に通信を切る。

＊　＊　＊

ヴェルネル・サンデーンは眼鏡をかけ、忍び足で寝室を出ながら、妻のマーヤを起こさないよう静かに扉を閉める。そしてゆっくりと階段を下りる。

広い家の中には夜明けのやわらかい光が差し込んでいた。オーク材の床が足下で軋む。

公安警察に関わることはすべて機密情報である、と彼は考えていた。トップの人間以外はすべて。ヴェルネルの名と写真はどこででも見られるのだ。

つい昨日も、存在感の薄い小男が一人、スーパーであとをつけまわしてきた。青白い顔に、小さな丸眼鏡をかけていた。何回かこっそりとこちらの写真を撮っていることにも気がついた。

それ自体としては、さほど珍しいことではない。だがその男の行動には、どこか尋常ではないものが感じられた。笑みも浮かべていなかったし、興奮している様子もなかった。どちらかといえば、憂鬱な蒐集家《しゅうしゅうか》といった雰囲気だった。

「魂の蒐集家ね」男のことを話すと、妻のマーヤはそう言った。

奇妙な小男は、昨夜、弟のセバスチアンの夢を見ている時に再び登場した。

ヴェルネルは、脊椎を二本持って生まれてきた弟の夢をよく見る。幾度となく繰り返された手術の最中に、セバスチアンは十一歳で亡くなった。信じられないほど悲しい夢になる晩もある。ヴェルネルは、父親とともに待合室に座っている。そこへ医師が出てきて手術がうまくいかなかったと説明する。その後ヴェルネルはたいてい、涙を流しながら両膝をつく。悲しみに呑み込まれるのだ。あるいは、父親が初雪の中へとよろよろと出ていき、傷を負った獣《けもの》のように咆吼《ほうこう》する姿を眺める場合もあった。

それ以外は、悪夢に近くなる。家中をセバスチアンに追いかけ回されるのだが、弟は未発達の脊椎を尻尾のように引きずっている。それが床を打ったりドア枠を打ったりして、ドスンドスンと音をたてる。

昨夜の夢には、スーパーで見かけた生気のない小男も出てきた。キッチンナイフを使ってセバスチアンに手術を施し、組織や皮膜をこそぎ落とし、尾骨を剝き出しにする。そしてそれをペーパータオルでくるんでから、対になっている二本の骨をファスナーのように引き剝がしていくのだ。

ヴェルネルはハッと目覚め、マーヤの傍らにしばらくのあいだ横たわったまま苦しげにあえいでから、身体を起こした。

今、彼は暗い廊下を歩いている。窓にベルベットのカーテンをあしらった二間続きのリビングを通り過ぎ、いつもどおりサンルームに出て天気を確認する。ヴェルネルの視線は、水辺に立つ二軒の巨大な屋敷のあいだに姿を見せている入り江へと漂っていく。水面の三角波が、陽の光を浴びて輝いていた。

ヴェルネルは毎朝、好んで朝食前に五キロ走る。たいていは、スヴァード島の自然保護区を抜けるコースを選び、エルヨー通りを〈グランド・ホテル〉まで行ってから、湖の反対側にあるトレイルを使って戻って来る。だが自宅で働く火曜日には、走ったあとに寒冷浴場《カルドバードヒュース》に立ち寄って締めくくる。この時刻には、施設を一時間まるごとひとり占めにできるのだ。ヴェルネルは管理組合の理事を務めているが、正規の料金を支払う——当然ながら、サウナに入り海で泳ぐための料金としては馬鹿げて高い。それでもそこが好きだった。一九二〇年代の雰囲気、おだやかな静寂、そして孤独に浸れるからだ。そこを訪れるのは、ヴェルネルなりの瞑想《めいそう》のかたちだった。週の残りに備えて、心を整える時間なのだ。

サウナに入ったあとは、服を着替えて家まで戻る。そして朝食を作り、まだ寝床にいるマーヤのもとへとトレイに載せて運ぶのが常だった。

明るい朝日に目が慣れたヴェルネルには、明かりの点《とも》っていないリビングを戻っていく時にはほとんどなにも見えなかった。

地下のボイラー室から、ドスンドスンという大きな音が聞こえてきた。まるでだれかが、ゴム長靴を回転式乾燥機に放り込んだようだった。

ヴェルネルは、特に機械に強いわけではない。だがマーヤはいつでも、夫が地下室に下りてボイラーをいじると喜ぶようだった。

ヴェルネルは暗い廊下を行く。奥の居間《ファミリールーム》への扉が大きく開き、視界をふさいでいる。

先ほど逆方向に歩いていた時に、気づかなかったのだろうか？

ヴェルネルは立ち止まり、薄暗い部屋の中を覗き込む。テレビとソファ、トレイに載った中国茶器のセット、そして壁に掛かっているラーシュ・レーリンの見事な水彩画が目に入った。

昨夜のウィスキーグラスは、まだテーブルの上にある。

ヴェルネルは扉を閉め、地下室に下りて万事異状ないことをたしかめようと決めるが、その瞬間に音が止まる。

ヴェルネルは耳を澄まし、足音を待ち構える。もしかすると音で目覚めたマーヤが、自分で対処することに決めたのかもしれない。

だが突如として家の中は、驚くほどの静寂に包まれる。

ヴェルネルはユティリティルームに向かい、キャビネット形の衣類乾燥機からスウェット一式を取り出す。服を着替え、ランニングシューズを履き、リュックを背負い、ひんやりとする朝の空気の中に足を踏み出す。それから扉を閉め、芝生を横切る。

日曜の午後には、家族が勢揃いする。娘たちとそのパートナー、孫と連れ子たち。バーベキュー台を掃除し、土曜日に披露する手品の練習をすること、と頭の中にメモをする。溶接工の伯父を持つ若者が職場にいて、マーヤが浮いているように見せるための仕掛け作りに手を貸してくれたのだ。

ヴェルネルは、私道を下りきったところで立ち止まる。右足をプランターの縁に載せ、靴のタンをまっすぐに伸ばしてから走りはじめる。

ランニングというのは、一般的に走りはじめが最もきつい。だが今日はいつにも増して、履いているシューズがスキー靴のように重たく感じられた。体重を母子球に移し、爪先の力を抜こうとする。そうすると、疲れ果てたヘラジカが長い脚で歩いているような姿に見えることは、重々承知している。

去年の春、隣人にそう指摘されたのだ。マーヤによれば、その隣人は偶然にも熱心なアマチュアハンターだった――なんとも不安をかきたてられる事実だ。

森に辿り着くと、少し楽になったように感じられた。砂利道は、足裏に完璧になじむ。

キツツキのたてるやかましい音が、松林の眠たげなざわめきを切り裂く。

ヴェルネルは、まだ夢のことを考えている。あの奇妙な小男が、セバスチアンの二本の脊椎を引き裂いた時に聞こえた音のことを。

カーブから先は、道路に勾配がなくなる。ヴェルネルはそこから加速する。森の中に入ると、巨大な柱廊を走っているような気分になる。

前方に黒いバンが駐まっていた。ナンバープレートは付いておらず、フェンダーには泥がこびりついている。

そのすぐ後ろの側溝には、膨れあがったゴミ袋が打ち捨てられている。ヴェルネルには、黒いルーフに映る木々が、ゆっくりと揺れるのが見えた。

一九

ナオミ・ハルベリは、ウルスヴィークの森の中を行く舗装された小道に沿ってパトカーを走らせている。相棒は、体調を崩した子どもの面倒を見るため、一時間前に帰宅した。以来、ひとりで車内にいる。

地区指令センターからの連絡を受けたのは、シスタの裏通りに駐まっている時のことだった。ストックホルム中心部から北に十五キロほどの地点だ。ナオミの視線の先には、水色の建物の正面にある湿ったコンクリート階段の下にいる若者の姿があった。顔は痣だらけで、唇を震わせながら、曲げたスプーンでヘロインを温めていた。そして彼の足許では、広げた段ボールの上で年配の女性がうたた寝をしていた。

指を火傷した若者がライターを地面に落としたところで、通信が入った。最優先の緊急配備要請だった。

ナオミはそれに応じた。そして、配備要請の奇妙な詳細について語る指令係の声に耳を傾けながら、シュムリンゲ駅に向かって発車した。

ナオミは砂利道に下り、速度を上げる。木々が次々と飛び去っていく。

ルームミラーに目をやると、背後に舞い上がる砂埃が見えた。

指令係は細心の注意を呼びかけつつ、自動車を走行不能にするスパイクストリップを、廃駅の反対側に展開するようにとの指示を伝えた。ほかにパトカー四台が現場に向かっているが、ナオミは最初に到着することになる。

最初でひとりぼっち。最高の状況とは言えない、と彼女は今さらのように考える。ふと、サッカーのコーチに下着を引きずり下ろされた日のことを思い出し、恐怖に身体が震えはじめた。あのあとすぐにほかの子たちの声が外から聞こえてこなかったら、どうなっていてもおかしくない状況だった。

それから二十歳の誕生日を祝うために、姉と二人で出かけることにした時のことを考える。ナオミが早く到着すると、姉の新しいボーイフレンドが扉を開けてくれた。中に招き入れられ、一錠の薬を手渡された。次に気づいた時、ナオミはダンデリード病院の集中治療室にいたのだった。

ナオミは回転灯を消し、ブレーキを踏みながら道をふさぐゲートの近くに車を停める。車外に出るとゲートに駆け寄り、ピンを抜いてから遮断桿《しゃだんかん》を持ち上げる。それが反対側に倒れて、傍らにある緑のゴミ箱の上に載るのを見届けたあとで車に戻り、地下鉄の線路と並行して走る凹凸《おうとつ》の激しい林道を進む。

サスペンションが、彼女の身体の下でガタガタと鳴ったり、軋んだりした。茂みが車のドアを擦っていく。

前方の木々のあいだにコンクリート建造物がちらりと見えると、ナオミは車を止めてエンジンを切る。

今までスパイクストリップを使ったことはない。だが彼女は、展開の仕方はだいたいのところ思い出せるだろう、と考える。まず重い金属の箱を側溝まで運び、それから道を横切るようにして、ひと連なりになっているスパイクを伸ばしていけばいい。

考えずに手を動かせ、とナオミは自分に言い聞かせる。

腹の奥で膨らみつつある不安を抱えながらナオミは車から降り、トランクを開けて防弾ベストを身に着ける。その時になってはじめて、スパイクストリップの箱が失くなっていることに気づく。

指令センターにその旨を伝えると、それでも問題はないということ、そして別方向からパトカーがもう一台接近しつつあるという、指令係からの返答があった。

「応援を待つように」とその声が言う。

ナオミは防弾ベストのストラップを調整しつつ、林道を歩きはじめる。朝日に照らされた植物から細い霧の筋がいくつも立ちのぼり、地下鉄の列車が次々にやって来ては、停まることなく駅を走り過ぎていく。

四十年以上前に工事が中断して以来、なに一つ変わっていなかった。エレベーターやエスカレーター、あるいは改札口といったものを組み込むためのコンクリートの構造体があるばかりだ。

シュムリンゲ駅で降りるのは死者だけ。人々はそう語る。夜になると、銀色の列車が死体を載せてストックホルムの交通網を走り抜けている、という都市伝説があるのだ。その筋書きにはさまざまなバリエーションがあるものの、たいていは、夜遊びのあとでうっかり銀色の列車に乗ってしまう若い女の子が登場する。のちに彼女はシュムリンゲ駅で発見されるが、喉を切られているか、もっとひどい状態になっているというわけだ。

ナオミは立ち止まり、拳銃をホルスターから抜く。それを目の前に持ち上げ、輝く金属面から銃把をつかむ自分の指、そして明るい色のネイルへと視線を移動させていく。

森の中は静まりかえっている。シダの上を霧が渦巻き、下生えのあいだや樺の木の幹のまわりを漂っていた。

まぶしい朝の光が、コンクリートを剥き出しにした駅舎を包み込んでいる。

ナオミは放心したような気分のまま、有刺鉄線付きの背の高い金網に開けられている穴を通り抜ける。

あと三十分で勤務は終わる。ほかのパトカーが到着したら、帰宅して何時間か睡眠を取ろう。それからピザの配達を注文して、ベッドに寝転びながらテレビでも観るのだ。

背の高い草をかき分けながら進み、盛土を上り、線路を横切る。それからプラットフォームによじ登り、到着コンコースを覗き込む。

タイルや装飾物、情報掲示板や広告のない駅そのものの姿を目にするのは、奇妙な感覚だった。

コンクリートの床に雨水が溜まっていて、それがキラキラと輝いている。

ナオミの耳に届くのは、低い電気的なうなりと継電器がカチカチ鳴るような音、それから壁に反響する自分自身の足音だけだった。

ナオミは、切符売り場へとつながる階段に向かって進む。正面の扉はグラフィティで覆われていて、遊園地にあるお化け屋敷の幽霊トンネルを思い出させた。

この廃駅に送り込まれた理由も忘れかけた頃、プラットフォームの先に動きを認める。それは、仕切り壁の向こうに隠れてほとんど見えない位置だった。

両手を震わせながら拳銃の安全装置を外し、横方向に一歩移動してその先を見通そうとする。

ナオミの左側にある線路が震えはじめる。

水たまりが揺れはじめる。

列車が接近するにつれ、轟音がさらにすさまじくなる。

地面から砂埃や泥が舞い上がる。

ナオミは後ずさりし、プラットフォームの縁に立つ。そして列車が通り過ぎる中、拳銃を持ち上げる。風に吹かれた灰色のビニールシートが、仕切り壁の向こうで浮き上がる。

列車の起こした突風が髪の毛を顔面に叩きつけ、純粋な恐怖に駆られたナオミは、指を引き金にかける。

＊　＊　＊

ヴェルネル・サンデーンは、サウナの最上段に座っている。肌は汗でなめらかになり、髪の毛は触れられないほど熱い。

林道に停まっていたバンの持ち主は、近々開催されるオリエンテーリング大会で使うチェックポイントを設置するのに大忙しだった。ヴェルネルは立ち止まって二、三言葉を交わし、近くの空き地が血塗れの羽根と散乱した綿毛で覆われていることに気づいた。

サウナの中は高温で、今や息をするのも困難なほどだ。ヴェルネルは段を下り、戸を開ける。身体は湯気に包まれ、顔や肩は赤く染まり、胸と腹からは汗が滴り落ちている。ヴェルネルは眼鏡をかけ、時刻を確認する。それから結婚指輪をはめて、更衣室をあとにする。

ヴェルネルは、男性用の巨大な浴場で過ごすひとりの時間を愛している。一九二〇年代の雰囲気に浸りながら、柱廊に並ぶ更衣室の前を通り過ぎる。それから階段を下り、中庭の松とシャクナゲのあいだを抜けていくのが好きなのだ。

ヴェルネルは、熱が冷めないまま朝の空気の中に出て、入り江のおだやかな水面を見わたす。しばらくその場に立ち尽くし、すべてを自分の中に取り込む。

海水へといたる幅の広い階段は、バニラ色の羽目板で覆われた頑丈そうな二つの塔によって風雨から守られ、その先には飛び込み板が備わっている。

女性用ロッカー室のほうから、やかましく啼くカモメの声が聞こえてくる。

入場券売り場の窓に掲示されていた情報によれば、昨日の水温は十五度だった。

ヴェルネルは階段を下り、海へと入っていく。足のまわりに波紋を広げながら、頭まで海中に沈む。

眼鏡を外していなかったことに気づいた時には、すでに遅かった。眼鏡はくるくると回転しながら、泡だらけの暗闇へと消えていく。

ヴェルネルは鼻を鳴らしながら海面に顔を出し、沖の白いブイまで泳いでからUターンする。

浴場に戻り、後ろ手でガラス戸に鍵をかけながら、全身を満たしていくエンドルフインを感じる。

ヴェルネルはシャワーを浴び、身体を乾かす。そしてカジュアルなズボンと白い綿のシャツ、そしてサンダルという装いに着替える。朝のコーヒーと、マーヤとともに取る朝食を楽しみに感じている。

更衣室の戸は、ヴェルネルの背後で軋みながら閉まる。そして彼は、青い戸が長い列をなす前を通り過ぎ、エントランスホールに足を踏み入れる。入場券売り場の向かいには、外へと続く施錠された扉がある。

眼鏡なしで鍵穴を見つけようとして、当初はやや手間取る。

地面には、茶色い松葉と松かさが散乱していた。そしてマリーナは、背の高い松の木のあいだに浮かぶ白いものにしか見えない。

ヴェルネルは視線を巡らせ、砂利地の奥に停まっているピックアップトラックに向かって目を細める。近くで乾いた枝の折れる音がして、森の際をじっと見つめながら、目の焦点を懸命に合わせようとする。一本の木の幹のそばに、ぼやけた人影が立っているのがわかった。そしてまたしても、スーパーで見かけたあの奇妙な小男、蒐集家に違いない、と考えている自分に気づく。

小道に向かって歩きはじめた瞬間、背後から高速で接近してくる足音を耳にする。振り返ると同時に銃声が鳴り響く。腕に鋭い痛みを感じ、ぼやけた人影が身をかがめながら横方向に逃れるのを目にする。

背後のどこかで、拳銃がカチリと音をたてる。弾詰まりを起こしたに違いない。激しくまばたきをしながら、ヴェルネルは懸命に状況を把握しようと努める。最初の銃弾は右上腕部に当たったのだと気づく。痛みは筋肉のひきつり程度だが、噴き出た熱い血液がサンダル履きの足に滴り、頭がぼんやりとしてくる。

拳銃が再びカチリといい、ヴェルネルはすばやく踵を返してメインエントランスへと駆け出す。鍵を手探りしながら、震える手で解錠する。

だれかの足音が、石畳の上をすばやく近づいてくる。

ヴェルネルはどうにか扉を開け、鍵を引き抜いて中に入ると、すぐに施錠する。すさまじい爆発音がして、木片が床一面に散乱する。何者かが外から扉を撃ち、粉々にしたのだ。

ヴェルネルは古い入場券売り場まで後退し、ガラスに頭を打ち付ける。そして踵を返すと、更衣室の並ぶ中庭の柱廊を目指して走る。

隠れる場所はどこにもない。

最も離れたところにある戸の外で立ち止まると、両脚が震えていた。するりと中に滑り込み、戸を閉める。

だれか、銃声を耳にした者がいるはずではないか。

ヴェルネルはリュックサックをベンチに下ろし、携帯電話を求めてポケットの中を手探りする。ちょうどその時、離れたところで戸を開ける音が聞こえてくる。

二〇

ヨーナは森を抜け、廃駅に接近しつつあった。その時、指令センターからの報告が入る。現場では、容疑者の姿も電動式ウィンチを備えた車両も発見されていないのだという。

「血痕は？」とヨーナは無線機を通して問い返す。

「調べているところですが、今のところありません……」

ヨーナは規制線のそばに車を停める。そこにはパトカーが五台駐まっていて、うち三台の青い回転灯が木の幹とコンクリートの表面を繰り返し嘗めていた。

ビニールのバリケードテープを持ち上げ、身をかがめてその下をくぐると、制服警官のもとへと近づく。ヨーナが名乗っている最中にも、列車は高速で駅を走り過ぎていった。線路脇の木々が風にあおられ、激しく揺れる。

警察官はヨーナに最新の状況を報告し、鑑識技術者たちの到着まではあと一時間かかりそうだと告げる。

バイクが近づいてきて、ヨーナの車の背後に停まる。乗り手はヘルメットを外し、それをハンドルに掛ける。

サーガに気づいた警察官は、言いかけていたことを忘れる。二人のもとに大股で歩み寄る彼女は、ジーンズと襟の大きな細身のレザージャケットを身に着け、ウエストをベルトで締めている。

「われわれの間違いだった」近くまで来たサーガに向かって、ヨーナがそう言う。

「そんなことあり得る？」

「謎かけのヒントは、海水とハンカチだったに違いない」

駅の建物から、防弾ベストを身に着けた警察官が一人、姿を現す。金網の穴をくぐり抜け、三人のほうへと駆けてくる。顔面は疲労のせいで灰色だが、両目には興奮の色があった。

「ナオミ・ハルベリです。この人が最初に到着しました」と警察官が説明する。「中に入って――」

「サーガ・バウエルね」とナオミが口を挟む。

「そのとおり」

ナオミは不思議な目つきでサーガの顔を見つめる。

「こちらへ」

二人はナオミに続いて金網を抜け、線路を渡る。

木漏れ日が明るい楕円となり、あたり一帯の地面の上で落ち着かなげに揺れている。だが駅の内側は、埃っぽくて暗い。

ナオミは二人を導いてプラットフォームを横切り、階段を上って切符売り場に出る。床には、空のワインボトルや死んだネズミ、不潔なマットレス、煤《すす》けたアルミホイル、コンドーム、吸い殻、焚き火跡、厚紙の切れ端、ポテトチップスの袋、そして割れたコップが散乱している。

警察官は、グラフィティだらけの壁を指差す。

入念に描かれた複数の名前と雑な頭蓋骨の絵が入り乱れ、それら全体を支配するように大きく膨脹した文字で描かれた、〈YASH〉という言葉。その傍らには、半ば破壊された壁画があり、丸みを帯びた頬の少女が、大きく目を見開き真剣な表情を浮かべている。

ヨーナとサーガは壁に歩み寄る。

少女の片方の瞳の中心部、まるでキラキラと輝くハイライトのように見える位置に、一片の厚紙が留められていた。

絵葉書だ。画像は壁のほうを向いている。

ヨーナは懐中電灯を絵葉書に当てる。

サーガ・バウエルへ
私の赤いマカロフ拳銃には五発の白い弾丸が残っている。一発はヨーナ・リンナのために。まだ彼を救えると考えているか？　謎を解けない女には、死者による審判が下る。
イェス・ファトヴァロク

ヨーナは証拠品袋を取り出し、それをサーガに持たせる。そしてゴム手袋をはめると、絵葉書に手を伸ばす。コンクリート壁から剝がす時に、接着剤が割れる。そしてヨーナは、もう一度文面を読んでから絵葉書を裏返す。

「これじゃ果てしがない」とサーガは呟き、壁に設けられた消火栓入れにもたれかかる。

＊　＊　＊

ヴェルネル・サンデーンはくずおれるようにして更衣室のベンチに座り込み、腕の銃創を手で押さえる。リュックサックの中に携帯電話がない。浴場に逃げ戻り、入場券売り場に衝突した時にサイドポケットから落ちたに違いない。

一つまた一つと戸が開き、足音が近づいてくる。

掛け金が木材に当たって音をたてる。

ここではじめて、マルゴットの身に起きたことに考えが及ぶ。

懸命に呼吸を整え、明晰な思考を保とうとする。

銃撃犯を不意打ちすれば、相手を押し倒してエントランスホールまで駆け戻れるかもしれない。携帯電話を見つけ、森の中に隠れて助けを呼ぶのだ。

しかし犯人が一人でなければ、エントランスの前に見張り役を配置しているかもしれない。

階段を駆け下りて海に飛び込み、泳いで逃げることは可能だろうか?

不意に、戸のすぐ内側に血だまりができていることに気づく。更衣室の外にまで漏れていたら、すぐに見つかってしまう。

ヴェルネルは音をたてずに立ち上がり、息を止めて耳を澄ます。

銃撃犯が五番目の更衣室に入ったところで、ヴェルネルは静かに戸を開く。床に滴った血液をスウェットのズボンで拭い取ってから、リュックサックを手摺りの向こうに放り投げ、再び戸を閉める。

中庭の草むらのほうで、どさりという音がする。リュックサックが地面を打ち、ツツジの茂みの中を転がっていったのだ。銃撃犯はぴたりと静止する。それから、階段に向かって歩いて行く足音がヴェルネルの耳に届く。

銃撃犯の手にある拳銃が、手摺りの支柱に当たって鈍い音をたてている。

ヴェルネルはまたしてもセバスチアンのことを考える。弟が、垂れた脊椎を引きずりながら部屋の中を迫ってくる、あの悪夢のことを。

今や腕がずきずきと痛んでいた。

ヴェルネルは耳を戸に押し当てて銃撃犯の動きを追い、こちらが相手の視界から外れるタイミングをうかがう。

もうあまり長くはもたない。

シャツに染み込んだ血が、指先から床に滴りはじめている。

中庭の踏み板を行く足音が聞こえたように思い、ゆっくりと戸を開けて外を覗く。眼鏡なしではあまり見えないが、どうやらだれもいないようだ。

脈拍はあまりにも速く、自分の呼吸が少しずつ浅くなっていることも感じられた。泳いだり走ったりしたところで、それほど遠くまでは逃げられないだろう。つまり、選択肢は一つしかない。一か八か、エントランスに見張りはいないというほうに賭けて、外に出て助けを求めるか隠れ場所を見つけるのだ。

目眩がますますひどくなっていて、紫がかった淡い青色の戸が並ぶ柱廊を進みはじめると両足が震えた。

懸命に腕を押さえるが、指のあいだからは熱い血液が脈打ちながら噴き出ているのを感じる。

目をすがめて階段のほうを見るが、今やなにもかもがぼやけていて、もはや並んでいる支柱すら見分けられない。

指先まで伝い下りた血が足許に滴り、床に痕を残していた。

外に出たら血痕を拭い取らねば、とヴェルネルは考える。あるいは、あらぬ方向に痕を残して、銃撃犯を混乱させる手もある。

ヴェルネルは立ち止まるとわずかに身をかがめて、中庭に下りる階段を見下ろす。淡い黄色の背景に、濃緑色のものがいくつか見て取れた。日を浴びている森と茂みだ。

なにもかもが静かだった。

その時、なにか灰色のものが背景から離れ、階段下に向かって動きはじめる。

ヴェルネルは踵を返し、よろめきながらエントランスを目指す。出血がひどく、力が入らない。ホールへの扉を開けようとしてつまずき、ドア枠に肩を打ち付けながら通り抜ける。

必死に目の焦点を合わせながら近づいていくと、破壊された扉が、陽光に照らされた駐車場に向かって開いていることに気づく。

無数の木片と、砕かれた錠が床に散乱している。

ヴェルネルは前へと進みながら、入場券売り場の床に落ちている携帯電話を見つける。

柱廊のほうの床の上で、なにかがガタガタと音をたてている。まるで、ボールベアリング付きのものが回転しながらこちらに接近してくるようだ。

ヴェルネルは上腕から手を放し、身をかがめて携帯電話をつかむ。身体を伸ばした瞬間、あたりが数秒間闇に呑まれる。

今や心臓が猛烈な速度で脈打っている。そして床を鳴らす音はさらに近づいている。

血塗れの手の中で携帯電話がぬるぬると滑る。そのうえ、ボタンが見えづらくなかなかロックを解除できない。

外に出て叫び声をあげ、助けを求めるほかない。

ぐらつく足で正面入り口へと向かいはじめた瞬間、背後に荒い息づかいを聞く。身をひるがえす間もなく、銃声が鳴り響く。

明るい陽光の中、凹凸のある舗石の上に血液が飛び散る。

弾丸は右肺の下端を貫通していた。

携帯電話は床に落ちてレストランのほうへと滑っていき、青い椅子の下に入る。

ヴェルネルは咳き込みながら回転式ゲートを押して通り抜け、携帯電話のほうへと戻っていく。

そうしながらも、懸命に思考を働かせようとしている。だが頭の中をぐるぐると回っているのは、「死にたくない、死にたくない」という言葉ばかりだった。

次の弾丸は太腿に命中し、ヴェルネルは転倒する。どうにか四つん這いになり、深いバリトンの声でうなり声をあげながら、携帯電話に向かって進み続ける。ヴェルネルはそれをつかむと、レストランの扉へと這い進む。

二一

ヨーナは、サーガに続いて森の中の道を車で進み、地下鉄の廃駅をあとにする。木々のあいだから差し込む朝日が、彼女のバイクを明るく輝かせた。

後輪に巻き上げられた砂埃が、木漏れ日の中を漂っていく。

車体を茂みの枝が擦る。

ヨーナは、少女の瞳孔に貼り付けられていたメッセージについて考えていた。謎を解けなければ罰を与えるという、新たな脅しだ。

メッセージの署名は、新しいアナグラムだった。

ヨーナは絵葉書を裏返し、表にあるモノクロの写真を仔細に眺める。枝から葉が落ちていること、そして空の色が明るいことから判断すると、春に撮られたものだ。そこには開いた金属の門扉ときれいに均《なら》された砂利道が写っている。その道はルーン文字の刻まれた石碑の脇を伸び、白い漆喰塗りの建物と墓地に並ぶ十字架の先にある、急勾配の屋根を持つ小さな教会へと続いていた。

右下の隅には〈フンボ教区（一八七九年）〉とあり、輪を描くような昔風の書体で手書きされている。

またしても墓地だ、とヨーナが考えた瞬間、無線を通して緊急警報が入る。サルトシェーバーデンにある屋外寒冷浴場に出勤した警備員が、破壊された男性棟へのエントランスと、床一面に残されていた血痕を発見し、通報したのだという。

ヨーナの目の前で、サーガのバイクが揺れる。その朝ヴェルネル・サンデーンが施設を使用し、退出した記録が残っているという情報が、無線で伝えられたのだ。

特別捜査班のメンバーたちは、ただちに無線通信を交わしはじめる。

「まだヴェルネルと決まったわけじゃないぞ」とペッテルが指摘する。「推測でしかないし、俺たちは――」

「だが残念ながら――」とヨーナが口を開く。

「まだなにもわからん」とペッテルがそれを遮る。

「だが残念ながらすべての点において合致して――」

「どうしていつもそう悲観的なんだ⁉」

「ペッテル、落ち着くんだ」とマンヴィルが言う。

「現場についてわかっていることは？」とヨーナが尋ねる。

「最初のパトカーが到着し次第、連絡を寄こす。もうそろそろ着く頃だ」とマンヴィルが言う。

「だがヴェルネルとは……」とペッテルが言う。「わからん。なぜヴェルネルなんだ？」

「筋が通らない」とグレタが合意する。

「ヨーナ？」とマンヴィルが口を開く。

「今になって考えてみれば、あのフィギュアがヴェルネルだということは、かなりはっきりしていないだろうか。痩せていて、ほかの人たちより背が高い。それから背中に付いていた小さなものはオークの葉だ。雲ではなく」

「たしかに」とサーガ。

「ちくしょう」とペッテルが囁く。

スウェーデンの警察組織では、徽章《きしょう》に付いているオークの葉が多ければ多いほど階級が上になる。そして公安警察の紋章の中心部には、燃える松明《たいまつ》と四枚のオークの葉があしらわれていた。

「だが、ということは、包みに関するわれわれの推理は外れていたということになるな」とマンヴィルが言う。「われわれがストックホルム群島の半分を探し回るとは、まさか犯人も思っていなかったはずだろう?」

「出てきた具体的な地名は、地下鉄駅だけだった」とサーガが言う。

「先にこっちに向かわせたかったんだ」とヨーナが言う。

「サーガに宛てた新しい絵葉書を見つけさせるために」とグレタが賛同する。

「はっきりしているのは、われわれがいまだに後手に回っているという事実だけだ。なぜなら、ヴェルネルは駅で襲われたわけではなかったんだからな」

「寒冷浴場か」とマンヴィルが言う。

「裏面には、群島での海藻の大量発生を伝える記事があった。しかも――」

「だがそれではヒントが足りないじゃないか。フェアじゃないぞ!」とペッテルが口を挟む。「広大な面積が該当するんだ。何千もの島や砂浜、そして岩がある」

「われわれはなにかを見落としている」とヨーナが言う。

「サルトシェーバーデンは、海藻の大量発生が起こった土地の中で上位四番目に当たるわ」とグレタが言う。

「クソったれが」とペッテルがため息をつく。

サーガはバリケードテープが近づいてくると速度を落とし、右折する。ヨーナはそれに続き、タイヤで砂利を踏みながら進んでいく。

「寒冷浴場にいる警官と通信がつながっているようだ」とマンヴィルが言う。「こちらは国家警察犯罪捜査部のマンヴィル・ライだ、どうぞ」

「ヨルゲン・カールソンです、どうぞ」

「現場の様子を教えてくれ」

「通信が入った時、アンニカと私はゴミ集積所のあたりにいました。まだ到着したばかりです。中に入ったのですが……いやあ、なんていうか……」

ヨルゲンは言葉を途切れさせる。マイクが雑音をとらえ、すばやい呼吸音が聞こえる。

「もしもし？」とマンヴィルが問いかける。

「どう説明したらいいかわかりません。被害者の姿はないんです。ただ、駐車場には血痕があるし、床はどこもかしこも血だらけです。エントランスからレストランまで、すさまじいありさまです。正面の扉のあたりには引きずったような痕もあります。ひどすぎる……」

「ほかに気づいたことは？」

「いえ、その……空の薬莢がいくつかありました。そのうちの一つは全体が真っ白です。こんなの見たことありません。鑑識班が必要です。扉は撃たれて粉々だし……わけがわからないんですが、羽目板とドア枠の一部をノコギリで切り取っていったみたいなんです。床が削り屑《くず》だらけになっています」

「被害者の身元がわかるようなものは見つかったか？」

「血塗れの携帯電話があります。まだ触ってませんが」

「よろしい」

「ヴェルネルの番号にかけてみる」とグレタが言う。

「一帯に規制線を張って、鑑識班を待つように」とマンヴィルが命じる。

「ちょっと待ってください。アンニカがこっちに戻って来ます……なにか言ってます」

うわずった声が背後から聞こえてくる。

「現場で見つけた携帯電話が鳴ってます」とヨルゲンが言う。「電話が鳴っています」

「触らずに鑑識を待って」そう話すグレタの声には、あきらめの響きがあった。

サーガとヨーナの周囲に広がっていた森は途切れ、二人は低い建物や道路、高架の並ぶ地域に出る。

サルトシェーバーデンの警察官が通信を終えると、捜査班の面々は少しのあいだ沈黙を保つ。

「ノコギリってのはいったいなんなんだ？」とペッテルが口ごもる。

「ウィンチだ」とヨーナは言う。「犯人はケーブルを中まで引いて、遺体を外まで引きずり出した。建物の中にある角や扉のところも、かまわずにそのまま引っ張ったんだ」

「だれか意味のわかる者はいるか?」とマンヴィルが問いかける。「犯人の望みは?これで同僚は三人目だ。そのうち二人の高官が含まれる」

「それから高齢の牧師」とサーガが口ごもる。

「完全にイカレてる」とペッテルが言う。

ヨーナはサーガを追い抜いて前に付け、E4号線に乗ってウプサラ方面に向かう。

「犯人は、わたしたちの関心を引き続けるためだけに、被害者を選んでいるんだと思う」とサーガが言う。「わたしたちが止めないかぎり、犯人はほんとうにヨーナを殺す。そのことだけを伝えるためにやってることなのかも」

「たしかにそうかもしれない」とヨーナが落ち着いた口調で言う。

「絵葉書の文言は?」

「〈謎を解けない女には、死者による審判が下る〉」とヨーナが応える。

「犯人を止める責任をわれわれに押しつけているわけだな」

「わたしに、押しつけてる」とサーガが言う。

「身辺警護課に話をつけよう。念には念を入れてヨーナの身の安全を確保する」とマ

サーガは、ヨーナのあとに続いてバスを抜いてから右車線に戻る。レザージャケッ
「わかりました。ありがとうございます」
としよう。だが、私にできるのはここまでだ」
ンヴィルが言う。「ヨーナと行動をともにしているかぎり、きみをオブザーバー扱い
「サーガ、もう一度言っておくが、きみは現場での捜査活動を許されていない」とマ
きることはない。われわれは、絵葉書の表面《おもてめん》に載っていた墓地に向かう」
「それでは犯人の狙い通りだ」とヨーナが続ける。「向かったところで、あそこでで
「てっきりきみたちは――」
「いいや、それは――」
にサルトシェーバーデンに向かっているんだな？」
「よし、このことはあとで話し合おう」とマンヴィルが言う。「きみはサーガととも
「備えはできている、ただそれだけのことだ」
「見上げた英雄だ」とペッテルが呟く。
「いつでも犯人を迎え撃てる」
「ヨーナ、私は本気だぞ」
「その必要はない」
ンヴィルが言う。

トに肩を締めつけられているように感じた。ベルトの先が、背中ではためいている。間もなく火曜日の午前十時を回る。頭上に浮かぶ雲の落とす影が、野原や畑地をゆっくりと横切っていく。それはまるで、海中深くを行く鯨の群れのようだった。

レーヴェンストレムスカ病院のそばを通るたびに身震いがする。かつてサーガは、ヨーナにそう話したことがある。そしてヨーナ自身もまた、いつも、暗い大渦巻きが身体の内側で回転するのを感じる。

赤い防音壁が左手を高速で過ぎ去り、コーンとコーンを結ぶ電源コードが、太陽の下で輝いた。幅の広い貨物を積載したトラックが、道路脇を走りながら砂埃を舞い上げている。

今のところ、犯人には常に一歩遅れを取っている。犯人の奏でる曲で踊らされているのだ、とヨーナは考える。犯人は、ヨーナらが寒冷浴場と墓地に向かうことを知っている。どちらに向かっても、犯人との距離を詰めることはできない。

それどころか、距離は広がる一方だろう――犯人が、捕まりたいという強い願望を心の奥底で抱いているのでないかぎり。

だがヨーナは、まだ決着がついたとは考えていない。

捕らえられることはないという過剰な自信、もしくは止めてもらいたいという願望。それに対して、計画遂行の欲望もしくは恐怖。

犯人はまだ、この二つのうちどちらに傾いてもおかしくはない。

もしかすると、サーガとともに今この瞬間に下す決断が、事件の趨勢《すうせい》を決めるのかもしれない。

あるいは、すべてはゲームに過ぎないのだろうか。

犯人は、ヴェルネルを収めたバッグを墓地に放置する時間を稼ぐために、二人が向きを変えて今すぐサルトシェーバーデンに向かうことを望んでいるのだろうか？　幻影を追って時間を無駄にしなければヴェルネルを救うこともできたのだと、事後になってヨーナらに考えさせるためだけに？

ヨーナとサーガは、高い塀に囲まれた工業地帯に隣接している、ダンマルクという小さな村の北で高速道路を下りた。そこからは２８２号線に乗り、ウプサラ周辺の肥沃な土地を進む。二人は、畑や森、材木置き場や無数の農家のあいだを通り過ぎていく。

フンボ方面に曲がると、木々のあいだに十二世紀に建てられた白い教会が見えた。

ヨーナは車を停めて降り、サーガはその背後にバイクを停める。金属の門扉は写真のものとまったくおなじだが、柵のほうは低い石壁に替わっている。

二人は足早に砂利道を進む。ルーン文字の刻まれた石碑を通り過ぎ、その先に広がる墓地全体を掌握するために二手に分かれる。

きれいに整えられたツゲの生け垣が、墓石と十字架の列を区画ごとに分けている。ほかに人影はなく、駐車場も空だ。

二人とも口には出していないものの、もし墓地に放置されているのであればヴェルネルの命を救えるのではないかと、考えている。

サーガが集会室の背後に回り込むと、鳩《はと》の群がいっせいに飛び立つ。

ヨーナは、壁沿いに密生している茂みの中を歩き続ける。離れた地面に青いものを見つけて駆け寄るが、確認すると堆肥の袋でしかないことがわかる。

貯蔵庫の背後から、鈍い音が連続して聞こえてくる。あたかも墓穴の上の土を、だれかが両手で平らに均《なら》そうとしているかのようだった。

ヨーナは背筋を伸ばし、一歩脇に移動する。墓地の端に群生しているオークの木の中心部に、大きな白い袋が見えた。地面から一メートルほどの高さに吊されている。袋は白い布と銀色のテープで包まれていた。そして交差するロープが何本か、オークの枝と幹に巻き付けられている。

バッグの内側に動きはなく、音もしない。

サーガは指令センターを呼び出し、ヨーナはナイフを取り出してロープを切りはじめる。

何本かが切れると、重い袋は十センチほど下がり、残りのロープが軋む。梢では鳥たちが歌っている。

まもなく袋は、太い枝と幹に巻き付けられた一本のロープだけで吊されている状態となる。ヨーナが慎重にロープをほどいて重力から解放する一方、サーガはそれを地面に導き下ろそうとする。

二人は袋を支え、包みをゆっくりと下げていき、草の上に静かに横たえる。

教会の背後にある丘の上の赤い塔で、鐘が鳴りはじめる。

ヨーナは袋の上にかがみ込み、大きく十字形に切れ目を入れ、テープと繊維と厚いゴムの層を開いていく。

化学薬品の鋭い臭いが、二人の目に涙を滲ませる。

死体は、ゼリーを思わせる半透明で泡だらけの粘液に包まれている。

顔の特徴と髪は失われている。だが疑いの余地はなかった。二人が発見したのは、シモン・ビェルケ巡査の遺体だった。

二二

警察庁舎内の大会議室には、マンヴィル、グレタ、ヨーナ、サーガ、そしてペッテルが集っている。国家警察長官代理、モルガン・マルムストレームとの緊急会議のためだ。

モルガンは四十代で、少年のような顔つきをしている。歯は白く、ゆったりと落ち着いた雰囲気を持つ。

マンヴィルは、寒冷浴場の現場について判明していることのあらましを淡々と話し、ほかの人々は口を閉ざしたまま目を伏せ、それに耳を傾ける。やがて、グレタのすすり泣きがマンヴィルの耳に届く。

「ごめんなさい。動揺してしまって」彼女はそう言いながら、頰を拭う。「ヴェルネルのこともマーヤのことも知ってるの。こんなことが起こるなんて、信じられない」

「休憩を挟もうか？」

「いいえ、わたしのためになら結構。お願いだから続けましょう」グレタはそう言い、だれかが差し出したティッシュを受け取る。

会議室の窓は低い位置に並んでいる。そこから差し込む陽光が室内に溢れ、ヨーナの厳しい顔に明るい輪郭線を描いていた。ヨーナは座ったまま身じろぎ一つすることなく、組み合わせた両手をテーブルの上に置いて、マンヴィルの話に耳を傾けている。

「謎かけを解くのは不可能に思われました」とサーガが静かに言う。「今となってはなんの役にも立ちませんが、ヨーナと一緒に少し調べてみました……」

「なんだって?」とマンヴィルが尋ねる。

「謎かけを解いたんです」とヨーナが言う。

「ほんとうか」

「上から見ると、サルトシェーバーデンにある寒冷浴場の男性棟は、大きなAの字の形になっています。衛星写真を見たらすぐにわかります」とヨーナは説明する。

ストックホルム・オリンピックの競技場を手がけた建築家、トルベン・グルートの設計による寒冷浴場の建物は、Aの上端が内陸を指し、二本の脚が水に浸かっているという構造になっている。

「ハンカチに刺繍されたAの字はそのヒントでした」とサーガが言う。

「またしてもこちらが遅れを取ったわけか」とマンヴィルが漏らす。

「この調子でいけば、いずれ謎かけはすべて解けるはずです」とヨーナは続ける。

「しかし、そうするのがいいことなのかどうか、確信を持てません」

「なぜなら、それはゲームのルールを認めることに近いから、ということかしら?」

とグレタが尋ねる。

「なんとなく、そう思っただけさ」とヨーナが応える。

「二体目のフィギュアを包んでいた素材について、調べを進めた」ペッテルが、咳払いをしながら話しはじめる。「われわれが睨んだとおり、マリア・マグダレーナ教会の貸出用の洗礼服から切り取られたものだった」

「現地にはすでに？」とマンヴィルが訊く。

「ちょうど行ってきたところだ。聖パウロ通りにある牧師の事務所で、洗礼服が紛失していた。それが先週のことで、その後、環境美化デーのおかげで通りはすっかりきれいにされてしまっていたが、建物全体を封鎖して鑑識班を送り込んだ」

「いいね」とヨーナが言う。

「今のところ寒冷浴場では、白い薬莢が一つ、一般的な薬莢が三つ、回収されている」とマンヴィルが言う。

「ということはつまり、異なる二丁の拳銃が存在するということだろうか？　もしくは拳銃は一丁で、それに白い弾丸を一発と、通常の弾丸を装填しているのか」

「白い弾丸一発につき被害者一人」とマンヴィルが言う。

「つまりこれら四件の殺人事件は、合計九件の連続殺人事件の幕開けということだな？」モルガンはそう要約し、額を掻く。

「はい」

「なぜ九件なんだ？」

＊　＊　＊

ヨーナとヴァレリアは、カルラ通りにあるイタリアン・レストラン〈ウン・ポーコ〉で、窓際にある小さなテーブルについている。ウェイターが一皿目を携えてやって来ると、長いカーテンがふわりと揺れた。トリュフのパスタが湯気をたてている。

「腕時計をしていないのね」ヴァレリアはそう話しながら、フォークを口元へと持ち上げる。

「ああ、昨日見つからなかったんだ」

「変なの」

「そのうち出てくるさ」

ヴァレリアはプラム色のワンピースを身に着け、カールした髪を緩いポニーテールにまとめている。

ワインを軽く一口含み、指先で口元を拭う。

その姿をテーブルの向かい側で見つめながら、ヨーナは先ほどのミーティングのことを思い起こす。それは、長官による熱心な勧告によって締めくくられたのだった。

「今日はたいへんな一日だった。だからきみたちには帰宅し、ゆっくりと休んでもらいたい」モルガン・マルムストレームはそう言いながら、机上に置かれている写真や箱を身ぶりで指し示した。「言うまでもなく、われわれは全力を尽くして捜査を継続する。だが、次のフィギュアが送りつけられるまで、われわれには犯人を止められないだろう」

「わたしはもうしばらく残って作業を続けます」とサーガは言った。

「残念ながら、きみにできることはなにもない――犯人が次の動きを見せるまで、きちんと身体を休ませる以外にはね」とモルガンは言った。「鑑識技術者と科学捜査研究所は夜通し作業を続ける。また、サーガの自宅、われわれの郵便室、そしてサーガの元の職場は監視下にある」

　自分とサーガが嵐の中心にいることを、照準が二人の上に定められていることを、ヨーナは理解している。犯人は二人を標的にしているのだ。それゆえに、二人はその先回りをして、犯人からすれば見つけられたくないものを見つけ出さねばならない。

　ミーティングが終了すると、ヨーナはヴァレリアに電話をかけ、〈ウン・ポーコ〉で八時に合流することにしたのだった。

　ヨーナは〈コーナー・ハウス〉の自宅に戻り、シャワーを浴びてから清潔なボクサーパンツに穿き替え、生オレンジジュースを二杯飲んだ。そしてしばらくのあいだ窓際に立ち、街の風景を眺めた。濡れた髪から水が滴り、首筋から肩甲骨へと伝い下りた。

　服を着たヨーナは、拳銃保管庫に収めてある指輪を取り出して、しばらくのあいだそれをじっと見つめた。磨き上げたプラチナに、完璧な二カラットのダイヤモンドが載っている。ヴァレリアと会う時にはいつもこの指輪を持ち歩いているのだが、これまでのところはまだプロポーズする気持ちになれていない。その前に、ヴァレリアには秘密を打ち明けなければならないからだ。頻繁に落ち込むわけではなかったが、ユレックの死後はじめてライラのもとを訪れて以来、ヨーナはあの部屋で少なくとも十回は阿片を吸っていた。

「なに考えてるの？」とヴァレリアがほほえみながら問いかける。

「なにも」とヨーナは口ごもる。

ヴァレリアが自分と目を合わせようとしているのを感じるが、ヨーナはそれに抗う。彼女にはいつでも心の内側を読まれてしまうようなのだ。今のヨーナには、まだその心構えができていない。

「事件のこと？」

「すまん」

「解決するまでわたしに話さないというのは、良いルールだと思う」とヴァレリアが言う。「でもね、わたしのためにそうしなきゃいけない、と感じるのはやめてね。話したければ、よろこんで聞く。わたしにはなんでも話していいんだから」

「ありがとう」

ウェイターが皿を片づけ、ヨーナが続きを話しはじめるまでヴァレリアは待つ。

「ユレック・ヴァルテルに関わるもろもろのことなんだ」とヨーナは静かに言う。

「あの屋上で起こったことで俺は……」

ヨーナは言葉を途切れさせ、テーブルを見下ろす。自分は今では異なる人間になってしまったのだということを、あの日、自分の中にはなにか危険なものが侵入してしまったのだということを、どうしたら説明できるのだろうか？　闇が自分の中に根を下ろしたのだと。

「またルーミと口論になったの？」とヴァレリアがやさしく尋ねる。

「いいや、これは自分のことなんだ」

「一線を越えてしまったと考えてるのね？」と彼女が言う。

「だが同時に、正しいことをしたとも考えている」

「で、そのことがあなたを苦しめている――ただ一線を越えただけではなくて、越えたけれどもそれは正しい判断だったと考えていることが」

「そんなところだね……」

ウェイターがアスパラガス・リゾットのボウルを二人の前に置くあいだ、ヨーナは再び沈黙する。

「それで、あなたはそのことについてどう考えてるの？」ウェイターが立ち去ると、ヴァレリアが口を開く。

「こんな退屈な話をしてすまない、でも……」

「退屈なんかじゃない」

「でもあの日、あの屋上で……ニーチェの引用をしたあと——あれそのものは、ただ最後の言葉を黒板に殴り書きしたに過ぎないようなものなんだが——奴はもうひと言囁いたんだ」

「それで、それについて考えるのを止められないでいるのね」とヴァレリアが補足する。

「ああ」

「教えて」とヴァレリアがおだやかな調子で言う。

「無理だ、奴の言葉を繰り返したくない……突き落としてやろうという衝動に駆られる直前、俺が実際にそれを行動に移す一瞬前に奴が口にしたことなんだ。だから、こちらには考え直す暇もなかった」

「ぞっとして鳥肌が立った」ヴァレリアの顔は青ざめ、黒い瞳が真剣なまなざしを放っている。

ヨーナはワインを一口飲む。

ヨーナは、ユレックの残虐行為の一部と化したのだ。だから、もはやヨーナの変質を止められるものはない。あの囁きを聞かされたあとでは。いずれヨーナもまた、ユレックに似た存在となり果てるだろう。生を拒絶し、他人の尊厳を意に介さず、自らのたてた暗黒の計画だけを追究する人間に。

「あなたは奴を止めた。そして奴はあなたを支配してはいない」ヴァレリアは、ヨーナの目を見つめながらそう言う。

「そうだね……」

ヴァレリアはグラスを置き、前のめりになってヨーナの手に触れる。

「あいつの言葉を頭から追い出せないでいるのはわかってる」ヴァレリアはさらに声を落としてそう言う。「あなたがあの瞬間を抱えたまま生きていて、そのせいで身動きが取れなくなったように感じることがある、って。そしてそういう時には、自分の感覚を麻痺《まひ》させているってことも」

ヨーナは拳を握り締め、「どういう意味だ？」と冷たい声で尋ねる。

「傷つけてしまったかしら？」

ヨーナはその質問を無視し、フォークに載せたリゾットを口に入れながら窓の外を眺め、ヴァレリアの視線を避ける。

「ヨーナ、どうしたの？」

「なんでもない。疲れてるだけさ」

「話したい気持ちはあった。でも、こういうかたちではなかった、そういうことなのね」とヴァレリアが言う。

「なんの話かわからない」

「元ジャンキーを騙《だま》すなんて無理よ。すぐにわかったんだから。あなたの話し方とか瞳孔とか、反応が鈍くなった視線の動きとかで」

「偏頭痛のためにトピラマート（抗てんかん薬。）を飲んでるからね」とヨーナがとげとげしく応じる。

「わたしもまったくおなじ台詞を口にしてたでしょうね」ヴァレリアはほほえみながら言う。

「わかったよ。でも、俺にとっては大切なことを話そうとしていたんだ」ヨーナはそう話しながら、手にしていたフォークをテーブルに戻す。

「話してちょうだい」

ヨーナは首を振り、携帯電話を取り出す。画面をちらりと見やり、ウェイターに合図を送って会計を求める。

「こんなことやめて」とヴァレリアが乞う。

「仕事に戻らなくては」

クレジットカードを取り出し、仕事で急ぎの用ができたが、連れはこのまま夕食を続ける、とウェイターに伝える。その間もヨーナは、ヴァレリアからの視線を感じていた。

それからヨーナは立ち上がり、ひと言も発さないままレストランをあとにする。ヴァレリアのほうを一目見ることすらしなかった。大股で通りに出ると、最寄りの地下鉄駅に向かう。

歩道は暗くひと気がない。ヨーナの足音が、背の高い建物の壁に反響する。

ドラッグの乱用を隠し、ひと言も打ち明けていなかったことを、ヴァレリアには見透かされていた。その事実が、なぜ自分をここまで動揺させるのか、ヨーナには理解できなかった。羞恥《しゅうち》のあまり、とっさにすべてを否定してしまったのだ。子どもじみた振る舞いだった——ヴァレリアはそのことにも理解を示し、事実と向き合うようにとヨーナをうながしてくれたわけだが。

ヨーナは携帯電話を再び取り出し、三十分後に行くとライラに伝える。ライラは、頻度が高すぎると指摘し、制止しようとする。だがヨーナはその言葉の途中で電話を切る。

一軒の店の外壁に、古い貼り紙があることにヨーナは気づく。それは、互いに二メートルの距離を保つようにと人々にうながしていた。

通り過ぎる時に、その店のショーウィンドウに映った自分の姿がちらりと目に入る。そして、ヨーナを引き留めようとしたヴァレリアの、あたたかいまなざしを思い出す。

ロードマン通り駅の入り口に着いたところでヨーナは立ち止まり、踵を返してレストランに駆け戻る。そして指輪を取り出しながら大股にテーブルのあいだを進む。二人がいたテーブルは空だった。慌てて外に出たヨーナは、ヴァレリアに電話をかける。だが応答はない。もう一度試してから、ヨーナは諦める。

ヨーナは、ルントマカル通りを歩いて自宅に向かう。一軒の建物の通用口前ではホームレスが寝ていて、人々はその傍らを通り過ぎていく。出版社〈アルベルト・ボニエ〉の裏口近くでは、一人の男が煙草を吸っている。煙草の先端が光り、鼻の下面が照らされる。一人の女が、ガラスのリサイクル用ゴミ箱の中を、金属の棹《さお》でかき回している。

ヨーナは自宅のある建物の前で立ち止まり、暗証番号を入力して扉を開けると、エレベーターに乗り込む。

機械の箱は静かにうなりながら、ヨーナを十一階へと運ぶ。

廊下に出ると、半開きになっている自宅アパートの扉が目に入る。ヴァレリアが来ているのかもしれないという希望を一瞬だけ感じるが、心の奥底では、そうではないことを知っている。

背後で、シュッと空気を吸い込む音がする。エレベーターが下に降りていったのだ。

ヨーナは肩ホルスターからコルト・コンバットを抜くと、安全装置を外し、手前に扉を引き、耳をそばだてる。

なにも聞こえなかった。

室内に入ったヨーナは、拳銃を右手方向に向ける。扉を閉め、寝室へと進む。すばやくベッドを回り込み、クローゼットの戸を開く。それから廊下に戻り、浴室を確認する。

カチカチというかすかな音が聞こえた。

ヨーナは足早にリビングを横切って角を曲がり、キッチンの安全を確認する。

拳銃をホルスターに戻し、食卓に歩み寄る。

パソコンの裏に、逆さになったノートがあった。そして床の金属製の通風口から吹き込むあたたかい風が、そのページを優しく動かしている。

二三

〈ダンス・ハウス〉の二番スタジオでは、オークの床材の香りと、鼻をつく汗の臭いが混ざり合っている。サーガの支援している子ども二人が、ここでダンスレッスンを受けているのだ。

二年前、サーガははじめてスウェーデン・ダウン症協会に連絡を取り、支援活動へのボランティア参加を希望した。のちに、アストリッドとニックの支援者として正式に任命された。

壁一面を覆う大きな鏡があり、その向かい側の壁に並ぶ窓の下には、手摺りが設けられている。

サーガは膝をつき、靴とレッグウォーマーを履くアストリッドに手を貸している。二人とも、去年一年間で大きな成長を見せた。しかし十一歳という年齢ではあったものの――そしておなじグループの子たちのほとんどは、四歳から八歳だったのだが――二人はまだ次の段階に進む準備ができていない。ニックはクラスで唯一の男子だがバレエが大好きで、大きくなったらメロディフェスティヴァーレン（音楽コンテスト〈ユーロヴィジョン・ソング・コンテスト〉の予選。）のバックダンサーになるのだとしばしば宣言する。

いつものサーガなら、子どもたちといる時には仕事のことをすべて忘れられる。だが今日はどうしても、ヴェルネルが命を失ったことについて考えてしまう。その死には、予期していた以上に深く動揺させられていた。ヴェルネルは、公安警察に勤務していたあいだほぼ毎日顔を合わせていた相手であり、さまざまな次元でサーガの指導者だった。

犯人の狙いが、事態を個人的なものにすることだとすれば、間違いなく成功している。

ニックは黒いタイツの股間を何回か引っぱってから、ウエストバンドの内側を覗き込む。

「後ろ前だ」そう言うニックの口元がニッと広がり、並んでいる小さな歯が覗く。

「手伝ってほしい？」サーガは立ち上がりながらそう尋ねる。

「大丈夫」

「それじゃ、外に出て待ってるね」とサーガは言う。

「一緒に踊りたくないの？」とアストリッドがせがむ。

「わたしにはそんな勇気ないの」とサーガはいつものとおりに応える。

「なんだあ」とアストリッドが笑い声をあげる。

「難しすぎるの」とサーガが続ける。

「教えてあげるよ……これがグランプリエ」アストリッドが実演してみせる。

「こんなかんじ？」サーガがそれを真似ようとする。

「ちがうよ、脚を曲げなくちゃ！」とニックが言う。

「ドゥミプリエ……そしてピルエット」

サーガは身体を回転させ、アストリッドが拍手をする。

「すごく上手だよ！」と少女が声をはりあげる。

「すごくいいよ」ニックはそう言うと、口元を両手でぴたりと押さえて笑う。

「ほんと？」

「もう一回、ドゥミプリエ……」

ダンス教師が姿を現し、胸を反らして頭を高く持ち上げたまま部屋を横切ってくる。黒髪はうなじのところで固くまとめられていた。教師は窓際の日だまりの中で立ち止まってから、身をひるがえして子どもたちの様子を眺める。その顔には少しのあいだほほえみが浮かんでいるが、すぐに真顔に戻る。

「さあ、集まって！」と教師が声をあげる。

子どもたちは口をつぐみ、急ぎ足で彼女のもとに駆け寄る。すると教師は、出席簿に印を付けていく。

サーガはスタジオを出て待合室に移動し、自動販売機で水を一本買う。

そこには、ほかに二人しかいない。針金のように細い老人は、大きすぎる上着を着たまま携帯電話を覗き込むのに忙しい。そして若い女性が一人、ワインレッドのソファに腰を下ろして図書館の分厚い本を読んでいた。

サーガは女性の向かい側に腰を下ろし、ペットボトルを開けると水を一口飲む。

「あなた、バレリーナ？」若い女性が尋ねる。見た目よりもはるかに老けて聞こえる声だった。

「いいえ……あなたは？」

「ダンスの才能があったらよかったのに、とは思うけど、ここには妹につき合って来てるだけ」

彼女は銀色のウィンドブレイカーと黒のジーンズ、そして銀色のスウェットを身に着けている。その足元には、薄汚れたパンダ形のリュックサックがあった。

サーガは、携帯電話でメールを確認する。思考はヴェルネルのことへと戻っていく。何回か撃たれたあと寒冷浴場の建物へと逃げ込み、駐車場のほうへとウィンチで引きずり出された時には、もう死んでいたかもしれない。

老人がなにごとか呟くと、鼻にティッシュを押し当ててから、頭を後ろに倒す。頭は剃り上げられていた。頬骨が目立ち、喉元には深い傷痕がある。最近、なんらかの手術を受けたばかりのように見えた。

探偵事務所にある私物を回収しなければならない。だがサーガは、ヘンヌルと鉢合わせしたくなかった。顔を見たら、怒りが爆発するだけだ。なにしろ、個人宛の郵便物に手をつけることで捜査の妨害をしていたのだから。

スタジオの内側から、笑い声が聞こえてくる。

ミツバチが一匹窓に当たり、そのまま屋根の上を目指して飛び去る。

サーガの向かいに座っている女性は、ブロンドの直毛で額が広く、明るい青色の瞳をしていた。唇を固く結び合わせたまま、読書を続けている。

数分すると、彼女は栞《しおり》代わりに指を挟んで本を閉じる。そして、頭を後ろに傾けた姿勢のまま座っている老人のほうを見やる。

「なに読んでるの？」とサーガが尋ねる。

「数学。グラフ理論」と女性は答え、サーガと目を合わせる。

老人は顎を下ろし、ひとりぶつぶつと呟きながら、目を細めて手もとのティッシュを見る。そして、鮮やかな赤色の血が付着しているのを確認すると、それを二つ折りにする。

「〈ケーニヒスベルクの七つの橋〉と呼ばれている論理問題はご存じ？」若い女性が、古風な口調で尋ねる。

「いいえ、知らないと思う」

「簡単ではないのだけど――試してみる？」

「いいわ」

「ケーニヒスベルクはもともとドイツの街だったのだけれど、第二次世界大戦後はロシアの一部となった」と若い女性が話しはじめる。

「カリーニングラードね」サーガはそう言いながら、老人がこちらに聞き耳をたてていることに気づく。

「それはともかく」と若い女性が続ける。「十八世紀には、二つの島と川岸が、七つの橋で結ばれていた。すべての橋をそれぞれ一回だけ渡る道順を見つけられるか、というのがこの問題」

「なるほど」

「絵を描いてあげる」と女性は言い、バッグの中を漁り、古い領収書を掘り出す。「ペンはお持ち？」

「いいえ、ごめんなさい……」

老人が立ち上がり、足を引きずるようにして若い女性のところにやって来ると、無言のままペンを差し出す。

「ありがとう」と言い、女性は描きはじめる。

サーガは彼女の顔を観察する。唇を引き締め、明るい色の眉のあいだには皺が寄っている。ウィンドブレイカーの袖口は少し汚れていて、指の爪はぎりぎりまで噛み込まれていた。赤いペンの軸には、金色の文字で〈デ・レ・ミリターリ（古代ローマの軍事学者、ウェゲティウスによる『軍事論』の原題。）〉と印字されている。

「当時は、すべての橋に名前が付けられていた」若い女性はそう言いながら、サーガを見上げる。「蜂蜜橋、店主橋、緑橋、などなど」

「でも名前は問題とは無関係ね」とサーガが言う。

「数学者にはね。でも量子物理学者に尋ねてみたらいい」若い女性はにやりとして言う。「だれかが必ず代数的グラフに変換してから、アルゴリズムを活用して……」

老人が不意に歩きはじめ、彼女は言葉を切る。内ポケットに携帯電話を入れた老人は、窓のほうへふらふらと移動していく。そして二人に背中を向けたまましばらく窓の外を眺めてから、出口に向かって進みはじめる。

老人が視界から消えると同時に、ヨーナが角から姿を現し、サーガを見つけて手を振る。

「ごめんなさい、同僚と話をしなくちゃいけなくて」サーガは若い女性にそう告げる。「でも問題は解いてみる」

「来週、考えついたことを教えてちょうだい」若い女性はそう応えながら、サーガに絵を手渡す。

「わかった」

サーガとヨーナは、人に聞かれない場所まで廊下を進む。二人は、無人の遊戯室の近くで立ち止まる。二番スタジオまでは、何にも遮られることなくまっすぐに見とおせる位置だ。

「電話をくれただろう」とヨーナが言う。「用件はなんだったんだい？」

「手がかりかもしれないものを手に入れたんだけど、ヴェルネルのことで混乱にまぎれてしまって」サーガは静かにそう話す。「ほかのみんなの前では持ち出したくなかった。わたしが……少し逸脱してしまったから」

「スサンネ・イェルムのことはおぼえてる？」

「その内容は？」

「ああ」

「警察官を一人殺した罪で、実刑判決を受けたでしょう」

「俺も証言台に二回立ったよ。地方裁判所で一回、高等裁判所で一回だ」と彼は言う。

「それが、彼女は釈放されているの。しばらく前に出てたみたい……しかも、なにもかもあなたのせいだって主張しているらしい」

「どうやって知ったんだ？」とヨーナが尋ねる。

カール・スペーレルと会い、捜査の現場に復帰したかのような行動をとったことは話せない。

「情報源がいるの」とサーガは言う。

「だれなんだ？」

「それは言えない。でもスサンネは、わたしたちの考えてる犯人像にあてはまる。しかも、彼女が釈放されたのは、最初の絵葉書が届く直前だった」

「ユレックとの強いつながりがあったことは間違いない」

「彼女の心を壊したのはユレックだと、わたしたちはわかってる。でも本人にはそのつながりを理解できていない、もしくは理解したいという意志がないように思われる。だからすべてをあなたの、警察組織の、司法制度のせいだと訴えるほうが簡単だった」

「彼女の居場所はわかるのか？」とヨーナが訊く。

「いいえ、住所は登録されていないし、銀行口座も電話番号もなにもない。ヨーナ、もう一つ訊きたいことがあったんだけど……わたしを監視下に置いている？」

「いいや」

「もし置いてるなら教えてほしいの」

「もちろん」

「待合室に男がいて……」

昂揚《こうよう》した声と拍手が扉越しに聞こえてきたかと思うと、子どもたちが廊下に溢れ出てくる。

「なんだって？」とヨーナが訊き返す。

「なんでもない。忘れてちょうだい」

　アストリッドとニックが、サーガとヨーナのもとに駆け寄る。二人とも頰をピンク色に染め、楽しそうな表情をしている。ニックはぴょんぴょんと飛び跳ね、アストリッドはヨーナの手をつかむと、ピンク色の爪をじっと見つめる。

二四

子どもたちをエーンシエデの学校まで送り届けたサーガとヨーナは、ストックホルムの北に位置するウプランス・ヴェスビーに向かう。ついに犯人に肉薄する可能性が拓《ひら》けたと感じている二人は、沈黙したまま意識を集中させている。

ユレック・ヴァルテルとの関わりの後、スサンネ・イェルムはある種の攻撃的な偏執病を発症し、セトラに持っていたコテージに家族を監禁した。スサンネが逮捕されると同時に、夫のミカエルは離婚を申し立てた。だがその後も数年のあいだは、ヒンセベリ刑務所にいるスサンネと面会するために、子どもたちを伴って通い続けた。その努力が実を結ぶことはなく、ミカエルには二人の娘の単独親権が認められ、スサンネに対しては広範囲に及ぶ接近禁止命令が出されることになった。彼女はもはや、家族の住む家、ミカエルの職場、そして子どもたちの学校には近づけないのだ。

ミカエルは二人の娘たちとともに、ルンビーにあるテラスハウスに住んでいた。そして、地元の余暇施設《レジャーセンター》で、ライフガードおよびウェルネス・コンサルタントとして働いている。

ヨーナは運動場のほうへと道を外れ、黒々とした巨大な箱形の建物の外で車を停める。屋上にはガラス張りの芝地があった。

二人は建物に足を踏み入れ、受付の女性にミカエル・イェルムの居場所を尋ねる。すると、おそらくプールにいるだろうとの答えが返ってくる。四十分後に、高齢者向けのアクアフィットネス教室がはじまる予定だ。

大型プールにはほとんどひと気がなかった。空気は熱く湿っていて、水面からは塩素の強烈な匂いが立ちのぼっている。

巨大な窓にかかっているブラインドを通して、明るい色の光が差し込んでいた。

プールの遠いほうの端で、白い服の男が一人、忙しそうにコースロープを台車に積み上げている。短髪には灰色のものが交ざり、眉間に皺が寄っている。白い貝殻のネックレスをしていて、Tシャツの袖は二頭筋にぴたりと張り付いていた。

ヨーナとサーガは、プールを回り込んで歩み寄る。足音が高らかに反響し、男は視線を上げる。彼がヨーナの顔をおぼえていたことは明らかだった。色を失い、ロープを取り落としたかと思うと、支えを求めて手探りしながら壁にもたれかかったのだ。

「心配はいりませんよ、なにも起きてませんから」とヨーナは慌てて安心させる。

「じゃあ、エレンとアーニャのことじゃないんですね？」とミカエルが囁く。

「違います。ただ、スサンネのことでお話をうかがいたいんです」

ミカエルはゆっくりとくずおれるようにしてスタート台に腰を下ろすと、ネックレスを引っぱる。

「彼女、今度はなにしたんです？」囁きに近い声でミカエルが尋ねる。

「直接話がしたいのですが、住所が登録されていません」とサーガが応える。

「頼むよ、関わり合いになりたくないんだ」ミカエルはほほえもうとするが、その顔はさらに濃い悲しみの色を浮かべただけだった。

「最後に連絡が来たのはいつですか？」とヨーナが訊く。

「接近禁止命令を取ってあるから」

「そうですね。しかし、禁止命令を破る人間はよくいます」

「たしか、〈ビヨンド・ヨガ〉とかなんとかいうところで暮らしてると思います」

「場所はわかりますか？」

「ムンクフォシュの近くです。私と話したとは言わないでください、お願いです」

「あの人のことがこわいんですね」とサーガが言う。

ミカエルはうつむき、考えに沈む。コースロープからは水が滴っていて、その下にできた水たまりがタイルの床に広がっていた。

「ヨーナは当時現場にいました。なにがあったのか、われわれは理解しています」とサーガが続ける。「刑務所で服役していたことも知っています。でもそれ以降はどうなんでしょう。どんなかんじだったんですか?」

「どんなかんじだったか?」と彼は応えながら、赤みを帯びた目でサーガを見上げる。「彼女とはいっさい関わりたくない」

プールの水が排水口に打ち寄せ、底に引かれている紺色の線が、さざ波とともに踊っているように見える。

「われわれは警察官です。あなたの助けになれます」

「とにかくあのことは話したくないんだ」とミカエルが応える。

「スサンネに脅されているんですね?」とヨーナが言う。

「あの時、あなたは私たちの命を救ってくれました」と彼は言いながら、ヨーナを見上げる。「だから、あなたの助けにはなりたいんです。そのためにならこの会話を続けましょう――でも私のためではありません。彼女が、私や子どもたちのことをまた考えはじめるようにはしたくないんです」

「あなたの名前は出しません」

「ありがとう」とミカエルは言い、深々と息を吸い込む。「なんとか説明してみます……釈放された当初は、人が変わったみたいでした。生活をやりなおしたい、それもこれも、娘たちと没交渉になりたくないからなんだ、と話していました。それで彼女は、瞑想をはじめると同時にセラピーに通いました。あの事件において自分が果たした役割を、きちんと受けとめるためです。それは彼女のために良いことだし、私もうれしいと伝えました。ところがその後、彼女はある種の共同体のようなところに移り住んだんです。ずっとヨガをしてました。その頃から電話を頻繁にかけてくるようになって、回数は増える一方でした。夏至祭の時には、娘たちと一緒に日帰りで会いに来いとさかんに誘ってきました……でも無理でした。夏休みは、フランスにいる私の両親と過ごすことになっていたので」

「彼女はその答えをどう受けとめたんですか？」

「娘たちに電話をかけはじめて、私をひどい目に遭わせると言ったんです」

「どんな目に？」

「夜中に家にやって来て、私に赦しを乞わせる。それから娘たちの目の前で私を去勢する。それから……私を床の上で失血死させるかどうか、娘たちに決めさせる。そう言ったんです」

＊　＊　＊

ビオンド・ヨガは、ムンクフォシュのすぐ西に位置するリトリートで、女性のための幅広い講座を提供している。

「『自分らしさを完全に取り戻す。そして一人ひとりが力を出し合うことで、これまでないがしろにされてきた世界に、本来であれば向けられてしかるべきだった愛を注ぎ込む。それがわたしたちの目指すことです』」サーガが、携帯電話に表示されている宣伝文句を読み上げる。

「立派なもんだ」とヨーナが言う。

「ホームページによれば、五日間のコースが今日終わる。カリキュラムの流れに沿って導かれながら、呼吸を整え、身体を揺すり、詠唱とダンスをすることで、参加者たちは、心と子宮、そして女陰《ヨーニ》の中に女性として最も大切な力を見いだす」

マンヴィルはすでにバリスラーゲンの地方当局と連絡を取り合っており、ムンクフォシュ警察がビオンド・ヨガに関わる事案をいくつか抱えていることを知らされていた。地元警察には、入居者の一人――別れた相手による脅迫と虐待を受けていたのだが、その男を裁く法廷での証言を拒否している女性――と話をするために、施設に赴《おもむ》く予定があるのだという。そこでマンヴィルは、サーガとヨーナが同行できるよう段取りを付けた。そうすれば、真の目的を悟られることなく訪問できるからだ。その間、サーガの自宅には警察官が常駐し、新しい小包の到着を待ち構えることになる。

サーガとヨーナは小さな集落を通り過ぎ、クラーラ川を越える。241号線でランシェーン湖の北岸方面に進み、森の中を延びる私道に入る。

三キロ先で、施錠された遮断機に到達する。

「一番乗りみたい」とサーガが言う。

柵には硬質繊維板《メゾナイト》の矢印が結び付けられていて、そこに〈駐車場〉とある。矢印の先には道路脇に広がる牧草地があり、背の高い草が比較的最近刈られたばかりのように見える。

後退する車のシャーシに、跳ねた砂利が当たって音をたてる。ヨーナはそのまま、必要であれば急速発進できる位置を選んで駐車する。

「グローブボックスに必要なものがあったら使ってくれ」とヨーナが話しかける。

サーガは蓋を開き、中のホルスターを取り出す。そこにはコンパクトなグロック26がおさまっていた。サーガは弾倉を掌に落とし、9ミリのルガー弾が十一発装塡されていることをたしかめる。そして習慣から、機構全体と復座バネを確認したのちに弾倉を戻す。

二人はあたたかい空気の中に出る。背の高いルピナスのまわりで、昆虫が羽音をたてていた。

「ありがとう」とサーガは言い、ホルスターを装着する。

ヨーナが無線機を手にしたところで、森の道にパトカーが現れた。フロントガラスに映っている梢が、背後へと流れていく。

パトカーは遮断機のすぐ手前で停まり、サーガはそちらに向かって手を振ると、ジャケットのボタンを留める。ドアが開き、二人の警察官が降り立つ。サーガとヨーナは歩み寄り、自己紹介をする。

マグヌスは五十代で顎髭が濃く、眉毛は一本につながっている。ルークは金髪の口髭を生やしていて、大きな顎の先が割れている。

「はるばるストックホルムから来ることなんてなかったのに。今後助けが必要になったら、言ってくださいよ」とマグヌスが二人に言う。

「ムンクフォシュ警察をグーグル検索してください」ルークがにやりとして言う。

「クチコミは一件だけだから」

「しかも星一つ」マグヌスがにっこりと笑う。

「おめでとう」とヨーナが言う。

「正直、最高の気分です」マグヌスが笑い声をあげる。

サーガは、遮断機の際に生えている雑草とセリの中を歩き、ルークは錆びた遮断桿の下をくぐる。

「イテッ、くそ……」

「こちらのラッキー・ルークさんは、ちょっとした痛みを抱えてましてね」

「昨日タトゥーを入れたんです」

ルークは前腕内側の圧定布《パップ》を緩め、ピンク色がかった肌に彫られた絵を見せる。それは子どもの描いたスケッチで、ぶよぶよしたかたちの人間二人が手をつないでいた。

「娘がはじめて描いた、僕たち親子の絵なんだ」

「素敵ね」とサーガが言う。

四人は砂利道を進んでいく。中央部に生えている草は長く伸び、鳥たちは短い旋律を延々と繰り返した。周囲の森は暗く、地面は乾いている。

マグヌスはおしゃべりを続ける。星一つというのはそれほど悪いことでもない。五ポイント獲得して星一つなのだから、と。

彼らの右手に広がる草の伸びすぎた牧草地は、陽の光で褪色《たいしょく》した木柵が囲んでいる。その向こうにある森の際には、狩猟用の足場《ツリー・スタンド》があった。

ビオンド・ヨガは、さまざまな事情から一息つける場所を求めている女性たちにとっての、私的な安全地帯として機能するようになっている。そして、施設内には二家族が暮らしているのだ、とルークは話す。

十分後、四人は、前方の木々のあいだで輝く湖面に気づく。まもなく、最初の建物が何棟か現れる。サーガとヨーナは、施設の航空写真をあらかじめ確認していた。それによると、ここには大きな建物が二棟と、細い線を描くように立ち並ぶ住居群、そして小さな山小屋が四軒ある。すべて瓦屋根で、壁面は赤い木材で覆われ、窓枠は白い。

「きみたちは任務に従って、スヴェトラーナと話してくれたらいい。われわれはスサンネ・イェルムを探すから」とヨーナが告げる。

「スター刑事たちのお出ましですね」とルークが言う。

森が開け、水辺まで続く草の生えた斜面が広がる。

周囲に、ほかの人影はない。

草むらの真ん中にテーブルがあり、皿とコップが載っている。椅子二脚が転倒し、風に飛ばされたヨガマットが、桟橋そばの叢葦《むらあし》の中に落ちている。

四人は、最も大きな建物のほうへと向かう。破風のある側を回り込み、雨水を溜めるドラム缶の脇を通り過ぎ、不意に立ち止まる。湖に面したテラスに、女性二人が横たわっていたのだ。

「なんなんだ」とマグヌスが口ごもる。

ゆっくりと斜面を下る彼らの傍らには、ウッドデッキがあった。そこにはタイダイ染めされた布が吊されていて、それが視界を遮っていた。黒猫が一匹、コンクリート柱の足許に点在するまだらな影の中へと、逃げ込んでいく。ウッドデッキの縁には、だれかが並べた小さなムール貝の列があった。

三人目の女性は長く伸びた草むらの中に横たわっていて、両足は階段に載っている。

そして中庭に向かって開いているポーチの扉越しに、屋内の床に横たわっている人々の身体も見えた。

二五

サーガは、ほかの三人を真後ろに従えたまま、住居のほうへゆっくりと移動していく。あたり一帯は魅惑的なまでに静まりかえっている。聞こえてくるのは、草の上を飛ぶ昆虫の羽音と、手漕《てこ》ぎボートが桟橋に当たる音ばかりだ。

四人の間近でテラスに横たわっている女性は仰向けで、口を開けたまま目を閉じている。サーガはそのおだやかな顔をじっと見つめる。かすかな笑い皺と、鼻の上のそばかすが目に入る。

陽光が女性の胸を照らしていて、彼女が静かに息を吸うたびに、芥子色のトップスがぴんと張った。

「この人たち、寝てる」サーガが囁く。

四人の警察官たちはゆっくりと歩を進め、ウッドデッキの横の斜面を下っていく。階段の下にいる女性は目を細めて見上げるが、彼らが通り過ぎると目を閉じる。

広いヨガスタジオの扉に接近すると、重みを受けた板が彼らの足下で軋む。

「なんなの、まったく」一人の女性が失望のため息を漏らす。

その女性が上半身を起こし、身体の前で足の裏を合わせたまま、膝を大きく広げて座る。黒髪は頭の中央できれいに分けられていて、目の下には濃い隈があり、前歯が一本、大きく欠けていた。

「ここでなにが起きてるんだ?」マグヌスが、周囲に横たわる人々を身ぶりで指し示しながらそう尋ねる。

「ヨガ・ニドラ。ヨガ的な眠りよ」と女性が答える。

「邪魔して申しわけない」とルークが言う。「しかしわれわれは、スヴェトラーナ・ヨンソンさんとお話がしたいんです」

「さあ、みなさん」女性はひょいと身軽に立ち上がりながら、ほかの人々にそう呼びかける。「覚醒《かくせい》に移りましょう。あるいは、好きなだけそのままでいてもかまいません。ただ、みなさんありがとう……みなさんと知り合えたのは素敵な体験でした」

女性は、マグヌスとルークに続いて階段を下り、湖畔《こはん》の草むらに出る。ヨーナとサーガはウッドデッキに留まり、地面に横たわっている女性たちの中にスサンネの姿を探すが、見あたらない。そこで二人はヨガスタジオへと戻る。

証人として出廷しなかったことについて、マグヌスとルークがスヴェトラーナと話しているあいだに、ヨーナとサーガはできる限り目立たないようにスサンネを連れ出す、という計画だった。

若い女性が上階に姿を現し、木造の螺旋《らせん》階段を下りてくる。裸足で、シースルーの黄色いワンピースを着ていた。金髪がもつれ、唇は乾いている。そして頬の皮膚は、わずかに日焼けしているようだった。

「なにかお探しですか？」女性がほほえみとともに尋ねる。

「こちらにお住まいですか？」とヨーナが応じる。

「ここに住んでいるのか、ですって？　わたしたちの魂は自由です、違いますか？　でもそのとおりです、わたしは春分の日にこの共同体にやって来ました」

「スサンネ・イェルムさんがどちらにいらっしゃるか、教えていただけませんか？」とヨーナが訊く。

「スサンネ？　なんの用ですか？」

「プライベートなことです。お子さんの関係で」とサーガが言う。

「しかも急ぎでして」とヨーナが加える。

女性は指を十字に交差させ、それをヨーナに向かって突き出す。悪魔を退散させようとしているかのようなポーズだ。それから彼女は笑い声をあげる。

「いえ、わかりますよ。子どもというのは、まことに天からの授かりものですからね。子宮と子。わたし、あなたを苛つかせていますね。ほんと、おかしくて頑固な女性だこと」

「まあ、だいたいそんなところね」とサーガが呟く。

「わからないのかしら？　わたしは敵じゃないのよ」と女性が応える。その目はひたとサーガに据えられている。「わたしたちのあいだには愛しかないの」

「了解」

ほかの女性たちが何人か身体を起こし、目を細めて三人のほうを見る。

「スサンネの居場所だけ教えてください」とヨーナが言う。

「スサンネ」女性はそう繰り返しながら、あいまいに手を振る。「彼女は堆肥置き場までバケツを運んでいったから、間もなく戻るはず」

「待てないんです」とサーガが言う。「堆肥の場所は？」

「理解してください……わたしたちは食べるものに関してとても厳密なのです。アーユルヴェーダの教えに従っていますから」と女性が言う。「だから堆肥についても、とても厳格なのです。立ち入りを許されているのは、アシュラムの住人だけです」

「場所は？」とサーガが繰り返す。

「森の中、小屋の裏手に小道があるわ」女性はそう答えながら、建物の後方にある窓の外を指差す。「でも、あなたたちには強く要求します。わたしたちの生き方を尊重してください……」

つめる。

二人はポーチに戻る。女性はそのあとについて階段を下り、不安げに二人の姿を見つめる。

サーガとヨーナは、草の生えた斜面を足早に上がり、小屋と薪、そして薪割り台の脇を通り抜ける。小道が見つかり、木々のあいだを進みはじめる。

たちまちのうちに森は鬱蒼《うっそう》としはじめ、光はやわらかくなり、空気も呼吸しやすくなる。

二人は倒れた松の木の横を通る。豊かな土壌から引き抜かれた根が、炸裂《さくれつ》したように黒々と伸び広がり、地面にはまるで地下世界への入り口のような穴が開いていた。

＊　＊　＊

スヴェトラーナの居場所は、まったくわからない。桟橋の傍らで、ヨガ教師はマグヌスとルークにそう話している。

「どうしても話す必要があるんです」とルークが繰り返す。

「知りません」女性は言い放つ。これまでよりもはるかに冷たい口調だった。

「いいですか、スヴェトラーナさんがこの裁判における被害者側だということは承知してます。それでも、召喚されたら出廷しなければならないのが法律です。選択の余地はないんですよ」

「無理な場合は？」と女性が尋ねる。

「その場合は、医師による診断書が必要です」

「証言の方法はほかにもあります」とマグヌスが補足する。「たとえば映像で法廷とつなぐとか。そうすれば、被告と顔を合わせる必要はなくなります。ご本人にとっていちばん良い方法を探します。でもそのためには、彼女と話さなくてはならないんですよ」

ヨガ教師は、二人に軽蔑のまなざしを向ける。

「女性の警察官を寄こすべきでしたね」と彼女が呟く。

「そうですね。それができたらよかったんですが、残念ながら今日は無理だったんです」とルークが言う。

「男性の立ち入りを禁じているわけではありません。でも、ここは女性にとっての安全圏でなければならないのです」

「そのほうがよければ、われわれはここで、湖の近くで待ってます」とマグヌスが提案する。

「わかりました」と女性は言い、森の際に立っている赤塗りの小さな建物を見やる。

「彼女を連れてきていただけますか？」とルークが言う。

「わたしはアシュラムに入れません。でも食事の時に、あなたがたがいらしたことを忘れずに伝えましょう」

「あの建物なんですね？」ルークはそう言いながら指差すと、赤い建物に向かって歩きはじめる。

「いけません――」

「あなたはここにいてください」マグヌスはその言葉を遮り、女性の動きを封じる位置に立つ。

「自分たちがなにをしようとしているのか、あなたがたは理解していません」と女性が警告を発する。その目には恐怖の色がある。

「あなたと私はここに残り、同僚がスヴェトラーナさんを連れて戻って来るまで、おしゃべりを続けましょう」マグヌスがやさしく言う。

「行ってはいけません！」女性はルークの背中に向かって声を張りあげる。

「静かにしてください」とマグヌスが言う。

「ここは私有地ですよ！」

「落ち着きなさい。なにもかもうまくいきますから」

「だめ」

「ここが、あなたたちにとっては特別な場所だと理解していますよ。でもね、法律は守らなくては。たとえ迷惑に感じられたり、わずらわしいと思ったりしたとしてもね」

＊　＊　＊

ルークはよく踏み固められた小道を辿り、影の多い草むらを抜けていく。目指す先にある赤い建物は、角の部分《コーナーパネル》と窓枠が白い。

背後から、ヨガ教師の怒声が聞こえてくる。それでなんとなく、新人警察官時代に受けさせられた、異文化の人々を怒らせないようにするための講座を思い出した。悲しいことに、こういう事態についてのマニュアルはない。

骨と羽根でできた風鈴が音をたてた。すぐそばの木に吊されていた。

アシュラムとはなんなのか、ルークには見当もつかなかった。だが頭の中には、神の肖像がそこら中に飾られ、果物が供えられている寺院の光景が浮かんでいる。

一つの窓に付いている芥子色のカーテンに、隙間が開いていた。ルークはそれに気づくと、シダの茂みを片手で押しのけながら、そちらに近づいていく。

中に人影はなかった。だが椅子に積み上げられた服が目に入る。青のジーンズ、レースらしい黒の下着、タイダイ染めのワンピース、そして汚れた靴下と大きな白のブラジャー。

床は光沢のある赤い布で覆われている。そして玄関ホールへの戸口には、小さな銀色の星がいくつもプリントされた濃紺のカーテンが吊されている。

ローテーブルの上にあるガラスのボウルには砂が入っていて、そこに線香が三本差さっていた。細い煙の筋が空中に立ちのぼっているのが、ルークには見えた。

天井からは、さまざまな長さの紐《ひも》に結ばれた、いくつもの鏡が吊されている。そして、細かく穴を開けた銅板でできているとおぼしきランプシェードからは、光の点が無数に漏れて、サフラン色の壁面に広がっている。

部屋の奥の半分は、折りたたみ式の衝立で隠されていて見えない。衝立の表面には、ヒンズー教の寺院から取られた図柄があしらわれていた。ほほえみを浮かべながら性交する四人の女性を象った、有名な彫像だ。

線香の煙が一方向に鋭く折れ、天井のランプシェードが揺れて光の点が踊る。

やはりだれかがいるのだ。

ルークは両手で目のまわりを覆いながら、窓に近づく。あたたかい息でガラスが曇った。衝立の脇に吊されている鏡が一つ、ゆっくりと回転しはじめる。それにともない、そこに映る景色も移動していく。金色のタッセルが付いている紫色のクッションが目に入り、それからベッドの端と赤いシーツが現れる。そして足が見え、広げた爪先が見える。

銀の額に入っているもう一枚の鏡の回転のほうが早く、部屋の内側の景色が高速で過ぎていった。そうして、ベッドに横たわる三人の裸がちらりと見える。

二六

ヨーナとサーガは森の中に伸びる小道を辿り、苔むした巨石を回り込んだところで走りはじめる。

耳に入るのは、地面を打つ自分たちの足がたてるやわらかな音ばかりだった。

樺の木が一本倒れていて、小道をまたぐかたちで反対側の木にもたれかかり、門のようなものを形づくっていた。二人は、その下をくぐり抜ける。

地面はおだやかな斜面になり下っていく。窪地の底に着いた二人は速度を落とした。

「わたしたち、だまされて無駄足を運んでるとか？」サーガが一息つきながら言う。

「こぼれた土を、何カ所か見かけた」とヨーナが応じる。

三本の樺の丸太で組み立てた仮橋が、細い流れに架かっていた。渡っていく二人の足下で木材が軋み、水面のほうへとたわむ。

二人は、岩肌の露出するそばを駆け下りていく。

再び森が深くなる。頭上の枝からは、地衣類の細い繊維がいくつも垂れ下がっていた。そして木々の足元の地面は、茶色い松葉や松かさでいっぱいだ。

前方に生えているトウヒの隙間から、淡い光が差し込んでいる。

開けた空間に出ると、一羽のモリバトが羽ばたき地面から飛び立つ。

そこにも人はいないが、積み上がった土に差し込まれたまま放置されている鋤と熊手が目に入る。

堆肥置き場は腐りかけの板で囲まれていて、その内側は腐敗しつつある残飯やレタス、ジャガイモの葉、そして萎んだ林檎でいっぱいになっていた。

耐えきれないほどの臭気だ。

サーガとヨーナは草と落葉の山を回り込み、裏側で不意に静止する。

錆びた手押し車の背後のぬかるんだ地面で、子どもが丸くなって寝転がっている。

それは幼い少女で、金髪をお下げにし、両手は不潔で鼻水が垂れていた。

「こんにちは」サーガはゆっくりと近づきながら声をかける。

「こんにちは」と少女が応えながら身体を起こす。

「あなた、ビオンド・ヨガの人？」

少女はうなずき、髪の毛に付いた枯葉を取る。

「スサンネには会った？」

「バケツを空けてから行っちゃった」

「いつ頃？」

「わかんない」

「わたしたちがここに着く少し前？」

「そうでもない」少女はそう言いながら立ち上がると、赤いワンピースから泥を擦り落とす。

「ひとりでここに来てもいいって言われてるの？」

少女は首を振る。

「でも来てるのね？」とサーガはほほえみながら言う。

「毎日」少女はそう答え、手に止まった蠅を振り払う。

「どうしてここに来るのが好きなの？」

「パパに会えるから」と少女がおだやかな口調で言う。

「お父さんは今、どこにいるの？」

少女は身をひるがえし、高く積み上がった土の山のほうを向く。

「なんてこと」とサーガが囁く。

＊　＊　＊

部屋の最も奥に銀の糸で吊されている丸鏡に、寝返りを打ち仰向けになろうとしている女性の白い尻が映る——やわらかそうなえくぼと、肌に走る皮膚線条《ストレッチマーク》。

ルークは、その力強そうな太腿のあいだを見つめる。

胸の中の心臓が激しく鼓動を打つ。

まばらな赤い陰毛とピンク色の性器がちらりと見えるが、そのまま鏡の向きが変わり、まばゆい黄色の壁が横切っていく。

視線を逸らすことができない。

最も大きな鏡がゆっくりと回転する。表面が指紋だらけだ。少しずつ、ベッド全体が視界に入ってくる。

腰つきのスリムな若い女性が仰向けに横たわっていて、顔をルークとは反対側に向けている。彼女の両手首は、赤いスカーフで縛られていた。

脇の毛は黒く、腹は汗に光り、両肩の筋肉が緊張している。

爪を紫に塗った指先が女性の股間に触れ、膣の中へと滑り込んでいく。

赤毛の女性は、首筋とそばかすの散る大きな乳房のあたりを赤らめる。

ルークの視線は一枚の鏡から別の鏡へとせわしなく移動し、映像の断片が次々に閃いては消えていく。ふくらはぎの黄色い痣。茶色い乳首を吸う唇。噛んで短くなった爪が頬を撫でる。平たい尻に残る縦の傷痕の列。よれる白い腹部の肉。

突如として、縛られている女性の顔が視界に飛び込んでくる。最も大きな鏡に映ったのだ。彼女は目をぎゅっと閉じていた。その睫毛の先に涙が溜まっていることに、ルークは気づく。

女性がなにか話し、それがスヴェトラーナであることにルークは気づく。昨年、元夫に殴られた際に前歯が欠けていたのだ。

鏡は回転を続け、汗ばんだ膝の裏、枕、カールした金髪の後頭部、衝立の内側、そして壁面を次々と映し出していく。そして突然、ルークは自分自身の鏡像を見つめていた。

奇妙にうつろな表情で、明るい戸外の空に対して暗い影をなしている。ルークは数秒をかけて、傍観者の立場からわが身を引き剝がす。まるで催眠にでもかかったように、時の流れが遅い。

ルークは背後にだれかいることに気づくが、そのまま身じろぎしない。

視線を室内の鏡から目の前の窓に移動させると、そこに映っている人影が柄の長い斧を空中に振り上げる。

アドレナリンがルークの血管を駆け巡り、全身の毛が一本残らず逆立つ。銃を抜いて振り返り、女の肩を撃てと脳が命じる。

耳の中で、血流が轟音をたてている。

ルークは慎重に窓枠から右手を離し、腹の前から腰のホルスターへと伸ばしていく。震える指先が留め具に触れた瞬間、女は喉を絞められたようなうめき声をあげる。

ルークの額は窓に激しく打ち付けられ、二重ガラスの外側の一枚が粉々になる。拳銃を抜いて安全装置を外し、振り返ろうとするが、それ以上身体が回転しない。なにかが引っかかっていた。首が奇妙に締めつけられる。

再び試みるが、振り返ることができない。

不意にルークは理解する。後頭部に斧が深々と食い込んでいる。それで、身をひるがえそうとすると柄が壁に当たるのだ。

首から背中へと血が滴りはじめ、心臓の鼓動が速くなる。

時間がない。早くマグヌスを見つけて救急車を呼ばねば。

ルークはよろめきながら建物から離れ、踵を返して女を見つめる。茶色いお下げ髪で、喉にタトゥーを入れたその女は、目を大きく見開きながら後ずさりする。

ルークは引き金を引き、シダの茂みに弾丸が撃ち込まれる。

手の中で拳銃が跳ね、湖の対岸の岩壁に銃声がこだまする。

ルークは助けを呼ぼうとするが、言葉が出てこない。

青と白の光る輪が無数に現れ、目の前で踊りはじめる。

そして女を追うが、もはや武器を持ち上げることもできない。まるで、ゴムバンドで地面につながっているようだ。

ルークはわれ知らず、娘の持っているゴムの蛙《かえる》が壁を伝い下りる様子を思い浮かべながら左膝からくずおれて、シダの中に尻をつく。そうして這い進もうとするが、顔が地面から上がらず、土に向かってあえぐ。

植物の根や草花、そして鉱物の土っぽい香りが鼻孔を満たす。

ルークは子どもの頃を思い出す。田舎の家でエンドウを植える母親の手伝いをした時のことを。あの小さな豆たちが、あれほど繊細で小さな花から姿を現すなど、まるで奇跡のように感じられたものだった。

二七

銃声が静寂を切り裂くや、髪の黒いヨガ教師はマグヌスの腕にしがみつこうとする。だが彼はそれを全力で振り払い、教師は前方にたたらを踏む。

「わたしたちにかまわないで！」と教師はマグヌスに向かって叫ぶ。

マグヌスは制式拳銃をホルスターから抜き、草むらの中にある踏みならされた小道を駆け抜ける。銃口を地面に向けたまま大きなツツジの木を回り込み、森の際にある赤い小さな建物を目にする。

ルークの姿はない。

マグヌスは速度を落とし、荒い息をつきながら、壁面に並んでいる窓を見わたす。なにもかもが静かでおだやかだった。風鈴の乾いた音しか聞こえない。

「ルーク！」

マグヌスは安全装置を外し、用心金《トリガーガード》に指を掛けたまま戸口に向かって進む。

「警察だ！」と叫びながら扉を開ける。「入るぞ！」

マグヌスは、狭苦しい玄関ホールに足を踏み入れる。壁紙には紋様がプリントされていて、ラグマットの上には靴が三足ある。そして次の間への戸口には、濃紺のベルベット地が掛かっていた。

「警察だ！」

手を伸ばして布をわずかにかき分けたところで、自分の手が震えていることに気づく。マグヌスは動きを止め、耳を澄ます。

「入るぞ！」そう叫ぶ彼の指は、今や引き金に掛かっていた。

マグヌスは拳銃を持ち上げ、布をくぐり抜けて隣の部屋に入ると、すばやく安全を確認する。

線香と汗の匂いで空気が重苦しい。室内の酸素が足りていないように感じられた。

薄く開けた唇の隙間から、息を吐き出す。

鏡がいたるところに吊されていて、すべてが回転している。そのせいで壁や調度品までもが回転しているように感じられた。

部屋の半ばが、エロティックなモチーフの描かれた大きな衝立で隠されている。

ブリキのランタンがあたたかい光を投げかけている。

黒い下着と青いジーンズがスツールに載せられている。マグヌスは片手で鏡を押さえながら、慎重に前進する。

やわらかい床には、赤い布が敷かれていた。

「ルーク？」

ルークは彼にとって同僚以上の存在だった。マグヌスが自らの性的指向を打ち明けた時、味方になってくれたのはルークだけだった。ほかの連中はみな、一緒にシャワーに入るのを拒み、おなじシフトで勤務するのみならず、おなじ車に乗るのさえ嫌がった。

背後の鏡が左右に揺れ、壁と天井に明るい反射光を投げかける。

ローテーブルに載っているランプがまたたく。

マグヌスは銃を構えたまま、衝立を回り込む。

若い女性が、ベッドの上で両手両足を開いて横たわっていた。前歯が欠けていて、うつろな表情のまま天井を見つめている。

マグヌスは拳銃を下ろし、自分の掌が汗でぬめっていることに気づく。

女性の腹部はゆっくりとした呼吸とともに、上下している。両脚は開かれていて、太腿の内側にある無数の赤い引っ掻き傷が見えた。両手首を布きれで縛られ、壁に埋め込まれた鉄の輪に結ばれている。

「スヴェトラーナ?」とマグヌスは囁く。

女性が顔をこちらに向け、ぼんやりとした笑みを見せる。

もう一つある戸口には金の刺繍がほどこされたシルク地が掛かっていて、それが隣から吹き込む微風に揺れている。

「ここにいるのはあなた一人だけですか?」手首の布をほどきながら、マグヌスが尋ねる。

「これって、ポルノチックな妄想じゃないのよ」両脚を閉じながら、もごもごと言う。

「この建物の中にほかに人がいないか教えてください。あの扉の向こう側に」

「死だけが……小箱の上に座ってる。蓋を開けてから……」

彼女はそこで言葉を途切れさせ、唇を舐めて目を閉じる。ベッドの脇を通り過ぎようとしたマグヌスは、うっかり真鍮の額に入った鏡に触れ、それが回転をはじめる。

銃身を使ってシルクの掛け布をかき分けながら、肩越しに無数の鏡とベッドの上の女性を見やる。マグヌスは、それから狭い廊下を進みはじめた。

左右に戸が並び、藁紙のランプシェードから漏れる光だけがそれを照らしている。下水の強烈な臭気がマグヌスの鼻孔を突く。

足下で床板が軋む。

廊下の最奥部の床には、木製の収納箱《チェスト》があった。手持ちのスーツケースほどの大きさで、金属の補強部品が取り付けられている。

明かりは、そこまではほとんど届いていない。

マグヌスは一つの戸を軽く押し、中を覗き込む。小さな独房のようだ。幅が狭い金属製のベッドと、剝き出しのマットレスだけがある。

マグヌスは先に進む。

小型チェストの錠に差さっている鍵が、やわらかい明かりを受けてキラリと光る。

そうして戸口に辿り着き、パントリーに入る。中にはコンロが二口と、把手が不潔な小型冷蔵庫、そして食料品を納めた棚がある。

前方で、別の戸がゆっくりと開く。

「ルークか?」とマグヌスは囁く。

天井に取り付けられている黄色いプラスティックの格子の奥からは、換気扇の回転するうなりが聞こえてきた。戸が閉まり、カチリと鍵がかかる。

肩が痛み、汗まみれの手をズボンで拭かなければと考えたマグヌスは、一瞬のあいだ拳銃を下ろす。

今やチェストから五メートルほどのところにいた。

人が隠れるには小さすぎるようだ。

マグヌスは一歩踏み出し、錆びついた蝶番《ちょうつがい》がたてる、キイというかすかな音を耳にする。

マグヌスは目をしばたたかせ、チェストの蓋が開きつつあるのかどうかを見きわめようとする。だが、目の前にある別の戸がもう一枚、すきま風で開き、視界を遮る。

拳銃を持ち上げ、近づいていく。

換気扇のたてる音が再び聞こえてくる。そして戸がバタンと閉じる。

木製のチェストの前に、サングラスをかけた大柄な女性が立っていた。カールした金髪、広い額、そして目立つ下顎。

赤いシルクのズボンと白いブラジャーを身に着け、片手で小型ナイフを握っている。

マグヌスがその女の足に狙いを定め、ナイフを捨てろと命じようとした瞬間、轟音が響きわたりすべてを呑み込む。弾丸は彼の膝のすぐ上をきれいに貫通し、目の前の壁紙に血液が飛び散る。

マグヌスは拳銃を落とし、支えを求めて壁にもたれかかりながら、床にくずおれる。

弾丸は大腿部を砕いていて、射出口からは骨の欠片が突き出ていた。脈拍に合わせて、血が勢いよく噴出している。

その背後には赤毛の女性が下着姿で立っていて、ヘラジカ狩り用のライフルでマグヌスに狙いをつけている。

＊　＊　＊

ヨーナとサーガは、それぞれに拳銃を抜いたまま倒木を通り過ぎ、二発目の銃声が響くのと同時に森から飛び出てくる。さっきとは異なる銃器だ。拳銃ではなくライフルで、一発目よりもくぐもって聞こえた。二人は小屋を過ぎ、草むらの斜面を横切り、低い柵を飛び越えて、背の高い草をかき分けながらその家を目指して突き進む。

窓が一枚割れていた。

その下のシダの茂みが、平らに押し潰されている。まるでだれかがそこに寝転がり、人型を作ろうとしたかのようだった。

サーガは横たわっているルークに駆け寄り、その傍らに膝を付く。その間、ヨーナは視線を家と森の際に向けたまま、一枚ずつ窓に拳銃を向けていく。

すぐそばの木に吊されている風鈴が、かすかに鳴る。

ルークは事切れていた。

サーガは立ち上がり、ヨーナに向かってすばやく首を振る。

「裏口を確保する」とヨーナが言う。

「気をつけて」

「そっちもな」

サーガは玄関ホールに足を踏み入れる。掛け布を引き裂き、回転している鏡には目もくれずに、部屋の四隅をすばやく確認していく。そして、折りたたみ式の衝立に足早に歩み寄ると、それを突き倒す。

背後のベッドには裸の女性がいて、両手を頭の下に入れたまま寝転がっている。彼女は、疲れた目でサーガを見上げる。

「警察だ」サーガは女に小声で告げる。

そして女の片方の足首をつかんで床に引きずり下ろし、両手を背中に回して手錠をかける。

それからサーガは、もう一つの戸口に掛かっている布を引き剝がし、急ぎ足で廊下に出る。ドスンドスンという鈍い音とともに、壁越しに悲鳴が聞こえてくる。硝煙《しょうえん》の臭いで息苦しい。ライフルを手にした赤毛の女が、ぎこちなくサーガのほうに振り返る。

サーガはそちらに突進すると、空いているほうの手で相手の銃身をつかむ。そしてグロックの銃把で女の鎖骨を折りながら、ライフルを奪い取る。

廊下の突き当たり部分は、開いた戸でほとんど隠されている。それでも、マグヌスが床に横たわっているのがサーガには見えた。ズボンを足首まで下ろされている。

赤毛の女をうつ伏せに押さえつけたサーガは、口にナイフを咥《くわ》えたブラジャー姿の女が、マグヌスをまたいでいることに気づく。

「やめてくれ」とマグヌスがあえぎながら言い、サーガは立ち上がって拳銃を持ち上げる。

女はマグヌスのペニスと睾丸《こうがん》を片手でつかみ、もう片方の手でナイフを握りしめる。ちょうどその時、女の背後にある扉からヨーナが姿を現す。大股で三歩前進したヨーナは、女の肋骨《ろっこつ》を蹴る。その強烈な打撃を受けてはじき飛ばされた女は、床の上に仰向けに倒れてもなおナイフを握り締めている。

一瞬後、移動したサーガは女の手首を踏みつけてから、肩を撃つ。

ヨーナは廊下を進みながら独房の戸をすべて開け放ち、無人であることを確認する。スサンネ・イェルムは三番目の小部屋の中で、両手で耳を覆ったまま金属ベッドの上に座っていた。茶色の髪はお下げになっていて、顔面とタトゥーの入った喉には筋状に血が付着している。

二八

ヨガ・リトリートでの作戦から二日が過ぎていたが、ヨーナとサーガはいまだにエーレブロの警察署に留まっている。検察官が取り調べを進め、スサンネ・イェルムの暮らしていた施設に関する理解を深めるために、二人は協力していたのだ。彼ら自身がスサンネの尋問をするのは、そのあとになる。

ルーク・ラーションは、後頭部への斧の一撃によってほぼ即死の状態だった。

マグヌス・ヴァルマンは、カールスタッドの病院に空中搬送された。今なお重篤ではあるが、容態は安定している。

ヨーナとサーガは合計十四時間をかけて、リトリートの女性たちを取り調べた。検察官はこれまでのところ、犯罪幇助《ほうじょ》および教唆の嫌疑で、三人の女性に対する起訴手続きを済ませている。そしてアシュラムにいた四人の女性については勾留請求を提出していた。

施設内の捜査および女性たちへの尋問を通して、このリトリートに関する、複雑ではあるものの鮮明なイメージが浮かび上がってきた。ビオンド・ヨガは、今の社会の主流派とは異なるもう一つの生き方《オルタナティブなライフスタイル》とヨガを探究する共同体として構想された。そして、弱い立場にいる女性たちに安全な生活圏を提供し、セミナーや教室の運営によって、活動の資金を得ていたのだった。

その中心を担う女性たちの小集団を結び付けたのは、社会を支配しているジェンダー的な力のバランスに対する憤懣《ふんまん》だった。しかし、彼女たちの抱えていた深い傷は——ほとんどの場合それは、男性による暴力と抑圧によってもたらされたものだったのだが——被害妄想と過激な行動へとみなを駆り立てていくことになった。

精神的指導者のカミラ・ボーマン——またの名をビオンド導師——は、性的な癒しのカリキュラムのようなものを作り出し、彼女が呼ぶところの〝異性愛を規範とする強姦《ごうかん》〟を受けてきた信奉者たちが、その過去を清算し、新たな人生を歩む一助となることを目指した。

スヴェトラーナは、ビオンド・ヨガが提供した安全な生活圏がなければ、すでに命を失っていた可能性が高い。そのため警察による取り調べにおいても、己を救済してくれた者たちへの忠誠の姿勢を崩すことがなかった。彼女自身が、アシュラムの女性たちによる性的虐待や搾取の被害者であるという事実を、頑なに認めようとしなかったのだ。

「ここに来る前のわたしなんか、穴の塊でしかなかったんだから」とスヴェトラーナは説明した。「男たちはセックスに取り憑かれてる。そのためなら人だって殺す。あたたかくていいかんじのおまんこが向こう岸で待ってるってなったら、男は糞の海だって泳いで渡ってくるんだから」

これまでに、堆肥置き場では二人の遺体が発見されていた。一体はカミラの夫と判明した。遺棄されてから五年ほどだろうと考えられている。現住所として施設が登録されていて、月ごとの年金もリトリートに支払われていた。

もう一人の遺体は赤毛のイーダ・アンデションの夫、マルクスのもので、殺害されたのちに埋められたのはカミラの夫よりもはるかに最近、昨年のクリスマス前後のことだった。顔面と頭蓋骨に受けた重大な損傷が死因と考えられている。その死以降、マルクスの社会保障給付金と育児給付金は、すべて施設が受け取っている。

イーダ・アンデションは、殺人未遂の嫌疑をかけられている。彼女は法的代理人を拒絶し、問われるとただちにマグヌス・ヴァルマンへの銃撃を認めた。

アシュラムの女性たちはすべてサーガが取り調べ、ヨーナはその様子を別室のモニター越しに見守った。取調室には三台のカメラが設置されている。

イーダの赤毛は乱れていた。彼女は、取調室の椅子に腰かけるだけでも全力を振り絞ったかのように息を切らし、自分の話になるとたちまち顔を紅潮させる。

「あなたの夫を殺したのはだれ？」とサーガが尋ねる。

「転んだの」

「どこで？」

「森の中の岩。枝で滑ったの」

「法医学者は、なんらかの武器で殴り殺されたと考えている。おそらくは金槌か小型のハンマーで」とサーガが言う。

「わたしにはなにもわからない」

イーダは下唇を突き出し、頑なな子どもを思わせる表情になった。

「じゃあ、あなたは殺してないのね？」

「そう」

「ではだれが殺したの？」

イーダは明るい色の睫毛を何本か抜き、それをテーブルに落とすと人差し指を使って一列に並べた。

「話せるのは、わたしはビオンド導師の弟子だってことだけ。あの方ははるかによくご存じ……どうすべきか……この世界が滅びないようにするにはどうしたらいいのか」

サーガは尋問を終えながら、この施設で起きていたことについてイーダはほんとうになにも知らないのだと悟る。夫を殺害したのがだれなのかは知らないようだったが、埋葬する前に遺体を手押し車で運んだことは認めたのだ。

そして、マルクスが殺害されたことによってイーダの娘が心に傷を負い、毎日父の墓を訪れるようになっていたにも関わらず、娘について尋ねられたイーダはいかなる動揺も見せなかった。

＊　＊　＊

窓のない取調室の壁は、あたたかい淡黄色に塗られている。聞こえてくるのは、空調装置の低く単調な音だけだった。

サーガはひとり、紺色の椅子に座っている。天井のまぶしい明かりが、その青い瞳の表面で輝いていた。かつてのサーガは常に髪を編み、それをカラフルなゴム紐で留めていた。だがここ数年は、肩と背中に垂らしたままにしている。

机上のマイクの脇には、ミネラルウォーターのペットボトルが何本かと無漂白紙のコップ、そしてティッシュペーパーの箱がある。必要に応じてだれでも使えるものだ。

サーガは身をかがめ、バッグから携帯電話を取り出した。レシートが一枚床に落ち、それを拾い上げて裏返す。そして、あの若い女性が裏面に描いたケーニヒスベルクの七本の橋をじっと見つめる。

待ち時間のあいだ、すべての橋を一回だけ渡るルートを割り出そうとする。

予期したよりも難しく、外の廊下に足音が聞こえてくるまでに、少なくとも五十回は試みて失敗していた。

扉にノックがあり、サーガはレシートをゴミ箱に捨てた。ビオンド導師ことカミラ・ボーマンが、二人の刑務官に導き入れられる。

カミラには法的代理人がいない。勾留手続きのための取り調べの際に、弁護士を追い出したのだ。彼が〝生物学的失敗作〟、〝嫌悪すべき存在〟であるからとの主張が、その理由だった。

サーガはカミラの経歴に目を通し、苗字はドロシー・マリー・ビオンドから取ったものであることを知った。『男性皆殺し協会《SCUM》マニフェスト』を書いたことと、一九六八年にアンディ・ウォーホルを暗殺しようとしたことで知られる、ヴァレリー・ソラナスの母親だ。

サーガはカミラにうなずくと、取り調べの進め方と被疑者の持つ権利を説明する。そして、会話が録音されていることを告げた。

カメラ1はサーガの背後の壁に取り付けられていて、カミラの顔を正面から捉えている。カメラ2は斜めの角度から二人の姿を同時に押さえ、カメラ3は天井から部屋全体を俯瞰《ふかん》で録画する。つまり隣室にいるヨーナには、サーガよりも仔細にカミラの様子を観察できるのだ。

「座って」とサーガはうながす。

カミラは片方の肩に包帯を巻かれていて、胸から喉にかけては打撲の痕がくっきりと残っている。身長は百八十センチで、肩幅は広く手も大きい。そして、薄紫色のマニキュアは剝がれかかっていた。

カミラが腰を下ろして膝を広げると、椅子が軋む。

受け口と皺の寄った鼻、そしてカールした金髪のせいで、怒った人形のように見える。

「あなたの弟子、イーダ・アンデションによると、あなたはこの世界を救う術をご存じのようね」サーガは感情を表さずにそう口を開き、ノートの新しいページを開く。

「そんなこと言ってた?」

「公害関係のこと?」サーガは、敢《あ》えて愚《おろ》かなふりをしてそう尋ねる。

「もっと視野を広げなさい」

「わかったわ、広くね」

「あんた、子どもいないね」カミラはそう言いながら、身を乗り出す。

「ええ」とサーガはほほえみ、驚きの表情を浮かべてみせる。

「精子は遺伝子の半分を子宮にもたらし、卵子は残りの半分を提供する」とカミラが話す。「これまではずっとそうだった。でも何人かの研究者たちは、女性の細胞から配偶子を作り出すことに成功した。つまり二人の女性が、生物学上の子を持てるということ。ただし女の子しか生まれない。なぜなら女性の身体には、男子を生み出すために必要な遺伝情報が備わっていないから」

「なるほど」

「ほんとにわかってる？」カミラは眉を持ち上げる。「男がいなくても人類は滅びない。男に頼んで受精する必要はないってこと。しかも、われわれが男の子どもを持つこともなくなる」

「男も男の子もいない世界」

「わたしはうぶじゃない。でもある程度の数の女性が実際に女性同士で家庭を持ち、女の子だけを産みはじめたら、力関係は変わってくる。すべての男たちが実質的に、遺伝子プールから締め出される可能性に晒《さら》されるというわけ」

「それか、手っ取り早く男たちを殺すか」

「いいね」

「あなたは、イーダの夫を施設の外に誘い出して殺した」

「イーダの娘を連れ出したことがあったから」カミラはそう応える。殺された人間のことは、微塵も気にならない様子だった。

「あなたの夫についてはどうなの？」

カミラは背後にもたれかかると、夢見るような笑みをサーガに向ける。それからテーブルを叩いて立ち上がる。

二九

この日の朝、ヨーナには髭を剃る暇がなかった。そのため、顔にはうっすらと無精髭が浮き上がっていた。

取調室の隣の部屋で腰を下ろしているあいだに太陽は空を移動し、埃まみれの窓から光が差し込みはじめていた。レゴランドのプラスティックコップに差さっているペンが、机全体にねじれた影を落としている。

片目の奥で痛みが閃く。それが脳の奥深くへと掘り進み、消えていく。

何年も前に、自動車がすぐ横で爆発し、ヨーナは頭部に重い傷を負った。それが原因となり、非定型的な群発生偏頭痛を発症することになったのだった。ひどい時には、気絶するほど強烈な痛みとなる。

最後に重い発作が起きてから、だいぶ経っている。そのため、予防的な作用を持つ薬剤――抗てんかん薬のトピラマート――の服用をやめていた。副作用として倦怠感《けんたい》に襲われるからだ。しかしこの数週間、前駆症状がますます頻繁に現れるようになっていた。

ヨーナは立ち上がってブラインドを閉め、羽根《スラット》の角度を調整して光が入らないようにする。テレビモニターの映像はわずかに鮮明さを増したが、それでも太陽の光が画面に映り込んでいた。カメラ1の映像には、テーブルと空《から》の椅子、そして背後の壁が見えている。サーガの姿は映っていないが、ノートを引っ掻くペンの音は聞こえている。

昼食のごま油の香りが、今も部屋の中に漂っていた。

スサンネ・イェルムの最初の取り調べが――そもそも二人はそのためにリトリートを訪れたのだが――間もなくはじまる。ヨーナはこの瞬間を、ほぼ二十二時間待ち続けていた。部屋の中を見わたし、棚に収まっている青い書類入れから机、電話機、パソコン、事件簿の列、そして掲示板へと視線を漂わせた回数は数え切れない。掲示板には、タイ料理レストランの脂じみたメニューや休暇中の警察官からの絵葉書、また、こんなジョークを書きつけた紙片が留められていた。〈出口をふさいだ警察官。なぜ犯人に逃げられた？　入り口から出ていかれたから〉

「彼女が来る」サーガがマイクに向かって言う。

＊　＊　＊

スサンネ・イェルムは二人の刑務官に伴われ、屋上の運動場から下りてくる。

サーガとヨーナは事前に段取りをすり合わせ、ルーク殺害の罪を認めさせることに時間を費やす意味はないとの結論を下している。本人が容疑を認めるか否かに関わらず、スサンネはルーク殺害について有罪となるはずだからだ。

その代わりに二人は、ユレック・ヴァルテルの話を引き出そうと考えていた。なぜなら、もしスサンネがマルゴット、セヴェリン、シモン、そしてヴェルネルの殺害に関わっているのだとしたら、ユレック・ヴァルテルは彼女の精神における未完の一章と化しているはずだからだ。すなわち、これまで彼女がしてきたことを理解するカギだ。

二人とも、スサンネ自身がシリアル・キラー本人だとは考えていない。だが、共犯者である可能性は大いにある。国家全体を敵とみなし、警察に迫害されていると感じ、なによりもヨーナ・リンナを憎み抜いているからだ。

刑務官たちが、スサンネを取調室へと導き入れる。彼女はゆったりとした囚人服を着ていて、膝の部分はぶかぶか、袖口は綻《ほころ》びていた。

担当官は、サーガが書類に署名するのを待ってから扉を開け、スサンネの弁護士を招き入れた。口の大きな中年女性で、ずんぐりとした鼻に大きな眼鏡をかけている。

スサンネはため息をつきながら、椅子にどすんと身を投げるようにして腰を下ろす。そして、机の上に置いた自分の両手を見つめる。喉のタトゥーは青みがかった緑で、編んだ髪が両肩に垂れている。

〝きれいな顔をしている〟とサーガはひとり考える。子ども時代に学校で撮られた写真を想像するのは容易かった。目を輝かせ、ほれぼれするような笑顔だったことだろう。クラスの中でも一、二を争うかわいい子で、いつも成績が良く、着ている服は新しくてかんじが良かったはずだ。

だが今サーガの向かいに座っているスサンネの口元には苦々しげな皺が刻まれ、明るい茶色の目の下は疲れて腫れぼったく、髪の生え際にできた湿疹《しっしん》は乾燥して粉を吹いている。

ヨーナが二度目に逮捕した時、スサンネはアシュラムの建物にある二段ベッドの備わった狭い独房の中にいた。手錠をかけられ、写真を撮られてから、顔面の血と、斧の柄から剝がれ落ちて右掌《みぎて》に付着していたペンキを採取されるあいだにも、「そいつにはまだ用がある」とスサンネは呟き続けていた。

「三十五歳の時、あなたは専門医として学位を二つ持っていた」とサーガが口を開く。「仕事で高給を稼ぎ、ミカエルとは十五年間結婚していた。娘が二人いて、広くて素敵な家に一家で住んでいた。前科はなし、信用スコアは無疵《むきず》、駐車違反の切符もなし、真っ白だった」

「第一幕ね」スサンネは顔を上げることなく呟く。

「第二幕はどうなの？　あなたは殺人犯になった。警察官を殺し、刑務所で何年も過ごした……そして今、警察官がもう一人死んだ。ルーク・ラーションは、頭に受けた斧の傷によって、ほぼ即死だった」

「スサンネ」と弁護士が片手を上げながら言う。「この段階ではいかなる質問にも答えなくていい、ということだけ知らせておきます。電話で話したことを忘れずに。考えておいてくださいと伝えた内容です」

「ゆっくりでいいから、なにが起こったのか教えて。あなた自身の言葉で」サーガは平静を保ったままそう続ける。

「わたしは小屋まで斧を取りに行った。樺の木が倒れたから、それを切るために――」

「スサンネ」と弁護士が笑みを浮かべながら警告する。

「なんなの？」スサンネがとげとげしく言い放ち、苛立ちの目を弁護士に向ける。

「話したでしょう。なんにも認めてはいけないって。さもないと――」

「今さらどっちでもおなじ」

「わたしの弁護を望むのなら、話を聞いてもらわなくては」

「どちらにせよ終身刑よ」と彼女は言い、サーガに向きなおる。「あの警官がアシュラムを覗いてるのが見えた。わたしたちのいちばん大切な儀式の最中に……敬意もなにもなく。いきなりわたしたちのアシュラムに現れて、わたしたちの崇高な愛をクソみたいな覗き見ショーにした」

「そうね」とサーガが言う。

「分厚い黒塗りのガラスが砕けたみたいだった、わたしの目の奥、わたしの脳の中で……」

「スサンネは現場にいたことを認めているだけで――」

「こいつは死ななきゃいけないってことで頭がいっぱいになった」とスサンネが続ける。「死ね、このクソ野郎、死ね、このブタ野郎って……やったあとで残念だったのは、真っ二つにしてやったのが、ヨーナ・リンナの頭じゃなかったってことだけ」

「どうして?」

「あいつ、聞いてるの?」

「もちろん」

「ヨーナ」スサンネは、まっすぐにカメラを見つめながらそう言う。「おまえが間もなく死ぬことを、おまえとおまえの家族が地獄に堕ちることを願っている」

「どうしてそこまで彼を憎むの?」

「子どもを奪い去った人間を許す女がいると思う?」

「起きた出来事について、ほんとうにじっくりと考えてみたことはある?」サーガがおだやかに問いかける。

スサンネの口元がこわばる。「あんたはどうだと思う?」

「なにが起きたのか教えて。どうして親権を失うことになったのか」

「ヨーナが現れてなにもかもぶち壊しにした」

「あなたはレーヴェンストレムスカ病院の精神科病棟に勤務していた」とサーガが話しはじめる。

「そうよ」

弁護士が、スサンネのほうを心配そうにちらりと見やる。

「そしてあなたは、ユレック・ヴァルテルという患者を担当していた時に休暇を申請した」とサーガが続ける。

「ええ」

「それはなぜ? どうして休暇が必要だったの?」

「自分のことが信じられなくなっていたから」とスサンネは答え、顔を伏せる。「わたしは変わった。自分の思考を制御できなくなっていた」

「それはどうしてなの?」

スサンネはひとりほほえみ、首を振る。

「ユレックは、言いたくもないことをあなたに言わせた。そうでしょう？　聞きたくもないことをあなたに聞かせた」とサーガが言う。

「そんなところね」

「ユレックはあなたになにを言ったの？」

「ありとあらゆること。思い出せない」

「ユレックに言われたことの中で、今でも頭に浮かぶ言葉があるでしょう。あなたは毎日そのことを考えている。そうなんでしょう？」

スサンネは息を荒くし、落ち着きを失っていた。

「あの患者の言葉に耳を傾ける危険性については、警告を受けていた。彼のまわりにいたほかの人たちは、たいてい耳栓をしていた。でもなんて言うか……そんなのは人道にもとると感じたのよ」

「あなたはまだ第一幕にいたのね」とサーガが言う。

「まあ、その後数週間はね」

「なにを聞いたの？」

「哲学や善悪に関する議論。彼がわたしに……考えさせたいこと」

「なにか例を教えてもらえるかしら？」とサーガはスサンネに迫る。

まるで自分自身の記憶であるかのように、スサンネはコーカサス地方の荒れ果てた山村と、そこでの冬の夜について語りはじめる。気温は零下二十度で、新雪がキラキラと輝いていた。それは、人の髪の毛までも凍らせる寒さだった。

スサンネは両手をもみ合わせ、まっすぐ前を見つめたまま語る。ユレックは母親とその成人した息子を庭に引きずり出し、井戸の横に立っている雪に覆われたポールに結び付けた。二人ともパジャマ一枚の姿だった。

「リヤラとアフマド、それがその人たちの名前。二人とも明るい青色の瞳をしていた……」

ユレックはナイフを取り出すと、アフマドの第二肋骨と第三肋骨のあいだに突き刺した。上方向に傾けたまま、刃の半ばよりもう少しだけ深く押し込んだ。若者は傷ついた動物のようなあえぎ声を漏らし、母親は膝をついて息子のために祈った。ユレックはナイフの柄から手を離し、冷たい金属の刃が若者の体温で曇るのを眺めた。

「ユレックは二人を井戸のそばに残したまま、自分の部隊に戻った」とスサンネは言い、少しのあいだ目を閉じてから続けた。「ナイフが刺さったままにしておけば、アフマドが失血死することはない。だがそうすると、二人とも凍え死ぬことになる。リヤラには、ナイフを引き抜いて自分の縄を切り、あたたかい場所に逃げ込むほか選択肢はなかった」

スサンネが、リル＝ヤンの森に埋められた犠牲者たちの名を挙げはじめると、弁護士は立ち上がる。そして青ざめた顔のまま、ひと言も発することなく退出する。

「ユレックに脅されたことはある？」スサンネが話し終えたところで、サーガは尋ねる。

「ロシア人外交官のことを話してくれたことがある。その人は、引退したらスウェーデンに戻ろうと考えていた。家族全員を集めて、七十五歳の誕生日を祝うために」スサンネはそう言い、充血した目を上げる。「ユレックは、その外交官を待ち構えていると話していた。若者も老人も含めて、家族をひとり残らず捕まえて閉じ込めてやる。それから一人ずつ生き埋めにするのだと話していた……外交官がたった一人で取り残されるように」

スサンネは唾を呑み、棺に入れられた女性の話をはじめるが、すぐに口をつぐむ。その時になってようやく、弁護士がいなくなっていることに気づいたようだった。

「あなたは刑務所に八年間いて、三年前に釈放された。外に出てからはなにをしたの？　あなたの第三幕はどういう計画になっていたのかしら？　元夫を殺して子どもを取り返す、ということを除けば」

スサンネは再び目を伏せる。「弁護士から、発言には気をつけるようにと言われているから」

三〇

大会議室は、天井に取り付けられた八本の蛍光灯で明るく照らされている。サーガが状況の概略を報告し終わると、マンヴィルは、この事件の担当検察官が決まるまでのあいだマスコミに対する箝口令《かんこう》を敷くという、地方警察長官の決定を伝える。

「バリスラーゲンの地方当局は明日記者発表会を開くが、われわれの関与については言及しない予定だ」とマンヴィルは言う。

グレタは、顔をしかめながらブラックコーヒーを一口すする。ピンストライプのスラックスと、シルクのブラウスを身に着けている。色は瞳とおなじ冷たい青だった。ジーンズに濃紺のTシャツという姿のペッテルは、大きな会議テーブルの前に置かれた椅子にぐったりと身を預けるようにして座っていた。腕を組み、うなだれている。

「先を続けましょうか」とグレタがうながす。「堆肥置き場の横にいた女の子に話しかけたところからはじめてちょうだい」

「森の中を駆け戻っている時に最初の銃声が聞こえた。そして、ちょうど小屋の裏側から表に出てきた瞬間に、ライフルが発射された」ヨーナはそう言いながら、袖をまくり上げる。

そこからサーガが言葉を継ぎ、シダの茂みの中に倒れている警察官を発見すると、その後頭部に斧が食い込んでいたという経緯を話す。グレタは見るからに動揺の色を露わにし、マンヴィルは「最悪だ」と呟いたあと部屋の片隅へと移動し、みなに背中を向けた。

「わたしは屋内に入りました」とサーガが続ける。「すると廊下には、ヘラジカ狩り用のライフルを構えているイーダ・アンデションがいました。どうにか武器を取り上げ、彼女を床に押さえつけてから、後ろ手に手錠を掛けました。その時、別の女性、カミラ・ボーマンの姿が見えました。ムンクフォシュ警察の警察官が、彼女の手で去勢されそうになっていたんです」

「しかし、それもすべて丸く収まった、そういうことなんだろ?」ペッテルが咳払いをしながら尋ねる。

「ヨーナが裏口から入ってきました」サーガはそう説明しながら、片足を落ち着きなく揺する。

「どうなったの?」グレタはヨーナに向きなおり、尋ねる。

拳銃を抜くと身をかがめ、窓の並ぶ壁に沿って駆け抜けて、角に辿り着いたところで速度を落とした、とヨーナは述懐する。

周囲に広がる森から聞こえてくるのは、梢のざわつきとクロウタドリの悲しげな歌ばかりだった。

錆びて落下した排水管が、壁際の草むらに転がっていた。

すばやく肩越しに背後を確認してから、足音を忍ばせて前進した。

空中にはガソリンと湿った土、そして草の匂いが漂っていた。

角を曲がったところで、バタバタというエンジン音が聞こえはじめた。

ヨーナの正面の草むらでは芝刈り機が振動していて、ブースターケーブルのプラスティック製の取っ手が、その側面に触れてカタカタと鳴っていた。

排気ガスが渦巻きながら茂みのほうへと漂っていった。

背の高い草の中を後ずさりしている若い女性がいた。茂みや若木のあいだを移動している。その女性がかがんだかと思うと、夢見ているような表情を浮かべたまま、地面に転がっていた大鎌を取り上げた。

ヨーナは女性に近づいていくあいだも、拳銃を建物の端に向けたまま外さなかった。そこには裏口の戸があり、明かり取り窓の内側にはくたびれたカーテンが掛かっていたのだ。

「鎌を置きなさい」ヨーナは、やかましく音をたてている芝刈り機のエンジンを切った。

女性は荒く息をつきながら、ヨーナをじっと見つめた。少し前に言葉を交わした、乱れた金髪の若い女性だった。

「これからあなたに近づいて、鎌を受け取ります」ヨーナはそう言いながら、空いているほうの手を上げて、相手の心を落ち着かせる仕草をした。

「触らないで」と口ごもる女性の目には恐怖の色が浮かんでいた。

「約束します、ぜったいあなたには――」

前触れなく女性が前に飛び出した。その動きを追うようにして、長い鎌の刃が、腰の高さで空気を切り裂いた。若木を次々と輪切りにし、細い幹がいっせいに地面に落ちた。

身を反らしたヨーナは、湾曲した鋼鉄が自分の腹をかすめ、そばにあった蔓草《つるくさ》を何本か断ち切るのを見つめた。

刃の先端が樺の木の太い幹に深々と食い込んだ瞬間にヨーナは突進し、女性の膝に蹴りを入れた。

そして片手を相手のうなじに添えてそのまま草むらに倒し、拳銃を建物に向けたまま足をつかんで女性を引きずった。

大鎌の細い刃は樺の木に突き刺さったまま、ぶるぶると震えていた。

ヨーナは女の足首に手錠を掛け、それを芝刈り機につないでから、裏口を目指して走った。ヨーナに襲われたと喚く女の声が、背後から聞こえてきた。

ヨーナは扉を開き、足を踏み入れるとすばやく浴室の中を見わたした。バスタブからシャワーヘッド、蓋のない便器、洗面台、そして染みだらけの鏡へとすばやく視線を動かした。

床に落ちていた血塗れのタオルをまたぎ、狭い扉を開くと、左右に戸の並ぶ廊下に出た。

白いブラジャー姿の大柄な女性がナイフを手にして、太腿の銃創から大量に出血しているマグヌスの上にかがみ込んでいた。ヨーナは女性の肩に狙いをつけたが、その位置から発砲するわけにはいかないことに気づいた。射線の先、女性の向こうにはサーガがいたからだ。

思案の時間は要らなかった。長年積み上げた近接戦闘の訓練によって、蹴りを命中させる以外に選択肢はないと直観的に判断したのだ。

ヨーナは突進し、最後の一歩とともに跳び上がりながら右膝を持ち上げ、女性の横腹に足底の打撃をまともに当てた。

女性は独房の壁へと弾き飛ばされ、一瞬宙に浮いたように見えたのちに肩から着地し、そのまま床の上を滑っていった。

頭上に吊されていた藁紙のランプシェードが揺れた。

サーガはすばやく女を見下ろす位置に立つと、手首を踏みつけてから発砲した。

狭苦しい空間に銃声が響きわたり、女の肩の下にはたちまちのうちに血だまりが広がっていった。

「ヨーナ？　あなたの視点からはどう見えたのかしら？」とグレタがヨーナに迫る。

「私は女性から大鎌を取り上げ、裏口から建物に入り、サーガと協力してカミラ・ボーマンとスサンネ・イェルムを逮捕した」とヨーナは応える。

マンヴィルが部屋の隅を離れてテーブルに戻ると、ジャケットのボタンを外し、ズボンの裾を少し持ち上げてから腰を下ろす。

「スサンネが犯人と直接関わっているとは、もはや考えていません」サーガはそう言いながら、テーブルの上にあった空の薬品箱を握り潰す。

「彼女が勾留されると、元夫は、スサンネにどのような脅しを受けていたのか、もう少し詳しく明かしてくれた」とヨーナが説明する。「それによって、彼女にはアリバイがあることが判明したんだ。スサンネは、さまざまなかたちで元夫に嫌がらせをしていた。その中には、庭先に立って何時間も彼らを観察するという行為も含まれていた。ヴェルネルとマルゴットが殺された時、彼女は元夫の家の前にいた」

「裏付けは取れているのか？」とマンヴィルが訊く。

「元夫は写真を撮り、一つひとつの嫌がらせを記録に残していました」とサーガが答える。「正確な時間を含めたすべてを」

「刑務所から釈放されたスサンネは、接近禁止命令を無視して電話をかけ、自分は変わったと訴えた」とヨーナが続ける。「子どもに会わせてほしいと懇願した。リトリートまで子どもたちを連れてきてもらいたい。一日だけ、最初は数時間でもいいから、と」

「すごいな」とペッテルが囁く。

マンヴィルは片手で自分の細いネクタイを整え、ペッテルは背もたれに身体を預けて腹を掻く。

廊下側の窓に掛かっているくたびれたカーテンの向こうを、影が通り過ぎていく。書類カートの車輪が軋む音が聞こえた。

「質問してもいい？」グレタはコップから一口水を飲み、話しはじめる。「まだ理解できないでいるのだけど、なぜあなたがたはスサンネ・イェルムを追跡したのかしら……ここで話し合ったこととは違うから」

「スサンネは、ユレックの力に身を晒しながらも生き延びた、数少ない人間の一人なんだ」とヨーナが説明する。

「で、絵葉書が届く数週間前に釈放されていることを、わたしは知ったんです」とサーガが言う。「スサンネは警察を憎み、自分の人生を破壊したのはわれわれだと考えている……そしてなによりも、ヨーナを憎んでいる」

「ただ、それではわたしの質問への答えにはなっていない。そもそも、どうして彼女のことを調べはじめたのかしら?」

「信頼できる筋から手に入れた情報です」とサーガが言う。

「だれなの?」とグレタが尋ねる。

サーガはその目をじっと見つめる。

「言えません」

「ヨーナ?」

「だれなのかは私も知らない。それでも筋は通っていると考えて、行動に移ったんだ」

「サーガ、あなたは捜査の現場に配属されたわけではない、わかっているわね? あなたは警察権を具《そな》えていないの」

「もちろんです」

三一

マンヴィルはホワイトボードに歩み寄ると何項目かを消し、いくつかを移動させ、そこに新たな情報を加える。そうして、マーカーを口に咥えたまま数歩下がる。ほかの者たちもまた立ち上がり、ホワイトボードの近くに集まる。

シリアル・キラー、九人を殺害しようと意図している。
被害者を監視し、習慣や日課を把握している。
被害者1：マルゴット・シルヴェルマン、女性、中年、国家警察長官。
被害者2：セヴェリン・バルデション、男性、年配、マリア・マグダレーナ教会の牧師。
被害者3：シモン・ビェルケ、男性、中年早期、ノールマルム署の警察官。
被害者4：ヴェルネル・サンデーン、中年後期、公安警察長官。

頭上の通気孔がカタカタと鳴り、空気の通り抜ける音が聞こえてくる。建物の向かい側でだれかが窓を開け、明るい反射光が会議室を一瞬だけ嘗めて消える。マンヴィルの書いたリストを見つめるグレタの眉間に、皺が寄る。

「どうして牧師がここに入っているのかしら？」と彼女が疑問を口にする。

「このリストに載っている人間は全員、他人に対するある種の権力を与えられる仕事に就いている。そういうことなら牧師も含まれるな」とマンヴィルが意見を述べる。

「警察官が三人、牧師が一人」とグレタが続ける。「男が三人、女が一人」

ヨーナは気遣わしげな表情を浮かべている。その目の下には濃い隈があり、上着の

背中には皺が寄っている。ため息を一つ漏らすと、目をホワイトボードに向けたまま
テーブルの端に腰を下ろす。

錫製のフィギュア：　サーガ宛に送付、次の被害者を示唆。
包みは、殺人がおこなわれる場所を示唆。
被害者の背後から至近距離で銃撃。
凶器：　9×18ミリマカロフ弾、純銀の薬莢。ロシア製の水銀の雷管。
電動ウィンチ付きの車両を所有。
資材に関する知識：　錫の型取り、純銀の鋳造、苛性ソーダの使用。
殺害現場と遺体発見現場は異なる。
遺体発見現場はすべて墓地。
二枚の絵葉書でヨーナを脅迫、ヨーナの命を救う責任はサーガに被せる。

ペッテルは唇に挟んでいた嚙み煙草を掻き出してゴミ箱に投げ捨て、唾を吐く。マンヴィルの唇は、ホワイトボードのマーカーで青く染まっている。そしてサーガの目は、椅子の車輪がリノリウムの床に残した交差し合う線を見つめている。
「俺たちは馬鹿なのか？」とペッテルが問いかける。「いったいなにを見逃してるん

だ？」

「われわれは、犯人が見せようとしているものだけを見ている」とヨーナが言う。

「ほかに良い考えでもあるのか？」

「ここにある手がかりのせいで、ほんとうにわれわれが探しているものが見えなくなっているのかもしれない。ここに集まった点と点のあいだになにがあるのか、それを考えなければいけない気がするんだ」

「なぜなら、ここにある手がかりではどこにもつながっていかないから」とサーガが同意する。

「わたしに言わせれば」グレタが、ブラウスからパン屑を払い落としながらそう口を開く。「わたしに言わせれば、この中でいちばん際立っているのは、サーガとヨーナ、あなたがたとのつながり。なぜなら、ユレック・ヴァルテルへの執着とおなじで、偶然とは言えないから」

「ユレックがカギだ」ヨーナが静かに言う。

五人はテーブルに戻り、コーヒーを注ぐ。そして、写真や分析結果の書類を回覧しはじめる。

「ちょっといいですか？」とサーガが言う。「ユレックはビーバーを選ぶ前に、複数の犯罪者と接触していました……われわれは全員の居場所を突き止めようとしましたが、三人が行方知れずのままです。ヤコフ・ファウステル、アレクサンデル・ピチュシキン、ペドロ・ロペス・モンサルベです」

グレタ、マンヴィル、そしてペッテルは困惑の表情を浮かべる。話の流れが見えていないのだ。

「ファウステルとピチュシキンは刑務所にいる。そしてモンサルベは老人だ」とヨーナが言う。

「それでも調べてみる価値はあると思う。刑務所を脱走したり国外に出たりしていないとたしかめるだけでも」

「わかったわ」とグレタが言う。

「そいつもまた、秘密の情報源からのタレコミなのか?」ペッテルが尋ねる。その声には、わずかばかり皮肉な響きがあった。

サーガがそれに応えようとした瞬間、五人の携帯電話がいっせいに通知音を鳴らす。たった今、サーガ・バウエル宛の小包が郵便物仕分け室に届いたのだ。

全員が立ち上がり、足早に廊下に出る。

「われわれはこれから向かう」とマンヴィルが指令センターに伝える。「爆発物処理班は二分で現場に着く。大会議室にいる人間を立ち退かせて、鑑識技術者を呼び寄せるんだ。特殊部隊も待機させておくように」

エレベーターが一階に到着するまで、口を開く者はいない。だれもが自分のなすべきことを理解している。犯人を捕らえる機会が巡ってきたのだ。

彼らが到着した時にはすでに、爆発物処理班が小包を探知機に通していて、爆薬がしかけられていないことは確認されていた。そして、X線検査でも金属探知機でも、中に収められている小さな金属のフィギュアの存在が示された。

ヨーナは大股で歩み寄ると小包をつかみ、特別捜査班のほかのメンバーのあとを追う。そして彼らが会議室に到着すると同時に追いつく。中では、作戦本部の設営が進みつつあった。

防護服とフェイスカバーを身に着けた鑑識技術者二人が慌てて駆け寄るが、ヨーナはかまわず最も手前にあるテーブルに小包を置く。サーガは茶色のテープを裂き、床に投げ捨てる。それを一人の鑑識技術者が慎重に拾い上げ、証拠品箱に収める。

ヨーナは蓋を開け、金属箔の玉を取り出すとそれを開く。ペーパータオルの小さな包みが姿を現す。

悠然としたロボットを思わせる動きで、技術者たちがテーブル二台を防護シートで覆い、そこに機器を並べる。

ヨーナは、小さな紙の包みの中から一枚の写真を取り上げる。丸められ、赤いゴムバンドで留められている。

ヨーナは、小さなフィギュアを掌の上に置く。すると、蝶の羽根がその背後からふわりと現れて、螺旋を描きながらテーブルに落ちる。

駆け寄った技術者が、それをピンセットでつまみ上げる。

ヨーナはフィギュアを人差し指と親指でつまむ。女性であることは見て取れたが、それ以外の顔の特徴は判別がつかない。

サーガは延長コードをまたぎ、大がかりな電子顕微鏡に掛かっているフェイクレザー製の覆いを剝がす。それを床に投げ捨て、そばに置かれているノートパソコンにケーブルを差し込む。

ヨーナはスライドの上にフィギュアを置き、光と焦点、そして拡大率を調節する。

捜査班の面々がパソコン画面の周囲に集まる。

女性を象った小さな錫のフィギュアはヒールのない靴を履いていて、スカートとセーターを身に着けている。目立つ顎、細い鼻筋、そしてすぼめられた口元。

「フランチェスカ・ベックマン、危機―トラウマ・センターの精神科医」とサーガが声を上げる。

「たしかか?」とヨーナが尋ねる。

「ええ」

「聞いたか?」電話会議用に設置された装置に向かって、ペッテルがそう問いかける。「精神科医のフランチェスカ・ベックマン、危機─トラウマ・センター勤務だ」

「了解」八階にいるランディが応答する。

「フランチェスカの個人番号を持ってる」そう言いながら、サーガは自分の携帯電話を取り出し、連絡先情報をマンヴィルと共有する。

「ペッテル、ランディには彼女の住居を探すよう伝えてくれ」とヨーナが言う。

「今、私がかけてる」マンヴィルが、携帯電話を耳に当てながら言う。

「自宅はブロンマだ」とペッテルが言う。「タリア通り九番──」

ペッテルはそこで口をつぐむ。マンヴィルが片手を上げ、スピーカーフォンに切り替えたのだ。

「フランチェスカ・ベックマンです」と声が応える。

「犯罪捜査部のマンヴィル・ライです。よく聞いてください。あなたの身は重大かつ差し迫った脅威に晒されています……」

「どこにいるのか訊くんだ」とヨーナが指示する。

「携帯の──」

フランチェスカの声が不意に途切れる。

「もしもし？　フランチェスカ？」

マンヴィルはかけなおすが、どうやらフランチェスカの携帯電話はバッテリーが切れているようだった。

「こんなことありえん」とペッテルが言う。

「自宅にいたの？　それとも仕事場？」とサーガが尋ねる。

「わからん」マンヴィルはそう応えながら、サーガに疲れた目を向ける。

「くそっ」サーガは囁き、髪に手を走らせる。

「特殊部隊を自宅に送り込んではどうだ？」とペッテルが問いかける。

「指令センターに伝える」とグレタは言い、最も離れた位置にある机の周囲にいる警察官たちのほうへと、急ぎ足で移動する。

「通話を逆探知できないの？」サーガがペッテルに尋ねる。「さっきの通話を逆探知できるはずでしょうが！」

「フランチェスカの携帯電話の位置情報はわかるか？」ペッテルが訊く。

「どうかな、今やってます」ランディがスピーカー越しに答える。

ペッテルは目元をゴシゴシと擦る。身に着けている濃紺のTシャツの脇に、濃い色の汗染みが浮かび上がっていた。

「時間がかかりすぎだ。ブロンマの自宅にパトカーを二台送り込む」とヨーナが言う。

そして彼が地区指令センターと通信しているあいだに、マンヴィルは八階にいるチームに指示を出す。フランチェスカの雇用者、同僚、家族、そして友人たちに電話をかけ、彼女の居場所を探し出すのだ。

「彼女の夫は、リッダルホルメンの控訴院で働いている」マンヴィルが、自分の携帯電話を覗き込みながらそう言う。

「電話してみる」とペッテルが言う。

「それから、成人した息子二人がタビーに住んでいる。妹のハネットはヘーガステンでスカンスカ社のPR部門に勤めている。息子は二人とも王立工科大学の学生で……」

「本人にかけなおしてみた?」とサーガが訊く。

「ずっとやってる。すぐ留守番電話につながるんだ」

「夫はダラス行きの飛行機に乗ってる」とペッテルが叫ぶ。

「息子たちは電話に出ない。だれも出ない」とグレタが言う。

「もう一回だ、もう一度かけるんだ」

部屋の離れた片端では、指令通信班の責任者が苛立ちのあまりテーブルを叩く。

「このまま死なせるわけにはいかない!」とサーガが叫ぶ。

「見つけるさ」とマンヴィルが落ち着かせようとする。

「謎かけを解かねば」とヨーナが言う。

「急いで、テーブルを空けて……もっとスペースが必要」とサーガが言う。

「そいつを動かせ！」とペッテルが指差す。

「その椅子をこっちに持ってきてくれ」とマンヴィルが言う。

技術者の一人が椅子を持って駆け寄ろうとして、顕微鏡のコードにつまずく。重い機器が床に落ち、ガラスの破片が足許に散乱する。

「電話の逆探知はできないそうです」とランディがスピーカーを通してそう告げる。

「クソ！」ペッテルが毒づき、その勢いでテーブルに唾が飛び散る。

「静かに」とサーガが諭す。

グレタが四人のもとに戻ってくる。眉間には苛立ちの皺が刻まれていた。

「四分経った」ヨーナがひとり呟く。

目の前のテーブルに、皺くちゃになった金属箔、ペーパータオル、蝶の羽根の入っている証拠品用のプラスティックの筒、赤いゴムバンド、そして写真を並べていく。写真は四隅が反り上がっているため、ヨーナは指でそれを押さえる。

「考えなくては」サーガはそう言いながら、ヨーナの傍らへと移動する。

鑑識技術者が箒とともに再び現れて、壊れた顕微鏡の周辺に散らばるガラス片を掃きはじめる。

「そんなの後まわしにして！」サーガが言い放つ。

「全員静粛に！」とペッテルが叫ぶ。

小さな手彩色写真――トランプほどの大きさもない――には古い劇場が写っている。そこには男の姿があり、十六世紀イギリス式とおぼしき装いをしている。ベルベット地の上衣《ダブレット》、半ズボン《ニー・ブリーチズ》、白いストッキング、大きな留め金付きの靴。赤紫色のジャケットと金色の指輪以外の色彩は、淡く抑えられている。

マンヴィルはネクタイを肩に掛け、身を乗り出す。

「だれか、ここからなにか読み取れる人はいるの？」耳の後ろのグレーになりかけている髪の毛を引っぱりながら、グレタが問いかける。

「ひっくり返してくれ」とヨーナが言う。

写真の裏面には、一文だけ記されている。〈ヴィクトル・ユーゴーによる『マリー・チュードル』於：国立劇場（1882年）〉

「劇場で殺すということ？」とグレタが訝《いぶか》る。

「それでは安易すぎると思う」とサーガが言う。

「犠牲者が増えるたびに手綱を締めてやがる。毎回難しくなるじゃないか」と指摘するマンヴィルの眉間には、深い皺が刻まれている。

「だれかこの戯曲を知ってる人は？」とヨーナが尋ねる。

「いいえ」

「早く早く、時間がない」サーガが呟く。

「落ち着けって、見つかるから。彼女はぜったいに見つかる」とペッテルが言う。

「あの人には死んでほしくないの」

マンヴィルは唇を噛み、パソコンの画面に蝶の羽根の拡大写真を写し出す。茶色がかったオレンジ色で、白い縞が走り、先端部に黄色い楕円の模様がある。

「金属箔、蝶、劇場」と彼が言う。

「もっと具体的な情報が必要だ。蝶の種類は？　なんの種なんだ？　生息地は？」とヨーナが問う。

「こんなの難しすぎ」とグレタが囁く。「時間がかかりすぎてる……」

三二

階段を下りるフランチェスカの脚は震えている。片手でバッテリーの切れた携帯電話を持ち、もう片方の手で手摺りにつかまる。

命に関わる重大かつ差し迫った脅威に晒されているという、あの警察官の言葉が今でも耳の中に響きわたっていた。

階段を上り、ビーズのカーテンをかき分けて妹の寝室に入る。フランチェスカは、ベッドのそばにある充電器へとまっすぐに向かい、それを携帯電話に差し込む。

彼女の背後で、プラスティック製のビーズがさらさらと音をたてる。サイドテーブルの引き出しには、ピンク色のマッサージ器、鎮痛剤の箱、そしてプラスティック製のマウスガードが入っている。

妹は毎週金曜日、メーラレン湖に浮かぶ島にあるボーイフレンドの家に行く。可能な時には、必ず犬も連れて行く。だが、ボーイフレンドの家には隔週で彼の子どもたちがやって来て、末の子にはアレルギーがある。そういうわけで犬のオーキは留守番となり、フランチェスカが代わりに面倒を見てやることになる。散歩に連れ出し、夜になると自分のために簡単な夕食を用意しているあいだ、裏庭に放してやる。それからソファで丸くなり、ワイングラスを片手に良い本を読んでから客間で寝るのだ。

夫は現在、ダラスに出張中だ。とはいえ、彼は家にいる時でもテレビを観る程度のことしかしない。早い時刻から床につき、土曜日は朝六時に起きる。それは、自然に関するお気に入りのラジオ番組を聴くためだった。

妹の所有する高級住宅の中で、フランチェスカは心地良い疎外感をおぼえている。一九七〇年代に建てられたその家は、全面赤レンガ造りで、ラッカー塗りのブナ材とカットガラスが使われている。

屋根窓《ドーマーウィンドウ》のカーテンは閉まっている。

フランチェスカは、携帯電話をサイドテーブルに置く。画面はまだ暗い。犯罪捜査部のあの男が話していた内容を、いまだに呑み込めずにいた。

重大かつ差し迫った脅威？

まるで、これから身辺警護をするとでも言い出しそうな口調だった。

精神科医であるフランチェスカは、脅迫にはかなり慣れていて、特別な不安や恐怖を感じることはほとんどない。仕事の性質上、心に傷を負った人々とは頻繁に接触する。だから、彼らの思考法は理解しているのだ。

それにも関わらず、ヨンニについては思い違いをしていた、と彼女は考える。フランチェスカは窓際へと移動し、慎重にカーテンを寄せて外を見下ろす。黒ずんだ枯葉が散らばる駐車場の屋根、舗装された私道、そして狭い通りに設置されている郵便受け。

ヨンニ・シルヴァンは爆風で負傷した三十代の男性で、次第にフランチェスカへの執着心を募らせるようになっていったのだった。

彼の細い顔、修復再建された鼻と顎、そしてじっと見つめているように感じさせる義眼のことを思い起こす。

ヨンニから寄せられた関心は、はじめのうちこそ喜ばしくも感じられたものだった。だがそれが突如として、こちらの安全圏を侵す恐怖の対象へと変質した。ヨンニは、その事実を理解できていなかった。

彼がカウンセリング室の椅子を叩き壊した時、フランチェスカは報告を上げなかった。ただ、同僚である男性の精神科医に、患者を引き渡すだけにしたのだ。ヨンニには反省し、やりなおす機会を与えなければならないと、彼女は考えたのだった。

だが数週間後フランチェスカは、ストーカーと化したヨンニにつきまとわれていることに気づいた。

サイドテーブルに戻り、携帯電話の電源を入れようとする。だが、依然として起動しない。

もしかすると階下に下りて、車に乗ってクングスホルメンの警察署まで行くべきなのだろうか。

こんなことになるなんて。

扉に施錠しておらず、オーキが外に出たままであることを、フランチェスカは思い出す。心臓が早鐘を打ちはじめた。

フランチェスカは寝室をあとにし、軋む階段を下りていく。一歩進むごとに、右側の手摺りの向こうに伸びる廊下が、より広く見わたせるようになっていく。ウォークインクローゼット、客用のトイレ、自分が泊まる予備の寝室、そしていちばん奥にあるクロークルームの扉。

この家の中で最も暗い場所だ。

フランチェスカは、赤みがかった金色の寄木細工の床に降り立つと、その場に立ち尽くして耳を澄ます。

茶色のタイルに銅でアクセントをつけたキッチンは、フランチェスカの左方向にある。

まっすぐ前方には、扉の波ガラスを通してリビングの中がぼんやりと見て取れる。

フランチェスカは警察からの電話の意味に思いを巡らせながら、携帯電話が充電されるまで待っても大丈夫だろうか、と考える。起動するようになったら、すぐに折り返そう。そうすればなにもかも片づくはずだ。

リビングへの扉を開けると、波ガラスの上で不器用な動物のように家具が動く。なにかがフランチェスカの注意を引きつける。

角張ったレンガ造りの暖炉、テレビ台、ぎっしりと本が並んでいる棚、そして茶色のレザーソファを一つひとつ確認していく。

ヨンニ・シルヴァンは、彼女の自宅前の通りで逮捕された。爆薬を身体に巻き付けた姿で、自分はフランチェスカとともに抱き合いながら死ぬのだ、と警察官たちにおだやかに伝えたのだった。

ヨンニは措置入院となり、精神科の閉鎖病棟に入った。だがそれも、二年以上前のことだ。

リビングに足を踏み入れた瞬間、フランチェスカの背筋に震えが走り、踵を返して暗い廊下に戻りたい、という衝動をぐっと抑え込む。

裏庭への扉には、キャットドアがある。だが妹の犬は誇り高い。だから、実際にそれを使うことはないのだろうとフランチェスカは考えている。オーキは二歳の狆《チン》で、身体は猫よりも小さいが、それでも犬であることに変わりはない。しかもその名前は日本語で〝大きい〟を意味する。

フランチェスカは扉から首を突き出して、青々と茂った薄暗い庭を見わたす。塗装の剝がれかけた屋外家具、舗石の隙間に生えている格子状の苔、雑草、木、そして茂みにじっくりと視線を向けていく。

「オーキ?」と彼女は叫ぶ。その声はわずかに抑えられている。

裸足のまま外に出る。足の裏に舗石がひんやりと冷たかった。バーベキューグリルを通り過ぎ、金属トレイの上にある古い蚊取り線香を見下ろす。

住宅の裏庭は、一軒ごとに低い柵と壁、生け垣で仕切られている。隣人の姿は一人も見あたらなかったが、微風の中には炭の煙っぽい匂いが嗅ぎ取れた。

フランチェスカは湿った芝生へと移動し、隣接している公園の切り立った崖や木々、そして鬱蒼とした草木を見上げる。

節くれ立った樺の木の脇を通り過ぎ、スグリの茂みまで行ったところで身をひるがえし、家に向きなおる。開いたままの扉、リビングの窓に掛かっているカーテン、暗いキッチン、そして窓枠に並んでいる鉢植えの植物を仔細に見つめていく。

フランチェスカは、自分がいつのまにかほほえんでいることに気づく。木曜日にアーランドと交わした短い会話をふと思い出したのだ。夕食のあとの食卓で、セックスが恋しいということ、そしてキリスト教徒としての教育を受けながら育ったせいでセックスを避けるようになっていたのだということを、彼に伝えたのだった。その時ほどしあわせそうな顔をしているアーランドは、見たことがなかったかもしれない。頬を紅潮させ、昂《たか》ぶらないように声を抑えながら、成熟した大人らしく、自分も恋しかったと彼は応えた。フランチェスカのペースに合わせて再開してみたい、と。

なにかがガサガサと音をたてながら、木製の屋外用バスタブの傍らを走り抜ける。それは妹がどうしても買いたいと言い張ったものだったが、まだほとんど使ったことがない。フランチェスカは踵を返し、枝を何本かつついてみる。

パタパタと夢中になって駆ける足音が聞こえてきたかと思うと、吠え声とともにオーキが左隣の家の扉から駆け出てくる。

隣に住んでいる老人が、オーキによくミートボールを食べさせるのだ。

フランチェスカは安堵のため息を漏らし、足許を走り回る犬とともに家まで歩いて戻る。扉を施錠し、鍵穴から鍵を抜く。

オーキは木の床を爪でカチカチと鳴らしながら、フランチェスカを追い抜いていく。そして彼女がキッチンに辿り着いた時には、すでに餌のボウルのそばでハアハアと息をついていた。ただし、その姿にはどこか心ここにあらずといったところがある。フランチェスカが騙されやすい人間ではないことを承知しているからだ。

「なあに？　あんた、今日はミートボールもらわなかったの？」そう問いかけながら、チェストの上にあるトレイに鍵を落とす。

オーキはさっと移動し、ガレージへの扉を引っ掻きはじめる。

「どうしたの？」そう尋ねながら、ドッグフードと水を注いでやる。「今は、わたしがこの家の主人なんだからね。ハネットは、あんたにうんざりだってさ。ずっと待ってるのに、あんたときたらぜんぜん大きくならないんだから」

犬はぴょんと跳ね、ガツガツと餌をむさぼりはじめる。

フランチェスカはドアハンドルを回してみる。施錠されている。当然だ。しかも、車を壁際ぎりぎりに停めたから、ガレージ側からはだれも入ってこられるわけがない。

どこか遠くから、男の叫び声が聞こえてくる。

フランチェスカの頭の中に、不安げな表情を浮かべるヨンニの顔の中の、生気のない部分が蘇る。テーブルに落ちる濁った汗の滴。補聴器を隠すために撫でつけられた豊かな髪の毛。煙草の先にマッチを近づけた瞬間、最初の爆風によって火が吹き消されたのだという。ヨンニは、その時の光景を彼女に語って聞かせたのだった。

最終的に吹き消された炎は自分自身だった、と彼は話した。あの一瞬、自分は存在をやめて、完璧な忘却というとてつもない沈黙の中にいたのだ、と。

ねじれた自動車の部品や瓦礫《がれき》とともに吹き飛ばされた、と話しながら毛深い前腕を爪で掻くヨンニの姿をおぼえている。彼は地面に叩きつけられてから息を吹き返した。すさまじい苦痛の中で意識は完璧に覚醒したのだ。

傷を負った警察官たちには、仕事を通じてしばしば出会う。自分が負傷したり、だれかを傷つけたりした人々、攻撃的な性格となりほんとうの自分を見失ってしまった人々。残骸の中から焼け焦げた子どもの遺体を掘り出したあとで、依存症を抱えるようになった男たちや女たち。

ガレージへの扉の向こうにエンジン音が近づいてきたかと思うと、不意に止まる。家の外にだれかが車を停めたのだ。

警察だろうか？　最初に到着したパトカーなのだろうか？

電話がかかってきてから約七分が過ぎている。

フランチェスカは足早に廊下を進む。階段とコート入れ、そして浴室と客間を通り過ぎ、玄関ホールへの扉を開ける。

すでにヨンニを逮捕したということなのかもしれない。それで電話を掛けたが、つながらなかったためパトカーを寄こしたのだ。

玄関の扉についている小さな窓に歩み寄ると、両手で光を遮りながら外を覗く。荷台にウィンチを備えた古いピックアップトラックが、後ろ向きで私道に停まっていた。

運転席のドアは開いていて、熱されたボンネットの上で空気が揺れている。そこから玄関の扉にいたる小道は、密生した茂みの背後に隠れている。運転手がこちらに向かっているかどうか、フランチェスカの位置からでは確認はできない。

一歩さがりながら錠に差さっている長い鍵に手を伸ばし、窓から目を離すことなくそれを回す。

スライドしたデッドボルトが、カチリと音をたてて位置におさまる。そして鍵を引き抜いた瞬間、扉全体が激しく振動する。

フランチェスカは息を呑みながら、落ちた鍵が玄関マットに並ぶ靴のあいだに転がるのを見る。後ずさりしながら玄関ホールを出ると、壁に身体を押しつける。

扉が再び振動すると同時に、別の大型トラックが家の前を通り過ぎていく。

きっとなんでもないことなのだ。ピックアップトラックだって、庭師のものに違いない。

フランチェスカは身をひるがえし、目を細めて暗い廊下の奥を見つめる。そして、階段を駆け上がって妹の部屋に飛び込み、携帯電話をコードから引き抜き、ベッドの下に隠れ、電源スイッチを押し、パスコードを入力し、電話帳を開き、犯罪捜査部に電話をかけ、それから助けがやってくるまで、どのくらい時間がかかるのだろう、と考える。

今頃、通話一回分程度の充電は済んでいるかもしれない、とフランチェスカは考える。その時、家の中のどこかからかちかちと金属同士が触れ合うような音が聞こえてくる。

フランチェスカはぴたりと静止し、息を止める。

キッチンにだれかいる。引き出しを開け、中に収まっている食器類を鳴らしているのだ。

フランチェスカは足音を忍ばせながら廊下を進み、コートを収めるクローゼットの中に入ると、戸を閉める。携帯電話のところまで軋む階段を上っていくなどあり得ないと悟っている。どうにかしてここから抜け出し、全力で逃げるだけだ。

三三

警察庁舎一階の会議室には、捜査活動の中枢が置かれている。そこで指揮を執る一団は、まもなく実行に移される作戦を立案しつつある。それと同時に、さまざまな意志決定手続きが進められていた。

壁には地図が何枚もピン留めされる一方、リスク評価のマニュアルが参照され、接近経路が検討されている。

鑑識班は、今なお包みから指紋やＤＮＡ、あるいは繊維といったものを採取できていない。

ヨーナは時刻を確認してから、蝶の羽根を収めたプラスティック製の小さな筒を照明にかざし、光の中で裏返す。羽根の裏面は、古い紙か煙草を思わせる色をしている。そして模様は、ヨーナには葉脈を連想させた。

「もしもし、だれか八階にいるか？」ペッテルが電話に向かって喚く。「そっちはどうなってるんだ？　まだわからんのか？　いったい彼女はどこにいるんだ？」

「やってるところです」と応えるランディの声がスピーカーから響く。

「そいつはけっこうだが必要なのは——」

「ペッテル、少し落ち着け」とマンヴィルが言葉を遮る。

部屋の反対側の片隅では、二人の鑑識技術者が白熱した議論を戦わせている。

「フランチェスカ・ベックマンは、国立劇場とつながりがあるのかしら？」グレタが手首を掻きながら問う。

「どうなんだ？」とペッテルが電話の相手に言う。

「ありませんね、われわれの知るかぎりでは」とランディが答える。

ヨーナは筒を戻し、再び写真を持ち上げる。長い年月のあいだに褪色し、俳優の顔は錫でできているように見える。それを反転させて裏面を仔細に見つめようとした瞬間、無線通信が入る。

「現場に二班到着しました」と指令センターの担当者が言う。「特殊部隊の指揮官をつなぎます」

「突入しますか？」と声が尋ねる。

「防弾ベストを使うように」とヨーナが言う。「一班は裏から、もう一班は正面玄関から」

ペッテルは身を投げるように腰を下ろし、手の甲で上唇の汗を拭う。

「応答なし」と特殊部隊の指揮官が無線を通して伝える。「侵入の形跡もなければ――」

「強行突入だ」とヨーナが告げる。

ペッテルは自分の携帯電話を掲げて、ほかのメンバーに向ける。その顔は青白く、額には玉の汗が浮かんでいた。

「ランディからの報告だ」とペッテルが叫ぶ。

「フランチェスカは職場にはいません。早退しています。しかし、行き先についてはだれにも話していなかったとのことです」とランディがスピーカー越しに話す。「ジムにも職場にもいないんです……」

「クソッ、もう耐えられん」とペッテルがうめきを漏らす。今にも泣き出しそうな様子だ。

その時、無線機から雑音が流れ、たった今敷地内に入ったという、特殊部隊指揮官の連絡が入る。

「屋内に侵入、部屋を確認している……ここにはだれもいない。犯罪の痕跡もない」荒く息をつきながら、彼がそう伝える。

「彼女は家にいない」全員に聞こえるように、ヨーナが声を張りあげて繰り返す。

ランディから、スウェーデン舞台芸術博物館、演劇評論家のレイフ・セルン、そして国立劇場のスタッフに写真を送ったところだという報告が入る。

「蝶は？」とグレタが尋ねる。

「環境犯罪課に、蝶の専門家でもある男がいまして」とランディが答える。「スウェーデン蝶学会に所属していて、『スウェーデンに生息する蝶のガイド』という著書があります」

錫箔を一ミリずつ観察するサーガの両手は震えている。

「ヘリコプターが空中で待機中」とグレタがほかの四人に伝える。

地方警察長官が、特殊部隊の出動を要請したのだ。謎が解け、殺害現場が特定できてからの時間を、可能なかぎり短縮するためにとられた措置だった。

「十一分経った」とヨーナが囁く。

「頭を使え頭を使え頭を使え」サーガは、熱に浮かされたような声でそう言う。「必要なものは揃ってる。被害者はわかってる。殺害場所を割り出せばいいだけ。できるはず」

一人の鑑識技術者が、涙をこらえるために歩み去る。彼はほかの者たちに背中を向けて地図を検討しているようなふりをしてから、目元を拭って仕事に戻る。

「ランディ、どうなってる?」とペッテルが訊く。

「時間がかかりすぎ!」とサーガが彼に向かって叫ぶ。

「一人ひとりに電話をかけているところで――」

「着信だ」とヨーナがそれを遮り、携帯電話を持ち上げてみせる。

「静かに！」とペッテルが叫ぶ。

「ヨーナ・リンナです」

「こちらはニッセ・ヒデーン」としわがれ声が言う。

「蝶の羽根を見ていただけましたか？」

「たった今メッセージを受け取ったところです」

「なにかわかることはありますか？」とヨーナが訊く。

「ええ、これはタテハチョウ科です。間違いない。スウェーデンでは野性では見つからないが……ちょっと待ってくださいよ……こいつはカバイロ……イチモンジ。いや、カール・フォン・リンネによって分類された、イフィクルスアメリカイチモンジだ。もともとは中南米を生息地とし、〝尼僧《シスター》の蝶〟として知られるいくつもの種の一つだ。羽根についている白い模様からの連想で、尼僧の意味の〝シスター〟です」

「なるほど、ではスウェーデンのどこに行けばこういう蝶を見られますか？」ヨーナは、再び時刻を確認しながら言う。

「ハーガ公園の蝶館ではまず無理でしょうね。でも、もしかしたら自然史博物館か蒐集家なら……こちらでちょっと調べてみましょうか？」

「とてつもなく急を要するんです」ヨーナはそう応えて、電話を切る。

「シスター？　尼僧？　スウェーデンにある女子修道院は？」とサーガが問いかける。

「〈聖フランシスコ女子修道院〉がフェーヴィクに、リンシェーピンにも修道院があるし、エンシェーピンには〈聖母マリアの娘たち〉がある」とマンヴィルが数え上げながら、自分のパソコンを捜査班の面々に向ける。

「つまり、手に入った手がかりは、国立劇場、修道院」とグレタが口を開く。「蝶々、ヴィクトル・ユーゴー、フランス、『ノートルダムのせむし男』『マリー・チュードル』……」

声は次第に低くなり、グレタは口をつぐむ。

「ノートルダムというのはマリアのこと……で、エンシェーピンには聖母マリアの娘たちという修道院がある」とサーガが言い、ペンでテーブルを叩く。「意味があるかどうかわからないけど、フランチェスカ・ベックマンと、エンシェーピンか修道院のつながりは？」

「今調べてる」とランディが言う。

ヨーナは数秒間目を閉じ、つながりを探そうとする。

「蝶の名はイフィクルスアメリカイチモンジだ」とマンヴィルが言う。「ギリシャ神話の半神半人ヘラクレスは、イピクレス、すなわちイフィクルスとおなじ母から生まれた……二人は双子であり、種違いの兄弟でもある。きわめて希有な現象で、過妊娠とも呼ばれる。これは――」

「ちょっと待ってくれ。演劇評論家からの電話が入っている」

ヨーナが応答し、スピーカーフォンに切り替える。

「あの写真は見たことがない」レイフ・セルンが、興奮を抑え込もうとしながらそう言う。「『マリー・チュードル』というのは、イングランド女王のメアリー一世の話です――言うまでもなく、〝ブラッディ・メアリー〟の別名のほうがよく知られている……」

「続けてください」

「フランス人のヴィクトル・ユーゴーは、イングランドの女王に愛人をあてがうのがすごく楽しかったんでしょうな。要するに、フィクションにはフィクションの真実というものがあるわけで。それはともかく、ここに登場する愛人、ファビアーノ・ファビアーニは、女王に愛されていたにも関わらず斬首刑に処せられました」とセルンは続け、咳払いをするために言葉を切る。「そしてこの国立劇場の前の写真は、言うまでもなく俳優のジーオリ・ダルクヴィストで、彼はオペラ歌手でも――」

「ご協力に感謝いたします」とヨーナは口を挟み、通話を切る。

「みんな聞いてくれ。写真に写っている俳優はジーオリ・ダルクヴィストだ。ハーガステンには、彼の名を冠した公園もある。フランチェスカ・ベックマンの妹が住んでいる場所だ」

「シスターの蝶」とサーガが言う。
「ペッテル、彼女の妹の家の近くに、ジーオリ・ダルクヴィスト公園がないか確認してくれ」
「今度こそお願い」とサーガが囁く。
「妹は聖ミカエル通りに住んでいる。公園の真裏だ」

三四

フランチェスカは、コートを掛けるクローゼットの中に積み上げられている靴と傘の上で、冬物コートに身を寄せるようにして立っている。足許には、折りたたみ式の椅子や空瓶の入った袋、アイロン台、そして脚立がある。磁器の小さなドアノブをしっかりとつかみ、戸が開かないように押さえている。

家の中は再び静まりかえっている。

物音を聞くためかすかに戸を開くと、フランチェスカの耳の中で鼓動が激しく響きはじめる。

侵入者は、キッチンを出て廊下で立ち止まったようだ。

もしそのまま二階に上がって家捜しを続けるのなら、リビングまで廊下を走り抜けて、裏口から出られるかもしれない。そして隣人のだれかと行き合うまで庭の境界線を突き進むのだ。

「神様、お助けください」とフランチェスカは静かに祈る。「わたしをお救いください、アーメン、アーメン。マラナタ！　来たりませ、主イエスよ」

オーキの爪音が廊下から聞こえてくる。そして、侵入者の重い足音がそれに続く。

フランチェスカは戸を閉め、それが開かないようドアノブにしがみつく。

オーキはコート入れの前で立ち止まる。

フランチェスカは息を止める。

重い足音が通り過ぎ、戸の隙間からちらりと見えた人影は、客間のほうへと進んでいく。

フランチェスカのバッグと上着がベッドの上に置いてある。

音をたてないようにしながら深々と息を吸い込む。

侵入者は寝室に入り、立ち止まる。

これで、フランチェスカが家の中にいることは知られてしまった。

侵入者はカーテンの背後を確認し、ベッドの下とクローゼットの中を見てから廊下に戻り、浴室の戸を開ける。

コート入れの中に身を隠した時、フランチェスカの左足はおかしな角度で頑丈なブーツに押しつけられることになった。そのため、今では完全に感覚が失われている。姿勢を変えなければ。だが身じろぎすると空瓶同士が触れ合い、音をたてる。

外の廊下は静寂に包まれていた。

ドアノブをつかむ手が震えている。

フランチェスカは、われ知らずヨンニのことを考えていた。精神科医として話しかけてみなければ。きっと、彼にも通じる話し方があるはずだ。恐慌状態に陥りながらも、フランチェスカは記憶を探る。ヨンニが患者だった時、どういう言葉をかければ気持ちを鎮めることができたのだったか。

侵入者は再び動きはじめ、コート入れの前を通り過ぎる。

その体重で、階段が軋む。そして、さらさらというビーズのカーテンの音が階上から聞こえてくる。

戸をもう少し開け、まだ足音が続いていることを確認する。

息を止め、外を覗く。

廊下は静かだ。

重大かつ差し迫った脅威。警察官はそう話していた。

ヨンニがまたしても自爆ベルトを身に着けた、と知らせたかったのだろうか？　彼がこちらに向かっているということを？

妹の部屋のビーズのカーテンが、静かになる。

フランチェスカがコート入れの外に出ると、アイロン台がコートに倒れかかる。

足首に力が入らず、アドレナリンが全身を駆け巡る。

ガラス戸まで走り、リビングに滑り込むと、足載せ台とまともに衝突する。中庭への扉に辿り着き、施錠されていることに気づく。先ほど、自分自身で鍵をキッチンまで持って行ったのだ。

二階でビーズのカーテンが再び音をたてる。

フランチェスカは膝をつき、キャットドアの周囲についているゴムパッキンに指を差し込み、引き開ける。

仰向けで横になると、全身が震えている。その姿勢でキャットドアを押さえたまま、脚を使って自分の身体を押し出そうとする。頭がひんやりとした外気に包まれる。

頭上の仄《ほの》明るい宵の空を、雲が高速で流れていく。

これでは、リビングに人がいてもわからない。フランチェスカは恐怖に呑み込まれた。子どもの頃にかくれんぼをしていた時とおなじだ。もう捕まってしまうと悟り、降参したいと感じながらも逃げ続けている、あの実際に捕まる直前の奇妙な瞬間と。

どうにか両肩は出るが、両腕が挟まる。

床で擦った背中がひりひりしていた。

オーキは足許で狂ったように吠えている。

全力で足を突っ張り、ようやく両腕が抜ける。

両手を扉に添えて押す。だがどういうわけか身体が動かない。

キャットドアが下りてきて、ジーンズのウエストバンドに引っかかっているのだ。フランチェスカは内側に手を伸ばして、ドアを押し上げる。そして、ようやく身をよじりはじめたところで、だれかが足をつかむ。

悲鳴をあげながら、自分が穴の中へと引き戻されつつあるのを感じる。フランチェスカは片手で突っ張りながら、両足で攻撃を加える。侵入者は足首を放し、どうにか彼女は穴から抜け出す。そのはずみに膝をキャットドアの角に打ち付け、痛みにうめき声を漏らす。

フランチェスカは舗石の上を這い進み、ようやくのことで立ち上がる。そして駆け出した瞬間、銃声が空気を切り裂くようにして響きわたった。ガラスと木の破片が、背後の地面に飛び散る。

フランチェスカは低い柵を飛び越えて隣家の庭に入り、数脚のラウンジチェアとパラソルの脇を駆け抜ける。そして反対側の生け垣を這い登って次の家の庭に入ると、籐家具がぎっしりと収められている暗いサンルームの傍らを通り過ぎる。

ラズベリーの茂みで引っ掻き傷を負いながら低い塀をよじ登り、その向こう側のやわらかい地面に着地し、よろめきながら芝生の上に足を踏み出す。

前方では一人の男が鶏串を焼いていて、子どもが二人トランポリンで飛び跳ねている。

フランチェスカは愕然とし、頭の中をさまざまな思考が駆け巡る。だが、男に助けを求めるわけにはいかない。もしヨンニが自爆ベルトを炸裂させたら、子どもたちも死ぬ。

男は困惑の表情で彼女を見つめ、片手でトングを握ったまま一歩後ずさりする。

「中に入って！　家の中に！」とフランチェスカはゼエゼエとあえぎながら言う。「子どもたちを連れていくの。ドアに鍵をかけて！　警察に電話して！」

フランチェスカはそのまま隣人たちの庭を横切っていく。細い道を渡り、茂みの中に突っ込み、いくつもの中庭と小さな温室二棟を抜けていく。だがその間、人影は一つもなかった。

遠くにある教会が目に飛び込み、ぴたりと足を止めたフランチェスカは空気を求めてあえぐ。背中は汗でぐっしょりと濡れ、再び移動をはじめた時には自分の両脚がゼリーのように感じられる。教会のファサードの木造部分からは、白いペンキが剝げかけている。予備の鍵が、中空になっているプラスティックの石の中に隠されていることを、フランチェスカは知っていた。階段脇に並んでいる、鉢植えの苺《いちご》に挟まれた位置にある。

三五

ウルリクスダールにある特殊部隊本部の上空で待機していたヘリコプターは、ヨーナが謎を解いてから二十秒も経たないうちに南方へと飛び去った。

ヨーナ自身はエレベーターへと走り、車に飛び乗ると、トンネル内で加速しながらフリドへムスプラン方面へと向かう。

成木に覆われた細い道路が網の目のように広がる上を、ヘリコプターが横切っていく。立ち並ぶ家々のあいだには隙間がなく、着陸の場所が見つからない。そこで、巻き上げ装置を用いて隊員二名を降下させる。その二人はヘーガステン通りの交通を止めることでヘリコプターが着陸できる広い交差点を確保し、部隊の残りの隊員たちを降機させる。

回転翼《ローター》が吹き付ける下向きの風によって地面の砂埃が舞い上がり、付近の庭に生えている木々の葉が引きちぎられる。

金属製の降下機がアスファルトの上で音をたてる中、八人の隊員たちが降り立つと、ロープはすぐに引き上げられ、ヘリコプターは離陸する。

全隊員が防弾ヘルメットを被り、セラミック製の防弾ベストを身に着け、アサルトライフルを構えている。

彼らが指定された住所に向かって走るあいだ、指揮官は高い危険性の見込まれる区画、隊員一人ひとりの接近経路、他部隊との連携項目についての情報を伝えていく。ヘーガステンから出る幹線道路はすべて通行止めになる。

ヨーナが高速道路でアスプーデンを越えるのと同時に、特殊部隊からの報告が入る。目標の家屋は無人だが、裏口の扉——公園に面している——が銃撃により粉々に砕かれているのだという。

＊　＊　＊

教会の外に立っているフランチェスカは、接近する自動車の音を聞く。恐怖がこみ上げ、震える手で鍵を錠に差し込むと、ようやくのことでそれを回す。

エンジン音はさらに近づいている。

フランチェスカはすばやく扉を開け、中に滑り込むやすぐに閉じる。礼拝堂を目指して急ぎ足でエントランスホールを通り抜けると、掲示板に留められている音楽教室や礼拝についてのパンフレットがはたはたとひるがえる。

フランチェスカの背後で内扉が閉まり、パキッという。まるでだれかが指の関節を鳴らしたような音だった。

教会の中は静まりかえっている。

信徒席の中央を貫き、覆いの掛けられた洗礼盤へといたる通路の木の床は、引っ掻き傷だらけだ。

教会は、細長い窓から差し込む宵の口のやわらかな光で満たされている。

逃げ出した時のフランチェスカは、どうにかして自分の心の片隅に恐怖を押し込んでいた。重い骨壺《こつつぼ》のようにして内側に抱えてきたのだ。そのせいで今、彼女は奇妙な疲労感と非現実感をおぼえていた。

もしかすると単に、最初に噴出したアドレナリンが体内から退きつつあるということなのかもしれない。

フランチェスカは足早に通路を進みながら、正面の壁を見上げる。イバラの冠をいただく磔刑像《たつけい》のわずかばかり上には無数の葉の影が落ちていて、それが震えている。

フランチェスカの家系は、十九世紀以降バプテスト教会の信者だった。それで、妹の家に泊まる時には、この教会で祈ることがよくあったのだ。

その時はじめて、教会に逃げ込むというのは愚かな考えだったかもしれないと気づく。もしヨンニがストーカーとしてつけまわしていたのだとしたら、時々フランチェスカがここに来ることも把握しているはずだ。

洗礼盤を通り過ぎ、そのまま聖具保管庫に入る。デスクの上にあるメモ帳と詩《し》篇《へん》集のあいだには、明るい灰色の電話機が載っている。

ヘリコプターの轟音が教会の頭上を飛び去る。

受話器を持ち上げて耳に押し当てると、心臓が早鐘を打ちはじめる。無音だ。フックスイッチを数回押してから、電話機の線が抜けていないことをたしかめる。

フランチェスカには、もはやどうすべきかわからない。

座り心地の悪い信徒席の一つに腰かけて、祈るべきだろうか。そして脅威が去ったと感じられるまで待ってから外に出て、だれか警察に通報してくれる人を探すのだ。

だが踵を返して礼拝堂に戻ろうとした瞬間、外の砂利の上で停まる車の音が聞こえてくる。

フランチェスカは扉をじっと見つめ、鍵を差したままであることに気づく。

一列目の信徒席の前を、彼女はゆっくりと横に移動していく。

列の半ばあたりにいる彼女のほうへと、埃が吹き寄せられてくる。

フランチェスカはすばやく床に伏せる。それと同時に扉が開き、再び閉まる。

足音に続いて、奇妙に長く引き延ばされた嘆声が教会内に響く。

フランチェスカは伏せたまま身体を擦るようにして後退し、洗礼盤を見上げる。洗礼盤の蓋の中に隠れるべきだったのかもしれない、と彼女は考える。聖水にお守りいただくべきだったのだ、と。

外では、パトカーのサイレンがけたたましさを増している。

なにかがガタガタと音をたて、奇妙な嘆声が止む。

パトカーが三台通り過ぎ、サイレンの音が小さくなっていく。

教会は再び静寂に包まれる。

フランチェスカはそろそろと立ち上がる。

通路の中央には長い金属ケーブルが引かれていて、信徒席のあいだでなにかが軋む。

フランチェスカは振り返るが、音の発生源を突き止められない。

首が奇妙に凝っているようだ。

「ヨンニ、あなたなの？」と彼女は尋ね、ごくりと唾を呑み込む。

応えはない。フランチェスカは、壁に沿って祭壇のほうへとゆっくり進みながら、ヨンニの潜んでいそうな場所を懸命に見つけ出そうとする。

「お願いだから、馬鹿なことはやめて」彼女はそう言いながら、自分の声がどれほど不安定に響いているのかを意識する。

ヨンニは、信徒席のあいだを這い進んでいるに違いない。そう気づいたフランチェスカの心臓が、激しく鼓動を打ちはじめる。胸に痛みが走るほどの速度だった。

「ヨンニ、聞いてちょうだい。わたし……わたし、あなたのことを忘れたことは一度もないの。治療を続けたかった。わたしたちはわかり合えていたから……」

右手方向の信徒席のあいだで、なにか金属のものがガタガタと音をたてる。フランチェスカはおだやかな呼吸を保とうと努めながら後退し、通路に出る。

「わたしには……どうしてあなたがわたしを追いかけまわしてくるのかわからない、というか……」

フランチェスカはゆっくりと壁面の磔刑像に向きなおる。もしかすると聖具保管庫に駆け込んで扉に鍵をかけ、窓をよじ登れば逃げ出せるかもしれない。

「でもヨンニ、聞いてちょうだい……どんなことが起きても、わたしたちはやりなおせる。一緒に治せばいいのよ」

背後の信徒席のあいだでヨンニが立ち上がる音を耳にして、フランチェスカは身震いする。木の床を、彼の足音がゆっくりと近づいてくる。

「わたしはこれから出ていくけど、あなたはなにもしない」と彼女は身じろぎ一つせずに言う。「でも、あなたはわたしのカウンセリング室に戻ってくるべきよ。あなたを助けたいの。わたしはただ――」

すさまじい炸裂音がして耳が鳴り、フランチェスカは背中に激しい衝撃を感じる。まるでヨンニに岩を投げつけられたようだ。

ボウルに入っていたあたたかいミルクが、膝の上にこぼれたような感覚があった。腹部から噴き出た血液が、太腿へと流れ落ちている。

フランチェスカの両脚から力が抜ける。

あまりに不意の転倒で、受け身の取りようがない。顔面で床を打ち、唇が裂け、前歯が折れる。

数秒間、意識まで失っていたのかもしれない。

耳鳴りは、壁のようにせり上がりつつある轟音に呑み込まれていく。

信徒席の下の埃の中に、白い薬莢が一つ、転がり込んでいく。

フランチェスカの心臓は早鐘を打ち、呼吸はとてつもなく浅い。

下半身の感覚は完全に失われていた。それでも、足になにかされていることがわかる。そしてレイプをされるのだという恐怖が突如として湧き起こる。

フランチェスカは祈ろうとするが、ふさわしい言葉が出てこない。思い出せるのは祈りを締めくくる言葉ばかりだった。幾度も幾度も繰り返される一節だ。

「マラナタ」と彼女はあえぐ。「来たりませ、主イエスよ、来たりませ」

フランチェスカは身動きせず横たわっている。助けがやって来ないかぎり、自分は死ぬという事実を明確に理解している。どこか近いところで鳴っている、かすかなサイレンが聞こえる。

その時、フランチェスカは後方へと動きはじめる。足を引っぱられ、通路を移動しているのだ。血が床板を赤く染め、彼女はなにかしがみつけるものを必死に探す。だがそれはかなわない。フランチェスカは仰向けにひっくり返り、高い天井を見つめる。傾斜した板が、中央の線で一体化しているところを。まるで船殻のようだ、と彼女は考える。まるで教会は船で、その竜骨は天国に向けられているようだ、と。

三六

ヨーナはパトカーの背後に車を停め、家に向かって走る。回転灯の青い光が、茂みや林、そして壁を嘗めていく。

ガレージには、赤いフォード車が駐まっていた。

二人の制服警官が、道路を横切る規制線を張りつつあり、青と白のバリケードテープが風にはためく。

正面玄関の脇には特殊部隊の隊員が一人、アサルトライフルを胸元に引き寄せた姿勢で立ち、警戒にあたっている。錠は粉々に破壊され、窓の一枚は彼らが建物内に強行突入した際に割られている。

「指揮官はどこに？」ヨーナはそう尋ねながら、身分証を掲げる。

「裏庭にいるかと」

ヨーナは家の中に入り、玄関ホールから廊下へと進む。コート入れの戸が半開きになっていることを目に留めながら、その前を通り過ぎる。

壁には、ジョーン・バエズとボブ・ディランが演奏している額入りの写真があり、斜めに傾いていた。

前方のキッチンの床には、使用された閃光手榴弾の残骸が転がっている。

一人の隊員が、脱いだヘルメットを傍らに置いたまま階段に腰かけていた。彼は、気だるげに一方向を指差す。

ヨーナはガラスの扉を抜けてリビングに足を踏み入れる。家の裏手にある中庭への扉が、内側からの銃撃によって粉々に破壊されていた。

「場所は正しく、犯人もここにいた。しかし血痕がまったく見あたらない」ヨーナは無線を通してそう報告しながら、舗石の上へと足を踏み出す。そこは、キラキラと輝くガラスの破片で覆われていた。

特殊部隊の現場指揮官が近づいてきて、挨拶をする。そして、彼らが到着した時には、家の中は無人だったと報告する。

「きみたちのヘリが上空にいるだろう?」とヨーナが尋ねる。

「ええ、しかし――」

「付近を捜索させてくれ。ウィンチを備えたピックアップトラックを見つけるんだ」

「しかし命令が――」

「それを待っている時間はない」無線通信が入り、指揮官の言葉を遮りながら、ヨーナはそう言う。

「隣人の一人が112番通報をしました」地区指令センターの当直警官が、ヨーナにそう告げる。「フランチェスカは、その人の家の庭を駆け抜けていきました。聖ミカエル通り八三番です。屋内に入り、警察に通報するように、と彼女が言ったそうです」

「隣人は犯人を目撃したか？」ヨーナはそう尋ねながら、自分自身も庭のほうへと移動しはじめる。

「いいえ。また、フランチェスカの行き先も知りませんでした」

ヨーナは低い生け垣を跳び越え、暗いサンルームのガラスに反射している自分の姿を目にする。

それから石壁を乗り越え、家庭菜園に裸足の足跡を見つける。畑の土は、芝生の上に、畑の土が蹴り飛ばされていた。バーベキューグリルの中の炭はまだ赤く、熱を持っている。

細い道に出たところでヨーナは立ち止まり、左右に視線を走らせる。そのまま前方の庭に入り、物干しから引き剝がされたように見える洗濯物に目を留める。それから生け垣を突っ切り、走り続ける。

　地区指令センターからの通信が入り、教会の中で大きな爆発音がしたと話す女性からの112番通報について、ヨーナに伝える。

　ヨーナは次の庭を横切ってから向きを変え、その家の壁に沿って走る。そしてガレージを抜けて聖ミカエル通りに出ると、左に折れて走り続ける。

　ヘリコプターの轟音は、メーラへーデンのほうへと遠ざかっていく。

　ヨーナは最初の角を右に折れ、拳銃をつかみながら、小さな木造の教会に辿り着く。建物の中に入ったところで、外の砂利が掃き浄められていることに気づく。

　床には血液の筋が残っていて、礼拝堂からエントランスホールへと続いている。ヨーナは前進する。その先にある最も奥の列の床には、黒々とした血だまりがあって光を反射している。硝煙の匂いが感じられたが、あまりに薄れている。到着が数分遅かったことをヨーナは悟り、最後列の信徒席にくずおれるようにして腰を下ろすと、両手で顔を覆う。

＊　＊　＊

　四十台のパトカーと一機のヘリコプターが付近一帯を捜索し、警察官たちは戸別に聞き込みを続け、交通監視カメラを確認し、通行止めをおこなったが、ピックアップトラックは発見されなかった。住宅街はどこまでも広がっていて、逃走経路となり得る監視の目の行き届かない細い道路が何百と走っていたのだ。

＊　＊　＊

ヴェーリングビーの薄汚れた黄色い高層ビル群の上に、白い空が広がっていた。孤独なカラスが、街灯の上でわびしげに啼く。

ヨーナは、ガラス張りのバルコニーがある灰色の高層ビルの脇の歩道に立っている。

明るい青色のファティマの聖母像が、地上階に並ぶ窓の一つの中にちらりと見えた。カーテンの隙間から覗いていたのだ。それが、ヴァレリアの温室の床に落ちていた写真を、ヨーナに思い出させた。水に浸かっている三人の少女たちは、自分たちの青い彫像を手にしていた。だがあれは聖母マリアではなく、水の女神の一種だった。

ヨーナは、歩道の高さに並ぶ小さな格子窓へと視線を戻すと携帯電話を取り出し、ヴァレリアに発信する。

「ヨーナ？」応答したヴァレリアがそう言う。ほとんど囁きのような小声だ。

「すまない……俺が馬鹿だった。不意を突かれて驚いたんだ。現行犯で捕まったような気分だった」

「わかってる。でも……」

ヴァレリアは深々と息を吸うが、先を続けない。

「許してくれるかい?」とヨーナは訊く。

「もちろん。でもね、わたしはまだ気分が良くないの」

「わかるよ。俺は間抜けだった」

地下室の小窓に掛かっているカーテンの背後で、明かりがかすかに動く。

「あなた自身の言葉で話してくれる?」とヴァレリアが尋ねる。

「俺たちが取調室で使う言葉みたいだな」ヨーナは空気をやわらげるつもりで、そう言う。

高層ビル群の背後では少女が一人、スケートボードで滑っている。完璧なキックフリップを決めようとしているがそのたびに失敗し、ボードが音をたてて地面に転がる。

「ドラッグの問題は抱えていないよ、きみの心配がそういうことなら」とヨーナは言う。

「それはけっこう」

ベビーカーを押している二人の女性が歩道を通りかかり、ヨーナは芝生に戻る。

「どう言ったらいいんだい?」と彼は尋ねる。

「真実だとうれしいわね。あなたの心が決まったら」

「俺が嘘をついてると言いたいのかい？」

「最初、人はドラッグを使う、それからドラッグがドラッグを必要としはじめる……で、最終的にはドラッグに人が取り込まれる」

「俺は依存してはいないんだよ、ヴァレリア」

「してるようにしか聞こえない、ほんとうに」

黒いサッカーウェアを身に着け、片方の肩にバッグを引っかけた青年が階段室から現れ、角を曲がって姿を消す。

「自分で制御しながら摂取している」とヨーナは説明する。「薬を飲むのとおなじようにね」

「ねえ、わたしはあなたに怒るつもりはないの」とヴァレリアがとげのある口調で言う。「だって、わたし自身が依存症で苦しんでいた時には、それだけはしてもらいたくなかったから。でもあなたが嘘をつくのなら——」

「きみにはわからないこともある」とヨーナがその言葉を遮る。

「少なくとも、わたしだけはわかってる」

「きみはどん底にいた。まったく状況が違う。刑務所に入ることになったんだから……」

「もう切るね、ヨーナ。ドラッグに戻ったらいい。もしかしたら、あなたがやり尽くすまで、待っててあげられるかもしれないから」

ヨーナは携帯電話をポケットに戻すと、横転したショッピングカートの脇を通り過ぎ、建物に歩み寄る。インターフォンのボタンを押し、スピーカーが雑音をたてると前かがみになる。

「ヨーナだ」と静かに伝える。

錠がカチリと鳴り、ヨーナは階段室に足を踏み入れる。エレベーターの扉はグラフィティで覆われ、ガラス窓は擦り傷だらけだ。

螺旋階段で地階に下りると、開いた扉にゴミ袋が挟んである。中に入ったヨーナは片足でゴミ袋を外に押し出し、背後で重い扉が閉まるにまかせる。そして、ライラの暗い空間の内部へと下りていく。

床には分厚い工業用ビニールシートが敷かれていて、タトゥーの入っている男が一人、ソファベッドの上で目を閉じたまま横たわっている。

そばにある小さなサイドテーブルには背の高い石油ランプが載っていて、男の筋肉質の腕や力の抜けた両手をゆらゆらと照らしている。

ヨーナはゆっくりと部屋を横切る。

ライラはパントリーにいる。換気扇フードの下で、秤《はかり》と小さなセロファンの包みを手にしていた。年齢は七十代で、青いジーンズと黒いポロシャツを身に着けている。グレーの短髪はジェルで逆立ち、頬の皺はナイフで切りつけられた痕のように見えた。そして血管の浮き上がった両手は肝斑《かんぱん》だらけだ。

「あいつを出ていかせてくれ」とヨーナが言う。

「あいつはしたいようにするさ」ライラは顔も上げずにそう応える。

男の頭はコーデュロイ地のクッションに載っていて、顎が胸に押しつけられている。

「ひとりになりたいんだ」とヨーナが食い下がる。

ライラはパイプの内側をヘラでこそぎ、油分の多い灰を、プラスティック容器の中に器用に叩き落とす。あとで再利用するためのものだ。

「なら床に座るか、出直すかだね」

三七

石油ランプがやわらかな輝きの断片を部屋中に投げかけている。コンクリート壁とビニールの床の上で、無数の小さな菱形《ひしがた》の光が揺れていた。阿片と下水、そして嘔吐《おうと》物の匂いで空気はむっとしている。ライラは容器に蓋をし、冷蔵庫に入れる。

ヨーナはつかつかとソファベッドの男に歩み寄ると、そのおだやかな顔を見下ろしながらやさしくつつく。

「出ていくんだ」

「ん？」男が口ごもる。

「出ていくんだ、今すぐに」ヨーナはそう言いながら、今度は力を込めて男を押す。

「失せやがれ」

男は疲れ切ったようにまばたきをしてから、目を閉じる。ヨーナは片手で男の上腕をつかみ、もう片方の手を首筋に当てると、そのまま相手を引きずり起こす。

「おい、なにすんだよ」

男の足から力が抜けかけるが、ヨーナはそれを支えて直立状態を保つ。

「私は警察官だ。今すぐ立ち去れば、警告に留めておこう」

ヨーナは男を引きずって部屋を横切る。足許のおぼつかない男は立ち止まり、腹を押さえて床に唾を吐く。

「ちょっとだけ待ってくれ」と彼がうめく。

ヨーナはそれを無視し、動きを止めない。扉まで来るとそれを開いて、男を外に押し出す。ゴミ袋につまずいた男は、くずおれるようにして階段に座り込む。

「なんだってんだよ」

ヨーナはフックに掛かっている上着をつかみ、それを男に向かって放り投げると扉を勢いよく閉め、ソファベッドに戻る。

ライラは読書用眼鏡を外して振り返り、そのおだやかな目でヨーナをじっくりと観察する。「それじゃ、今度からそういうやりかたをするってことかい」と彼女が尋ねる。

「すまない。考えなきゃいけないんだ。考えごとが山ほどある」

「へえ、阿片の煙がその助けになると、本気で思ってるのかい？」

ヨーナは床のタオルをつかみ、防水シートの嘔吐物を拭い取る。それから湿ったコーデュロイ地のクッションを裏返しにして横になる。

ライラはベッドの脇にあったバケツをトイレに空けてから、元の位置に戻す。「あんたには大切な仕事があるじゃないか」と彼女が言う。

「もうわからなくなった。うまくいかないんだ。なにもわかっていない気がする……」

「慰めてくれる人間はいないのかい？」

ヨーナが答えられないでいると、ライラは足を引きずるようにして冷蔵庫まで行き、小さな包みを取り出す。そして椅子をベッドの脇まで押してくると、そこに腰を下ろす。ゆらめく石油ランプの光の中で、ライラは生阿片を包んでいたラップを剝がし、小さな欠片を摘《つ》まみ取る。

「あんたはまだ下降の途上にいる」そう言いながら、べたつく阿片の玉を親指と人差し指で丸める。

「砂時計のようなものだと考えてるんだ」

「いいね……ただし、砂がなくなった時に自分でひっくり返すことができるのならね」

ライラは煤けた針の先にその玉を押しつけ、それをランプの上の熱にかざす。そして融《と》けはじめた瞬間、パイプの先の穴に薄い膜のように広げる。マウスピースを取り付けてから、身をかがめてそれをヨーナに手渡す。

「爪を塗ったんだね」と彼女が言う。

ヨーナが熱にかざすと阿片にひびが走りはじめ、彼があたたかい煙を吸い込むとぶくぶくと音をたてる。

すぐに快感が押し寄せてなにもかもを呑み込み、ヨーナの目には涙が浮かぶ。

全身から心地よく力が抜けるのを感じ、ライラの厳しい顔が変化を見せ、突如としてはるかに美しくなる。その瞬間、ヴァレリアとの衝突はうまく解決することを、ヨーナは確信している。

やわらかい光の中で、細い煙の筋がコンクリートの天井へと上っていく。

ヨーナはパイプの先を再びランプにかざし、肺を満たしてほほえみを浮かべる。

ライラはその姿をじっと見つめている。

ヨーナは、レストランで見たヴァレリアの瞳について考えている自分に気づく。それから残りの甘い煙を吸い込み、目を閉じてクッションにもたれかかる。

あの日、息子の一人に贈られた銀のネックレスがワンピースの襟の外に出ていて、ヴァレリアは細い指でそれを内側に、乳房のあいだに戻していた。ヨーナは、力の抜けた自分の手からライラがパイプを取り上げるのを感じる。彼女はそれをサイドテーブルに置くと、新たに阿片の玉を丸めはじめる。

はじめのうちは、なぜヤコフ・ファウステルのことが思い浮かんだのか、ヨーナにはわからなかった。だが、三人のシリアル・キラーの名前を繰り返すサーガの、熱に浮かされたような目つきを思い出す。

逮捕される前、ドイツのマスコミはヤコフに〈ベルリンの銀細工師〉と名づけていた。確認された中で最初の犠牲者は、郊外の線路の上で発見された。彼の両目は、融かした銀で焼き抜かれていた。

ヨーナには起きあがる力がないが、警察庁舎に戻り、銀細工師と今回の犯人が使っている錫のフィギュアとのあいだになにかつながりがないか、調べなければならないと理解してはいる。

ライラは、次の玉をランプで熱しはじめる。

「待ってくれ」とヨーナが囁く。

ライラは玉を穴の上になめらかに引き延ばし、注意深く針を抜き取ると、パイプを差し出す。ヨーナはそれを受け取り、熱にかざしながらマウスピースを唇のあいだに差し込み、煙を吸い込む。

恍惚《こうこつ》感が全身に広がる中、ヨーナは身体を起こして、暗い部屋の中を見つめる。散り散りになったランプの光は、何百もの黄金の蝶が飛んでいるみたいだな、と目を細めながら考える。

立ち去らなければならない理由をすでに思い出せなくなっているが、ヨーナはパイプをライラに返すと、ふらつく足で立ち上がる。

床の防水シートが、足許で水面のようにちらちらと光っている。そしてヨーナは、羽ばたく蝶の群れをかき分けるようにして、顔の前で手を振りながら扉に向かうが、片側によろめいてアイロン台を倒す。

ヨーナは身をかがめ、忘れもの箱の中からスカーフを取り出す。間もなく寒気に襲われ、震えが来ることを知っているからだ。

ライラはドアを開け、無言のままヨーナを階段へと送り出す。

ヨーナは手摺りにつかまり、一瞬のあいだ目を閉じて立ち止まってから階段を上り、涼しい宵のうちの空気の中に出る。

ヨーナは、金の刺繍が施されたピンク色のスカーフをまだ片手で握り締めているが、それを背後に引きずりながら歩いていることには気づいていない。

歩くうちに、地面がメリーゴーラウンドよろしく回転しはじめる。高層ビル群を見高層ビル群を見つめようにも、その前にすべてが飛び去ってしまう。

阿片の作用は、今なおヨーナの中で拡大しつつある。

スーパーと宝石店に隣接する歩行者専用の広場に到着する頃には、ヨーナは圧倒的な疲労感に呑み込まれかけている。

錫のフィギュアとベルリンの銀細工師にまつわるぼんやりとした思考だけが、ヨーナを前へと駆り立てている。

地下鉄入口の上空で、カモメたちが甲高い啼き声をあげる。

ヨーナは立ち止まり、ゴミ箱にもたれかかって自分の身体を支える。壁際で少しだけ横になれば大丈夫だ、と考える。

再びゆっくりと歩きはじめ、マクドナルドの店先にあるベンチに辿り着くと、態勢を立て直すために腰を下ろす。そして、肩を下にして横になると、スカーフにくるまって目を閉じる。

夢の中で、ヨーナとヴァレリアは夏至祭を祝っている。彼女の家の庭にいる二人は、テーブルの上に上質な陶器と野性の花、そして小さくて繊細なシュナップス用のグラスを並べている。

笑い声がヨーナを外界へと引き戻すが、目を開ける気力はない。だれかにスカーフを抜き取られるのを感じ、「セクシーな色合いだぜ」などと話しているのが聞こえてくる。

「見ろよ、こいつ爪塗ってるぞ」

「こういう変態ジジイに身体を触られたガキがいるって話、聞いたことあるな。ヴェーリングビーの学校でさ」

「おい、起きてるか？　チンポしゃぶりたいか？」

男の一人が靴底を頬に押し当てるのを、ヨーナは感じる。

「あっち行けよ！　ババア、聞いてるか？　失せろっての！」

太腿に焼けるような痛みを感じて目を開くと、若い男が銀色のバットを振りかざしている。だがヨーナには起きあがる力が残っていない。

別の男が一歩踏み出し、ヨーナの顔にビールをかける。

どうにか身体を起こしたヨーナは、バットを持った男が近づいてくるのを目にする。腕で防御せねばと考えるが、そうする間もなくバットが頬に当たり、ベンチの前の地面に倒れ込む。

男たちが蹴ったり殴ったりしているのを感じる。やがて、警察に通報したと告げる女性の怒鳴り声が聞こえる。

男たちは笑い声をあげながら逃げ去る。

女性はヨーナに手を貸して立ち上がらせる。二十歳そこそこで、黒くて太い眉毛と額の赤いビンディが彼の目に映る。

「救急車を呼ぶ?」と彼女が尋ねる。

「いいや、大丈夫だ。でも、ありがとう」とヨーナは応え、顔面の血とビールを拭う。

「ほんとに?」

「ああ」

「あの馬鹿ども、大嫌い」と女性は呟きながら、教会のほうを見やる。

三八

フランチェスカを救うことに失敗したと悟ったサーガは、犯罪捜査部のトイレに閉じこもり、両手で頭を抱え、目を閉じたまましばらく過ごした。

今度こそは事態を逆転させられる、と本気で考えていたのだ。

最終的には、心の奥底に麻痺したような感覚を抱え、茫然《ぼうぜん》と途方に暮れたまま家路についた。とてもではないが、食事をしたりじっと腰を据えたりしていることなどできそうにない。そう気づいたサーガは、再び家を出た。足は、かつて通っていたボクシングジムに向いた。もはやそこの会員ではなかったにも関わらず。

＊　＊　＊

〈ナルヴァ・ボクシング・クラブ〉の受付は無人だった。自動販売機の冷たい光が、壁面に並ぶ成功した会員たちの額入り写真や、さまざまな大会のポスターを照らしている。

トレーニングスペースには、息苦しいまでの汗や塗布薬、そして洗浄剤の匂いが漂っている。そこに重い音が連続して響きわたる。一人の男がすばやく身体を動かしながら、サンドバッグに向かってフックを繰り出し続けているのだ。若い男二人が、交互にベンチプレスをしている。そしてリングの傍らでは、赤いフード付きスウェットを身に着けた女性が、腕立て伏せをしていた。

サーガはロープを取り上げると速いペースで縄跳びをはじめ、以前は身についていた柔軟さと身軽さを取り戻そうとしながら、足さばきの練習をする。

両足は地面に触れるか触れないかだ、と元コーチには教えられたものだった。足さばきこそが、相手の意表を突く動きをし、試合で勝利を収めるためのカギなのだ。

昨夜は眠れぬままベッドに横たわり、〈ケーニヒスベルクの七つの橋〉のことをいつのまにか考えている自分に気づいた。解答は見つからなかった。

思考をまとめ、意識を集中させなければ。

特別捜査本部はあらゆる次元で迅速に対応している。だが謎かけもまた、一層難易度を上げていた。

犯人はサーガの身のまわりの人間を殺していくことで、彼女にさらなる圧力をかけている。捜査活動そのものに個人的な意味を持たせ、心理的関与の度合いを深めさせているのだ。

だがサーガの家族を傷つけようにも、一人も残されていない。

その日の午後、サーガはスウェーデン・ダウン症協会に連絡を入れ、しばらくのあいだアストリッドとニックの支援員を休みたいと申し出た。これまでのところ犠牲者たちは全員、サーガと衝突したことのある人々に限られているようではあった。だが子どもに関わることで、危険を冒すことなどできなかった。

九発目の弾丸はヨーナのために残される。そしてサーガだけが彼を救える。

ヨーナは友だちだ。それはわかっているが、いまだになぜ彼があの時、自分とユレックを二人きりにしたのか、サーガには理解できていなかった。

背後で、だれかがパンチングボールを打ちはじめる。

頭を剃りあげ、意志の強そうな顔つきをした女性が、アッパーカットの練習をしていた。

サーガは、ひび割れたガラス面にスポーツテープが貼られている時計を見上げ、自分が六十五分間縄跳びし続けていたことを知る。動きを止めると、サーガの呼吸はたちまち通常のリズムに戻る。自分のジムバッグの傍らにロープを投げ、試みにステップを踏んでみる。脚は重く、ふくらはぎがこわばっている。そこで、両手で自分の太腿を締めつける。

汗が顔面を伝い下り、めくれ上がっているビニールマットに滴った。ぐしょ濡れのTシャツが背中に張り付いている。

ボクシングの試合に出るのは、数年前にやめていた。だがサーガは、今この瞬間に再開することを決める。ボクシングは集中力を高めるし、不要な思考を追い出して頭の中を空にしてくれる。

サーガはバッグの中から携帯電話を取り出し、ランディの作成した概略報告書に目を通す。数秒ためらったのち、彼の私用電話のほうにかける。

「元気?」と彼女は訊く。

「うん、たぶん。きみの声が聞けてうれしいよ」

「さっきは怒鳴ったりしてごめんなさい」

「気にしなくていい。すさまじいプレッシャーのかかってる状況だったから……」

「ただ、救えたはずのあの人を救えなかったのが、耐えられなくて」とサーガは囁く。

「わかるよ」

リング上の白いビニールのキャンバスが、天井のまぶしい明かりを照り返している。サーガの元コーチは、さまざまな人々のボクシングシューズが残した黒い擦り痕を指差しながら、リングのどの領域がほとんど使われていないかを示したものだった。

「今なにしてるの?」サーガは、沈黙を破りたい一心でそう尋ねる。

「家にいるよ、洗濯物がたまりまくってるから……リンダがもうすぐ帰ってくるんだ」

「もう少し話してて大丈夫?」

「わかるだろ? リンダにとっては簡単なことじゃないんだよ」

「すごく魅力的な人ね」

「そうなんだ。でも本人はそう思えなくなってる。きみと会ってからはね」

「やめて。わかってるでしょ、わたしがどう考え――」

「でも現実はそうなんだ」とランディがその言葉を遮る。「僕に捨てられる。僕は二人の将来も計画もなにもかも放り出して、きみのもとに戻ってしまう。きみがひと言そうしろって言えば。リンダはそう思ってるんだ」

「あなたはそうしようと思ってるの?」不意に、真剣な声でサーガが尋ねる。

頭を剃りあげた女性が自分の肩を少しのあいだ揉み、それから再びサンドバッグへの打撃に戻る。

「どうしてきみが関係を終わらせたのか、僕には理解できなかった。僕は助けの手を差しのべたかったのに、どうしてそうさせてくれなかったんだい？　きみに頼ってもらいたかったんだ。そうしたら二人ともうまくいってたはずだよ……きみはもうおしまいだと言ったけど、僕は待った。知ってた？　何年か待ってたんだよ」

「そんなことすべきじゃなかった」

サーガは、リックがコーチの一人であるサーシャ・スメドバーリとともにリングに上がっていることを見て取る。そして、ヘッドギアを装着した二人が、スパーリングをはじめる姿を眺める。

コーチはペースを上げてリックをコーナーに追いつめ、強烈なボディーブローを叩き込む。

リングの外にだれかが立てかけたままにしていたモップが倒れて、床を打つ。

リックは頭を下げて逃れながら左ジャブを繰り出し、すばやいフックを二発命中させる。

「リンダとはうまくいってるんだ。子どもを作る計画も出てる」そう話すランディの声は、悲しげに響く。

「よかった……わたしもうれしい」

「でも、今この瞬間にでも廊下に飛び出ていくよ。上着と靴をつかんで、ぜったいに振り返らない。きみがもう一度やりなおしたいと言ってくれさえしたら」

「本気じゃないんでしょ、わかってるよ」

「そうかもな」

リックは頭部に右ストレートを浴び、よろめきながら後ずさる。同時にローリングによってコーチとの距離を取り、肋骨にもう一発受けながらも左フックを繰り出す。

「わたしは、だれもしあわせにできないの。今後もそれは変わらない」サーガは、心臓が底なしの穴に落ちていくような感覚をおぼえる。「ランディ、わたしはなにかが壊れてるの、なにか――」

ランディの背後で呼び鈴が鳴る。

「彼女？」

「ああ」

「行って、開けてあげて」とサーガは言い、通話を切る。

そしてぐっと涙をこらえ、携帯電話をバッグに入れてからボトルの水をゴクゴクと飲み、赤いボクシング・グローブを手に取る。それを手にはめると、歯を使いながら手首のところでマジックテープを締め上げる。

足音がすばやくリング上を移動する。リックは肘を下げてガードしながら、アッパーカットを打つ。そしてコンビネーションを繰り出し、どうにかコーチの顔面に一発叩き込むことに成功する。

　サーシャ・スメドバーリは左手を上げて、ヘッドギアを外すとわずかによろめく。そして荒く息をつきながらロープにもたれかかる。

「すみません」とリックがくすくす笑う。

　二十三歳のリック・サントスはこのクラブに所属していて、継続的に大会に出場している選手の一人だ。すでに、次のオリンピック代表に選ばれるのではという話が出ている。

　リックがクラブに入った当初のことを、サーガはおぼえていた。ひょろりとした内気な少年で、裸足にカットオフジーンズという姿だった。

　サーガは、銀のテープが巻き付けられている最も重いサンドバッグに歩み寄る。そして、左フックを高速で打ち出す練習をはじめる。どこから繰り出されたのかわからないと感じさせなければならない。コーチにはそう教え込まれたものだった。

　しばらくすると、サーガは別のコンビネーションに切り換える。頭には、ステファン・ブローマンの残した留守番電話のことがある。今晩、ソルナのアパートに来いという内容だった。遅ればせながら誕生パーティーを開くのだという。ステファンからはパーティーに誘われたことがなかった。実際、どこにも誘われたことはなかった。

ステファンの電話が具体的にはなにを意味しているのか、サーガは理解している。そして、こんなことで動揺してはいけないと自分に言い聞かせようとする。友だちがサーガとセックスしているところを撮影するのだという思いつきを、過去一カ月のあいだ、ステファンは繰り返し口にしていたのだった。

そのたびにサーガは笑い飛ばし、そんなことはぜったいにしないと応えた。だが、ステファンの声を聞いただけで、かまわず友だちを呼び寄せ、今宵決行することに決めたと彼らには伝えたことがわかった。

サーガはフックの破壊力に意識を戻す。腰をひねるたびに、髪の毛が顔面に打ち付けられる。サンドバッグは一打ごとにシュッと吸い込むような音をたて、鎖が鳴った。サーガは時の流れを忘れて、強く、より強く、と打ち続けた。天井の吊り金が軋み、小さなコンクリート片が床に落ちた。

リックが笑顔でこちらを見つめていることに気づき、サーガは手を止めて一息つく。彼はすでにシャワーを浴び、着替えを済ませていた。頭を剃りあげた女性の姿は消え、若い男は忙しそうにダンベルやケトルベルを整頓している。

「サーガ・バウエル」リックは近づいてきながらそう言う。

「リック、でしょ？」

「俺の名前、知ってるんだね」と彼は言い、にやりとする。

「あなた、調子良いみたいね」

「まあね、でもサーシャは練習が足りていないってさ……」

「いつでもそう言うから」

「サーシャが、女性用シャワーは壊れてるってあんたに伝えてくれって」

「時すでに遅しね」サーガは汗まみれのTシャツを引っぱってみせる。

「そうだね」

「ま、しかたがない」サーガはそう言い、床のバッグを持ち上げる。

「うちのシャワーを使ってくれてもいいんだよ」と彼が言う。

「ありがとう。でも家に帰ることにする」とサーガは言い、そう口にしながらも、今はひとりになりたくないことに気づく。「それか……と言うか、迷惑じゃなければ」

「ぜんぜんさ。まったく問題なし」

「わかった。ならそうする」

サーガは更衣室に向かう。男性用更衣室から、笑い声とシャワーの湯がタイルの床を打つ音が聞こえてくる。女性用更衣室では、シャワー室の入り口にテープが張られていた。

サーガはスウェットの上に上着を着て、残りをバッグに押し込む。受付に出ていくと、リックが携帯電話をポケットに入れる。サーガは、彼のあとに続いて宵の涼しい空気の中に出る。そして、二人でオーデン広場のほうへと歩きはじめる。

「あんたの試合を見たよ」とリックが話す。「相手の名前は思い出せないけど、ハンガリー出身で……」

「どんな展開だった？」

「ほんの十秒かそこらで相手をノックアウトしてた」リックはそう言い、にやりとする。

「よかった」

「ぶっ飛んだコンビネーションだった。俺、ずっとあれを真似しようとしてるんだ」

三九

電車の中で、二人はほとんど話さない。携帯電話に視線を落としたり、おなじ車両に乗っている乗客の疲れた顔や外を過ぎていくビルをぼんやりと眺めたりする。

バルカルビー駅に着いた二人は、エスカレーターで切符売り場まで上がる。そのガラス張りの空間と正面エントランスの扉は、高架橋に面している。

サーガは、ランディとともに線路と高速道路の上を渡り、芝生を横切り、集合住宅の立ち並ぶ一画に入る。アパートの外壁は粗い黄色の漆喰が塗られていて、小さな窓と波形の鉄板でできたバルコニーが備わっていた。

三棟目の建物に入り、階段で二階に上る。リックは解錠して扉を開けると、玄関マットから郵便物を取り上げ、サーガを招き入れる。

「いいかんじね」サーガはリビングを移動しながらそう言う。

「ちょっと大きすぎだけどね、ほんと言うと。一緒に住んでた彼女が、去年へーゲネスに引っ越していったんだ。捨てられたってわけ」と彼は話す。

リックは、寝室のクローゼットから清潔なタオルを取り出して、サーガに渡す。彼女はそれを受け取り、バッグを抱えたまま浴室に入ると施錠する。

トイレの便座と蓋は上がったままで、洗面台の縁には髭が何本かへばりついている。そして、コップに差さっている歯ブラシは一本だけだ。

サーガは無意識のうちに隠しカメラを探すために浴室全体を見わたしてから、キャビネットを開く。化粧品もなければタンポンもない。ピンク色の剃刀も女ものの香水もなかった。自分の用心深さにはややうんざりしている。だが、彼女と寝るためだけに独り者のふりをする男は珍しくなかった。

サーガは、身体から剝がすようにして濡れた服を脱ぎ、床に置いてあるバッグの傍らに落としてから、鏡に映る自分の姿を観察する。筋肉は運動によって充血して張ったままだ。胸にはきついスポーツブラの残した痕があった。

磨りガラス加工が施されたプラスティックの戸を開き、蛇口をひねる。そして湯に変わるのを待ってから、シャワーの下に入った。〈プロスポーツ〉と記されたボディーソープを掌に取り全身に広げながら、両足のあいだの床を流れていく泡を眺める。ほとばしる熱い湯の下に立ち、首と背中の筋肉が緩みはじめるまでしばらくそのままでいたあと、蛇口を閉めて身体を拭く。

サーガは、湿り気の残る身体の上に清潔な服を着る。そして髪の毛を何度か絞るが、それでもキッチンに足を踏み入れた時にはまだ水が滴っていた。

「シャワー、使わせてくれてありがとう。おかげで助かった」と彼女は言う。

「なにかいる？　紅茶、ジュース？　あんまり選択肢はないけど」

「いいえ、わたしは大丈夫。ありがとう」

「トーストサンドイッチもできるよ……お腹空いてるなら」

サーガは首を振り、リックの大きな茶色の瞳を見る。それから踵を返すと廊下に向かい、「帰らなきゃ」と口ごもる。

「初日から気になってたんだ……でもあんた、ジムに来るのやめたから」とリックが言う。「その、あんたに近づいて話しかける勇気なんて、なかったんだ」

サーガはほほえむが、かける言葉が見つからない。ボクシングでの成功が、リックに勇気を与えたということだ。そしてサーガもまた、彼と寝るのはかまわないと心に決める。

「上着、濡れてるよ」

「いつもこう。せっかちだからきちんと髪を乾かせないの」と彼女は言う。

「Tシャツ貸すよ」

リックのあとについて寝室に入ると、きちんと整えられた広いベッドがあり、フットボードのあたりには折りたたまれた青い毛布が置かれていた。サイドテーブルの上の小さなランプは本体が陶器製で、白い紙製のランプシェードが付いている。

リックは引き出しを開け、正面にナイキのロゴがプリントされたTシャツを取り出すと、それをサーガに渡す。

「ありがとう」

サーガはアンダーシャツを脱ぎ、半透明のブラジャー姿でリックの前に立つ。

「すごくきれいだ」と彼は口走り、ごくりと唾を呑む。

そして手を伸ばすと、サーガの顔にへばりついている濡れた髪の毛をずらしてから、真剣なまなざしで彼女の目を見つめる。

「もう傷痕があるのね」とサーガは言い、リックの頬骨に走る白い線に触れる。

サーガの指は、リックの腫れた鼻の上で踊る。そしてリックは身体を寄せるようにして彼女にキスをする。彼の唇はあたたかくやわらかかった。サーガはほほえみ、キスを返すと、導かれるがままベッドに移動し、喉にキスをされ、薄い生地越しに乳首を吸われるにまかせる。そして、リックが震える指で彼女のジーンズのボタンを外し、それを下着とともに引き下ろすあいだ、身じろぎせず横たわったままでいる。

リックは大急ぎで服を脱ぎ捨て、それを開けっぱなしの引き出しにかける。彼の身体は筋肉質だが、少年っぽさもあった。片方の肩に、イバラで締め上げられた赤い心臓のタトゥーがある。肋骨の上には黒ずんだ痣があり、左の上腕には黄色く変色しつつある別の痣があった。

リックはズボンを脱ぐが、ボクサーパンツは穿いたままで、腕時計も外さなかった。そして、やわらかいベッドの上でサーガにのしかかる。彼がキスをし、ブラジャーの中に手を入れるあいだ、サーガはじっとしている。リックはやさしく乳房を握り締め、顎の先にキスをしてから身体を引き、心配そうな目でサーガを見つめる。

「続けて大丈夫?」と彼が訊く。

「あなたが大丈夫なら」

リックは下のほうへと移動しはじめ、サーガの腹と恥丘と脚のつけ根にキスをしてから、ゆっくりと彼女の脚を押し開いていく。リックはガツガツしたタイプなのだろうと、サーガは想像していた。とにかく、できるかぎり高速で済ませてしまおうとするような男を。ところが、リックはそのまま頭を下げていき、サーガは彼の熱い息吹を太腿の内側に感じた。

「むりしなくていいのよ」舐めはじめたリックに、サーガは囁きかける。

サーガは目を閉じて感覚を無視しようと努めるが、自分が濡れはじめていることがわかる。リックの舌は上に移動するとクリトリスをなぞり、やさしく吸う。

サーガは手を伸ばしてリックの頭に触れると、その短髪に指を食い込ませる。これ以上は一秒たりとも、快感に耐えられそうになかった。

リックの熱い舌が彼女の中に入る。

サーガはうめき声をあげ、あたたかい泥を思い浮かべる。手触りが良く、しっとりとしていて絹のようになめらか。指を押し込むと、地面に吸われるような感覚がある。そうやって小さな穴を開けると、内側に滲み出てくる水が見えるのだ。

サーガは一瞬、太腿と尻に力を入れる。それから緩め、もう一度力を入れる。

リックの舌は彼女のリズムに合わせ、ぐるりとなぞっては元の位置に戻る。

サーガはもう少し続けてほしいと願い、彼の頭を両手で押さえる。

爪先がぴりぴりと疼き、太腿が震えはじめる。サーガの呼吸は速まり再び力が入るが、絶頂に達する直前にリックを押しのける。

サーガは身体を起こし、自分の下着とジーンズが床に転がっているのを見る。そして、脚のあいだで熱いものが脈動しているのを感じる。

「どうしたの?」リックがおそるおそる尋ねる。

「なんでもない」とサーガは頬を紅潮させながら答える。「ただわたし……」

リックは心配げな顔をしている。そしてサーガは、もう行かねば、と考える。ステファンとその友人たちが自分を待っているのだ、と。だがサーガは心を変え、ほほえみを浮かべようとする。

「コンドームは持ってる?」と彼女は囁く。

リックはうなずき、サイドテーブルの引き出しを開ける。震える両手で小さくつやかな包みを取り出す。サーガは再び横になり、リックとその大きくて黒い目を見上げる。片手を伸ばし、「来て」と囁く。

「ほんとうに?」

「ええ」

サーガの上にのしかかると、彼のずっしりと重い身体が熱を放っている。彼女は脚を開き、リックが入って来るにまかせる。

「すごい《マドレ・デ・ディオス》」とリックが囁く。

彼が中に入るや、サーガはリックを締めつける。身体を引く彼にしがみつき、耳元でうめきながら彼を放す。

中を突くリックの身体に両腕を回し、背中を撫でながら、リズムを速めていく彼に調子を合わせていく。

ベッドが軋み、細かな埃が空中に渦巻く。

サイドテーブルのランプに映る二人の姿は、ある種のエロティックなスケッチを思わせた。

リックの呼吸が浅くなり、背中が汗まみれになる。達すると同時に低いうめきを漏らし、空気を求めてあえぎながら、サーガの上でぐったりとする。

サーガはリックの心臓の鼓動を感じ、彼の筋肉が緩んでいくのを感じる。

リックは右手でコンドームの先をつまんで引き抜くと、完全に脱力して仰向けになる。それからサーガににじり寄ると、彼女の頭にキスをする。

二人はしばらくそのまま横たわり、それからぽつりぽつりとおしゃべりをはじめる。リックの声は上機嫌で、くつろいでいる。

「あんたの仕事すら知らなかった」とリックが言う。

「おなじく」

「俺は大工……ABCビルディングって会社で働いてる。小さい建築会社なんだ」

「独創的な名前」とサーガはほほえむ。

「だよね」

ブラインドを通して夕方の太陽が差し込み、壁に無数の明るい線を描いている。

「わたしは、いろんなことをちょこちょこ」と彼女は言う。

「教えてくれなくていいよ」

「かなり長い期間、病気で休んでたの。燃え尽きた、ってかんじ」サーガはそう言い、身体を起こす。

「あのさ、もし仕事を探してるんだったら、叔父に話すよ。レストランを何軒か経営してて、いつでも人手を探してるんだ」

「ありがとう」と彼女は言い、服を着はじめる。

「俺も何回も手伝ったことがあるんだ——皿洗い、玉ねぎのみじん切り。良い仕事でもないし給料もひどいもんだけど……なんにもないよりましだろ。しかも叔父は、税務署に申告せずに支払うこともできるんだ、必要ならね」

「今は仕事があるの。どうなるかもう少し様子を見るつもり」と彼女は言い、アンダーウェアを身に着ける。

「うん、いちおう知らせておこうと思って」

「ありがとう」

「どういたしまして」

リックのTシャツを畳み、引き出しに戻しながら、サーガはふと自分がひとりほほえんでいることに気づく。それからベッドに歩み寄り、リックの唇にキスをすると別れを告げる。

夕方の空気の中に出て、バルカルビー駅に向かって歩きはじめると、リックの叫び声が背後から聞こえてくる。「サーガ！」振り返ると、リックが真っ裸のままバルコニーで手を振っていた。

サーガは、彼に向かって投げキスを送ってから歩き続ける。彼女の心は浮き立っていた。ひどく久しぶりの感覚だった。自分はまだ、しあわせになる心の準備ができていないのかもしれない。リックやランディのような人たちにはふさわしくない人間なのかもしれない。でも、自分自身を罰したり傷つけたりするのはやめなければ。

サーガは携帯電話を取り出すとステファン・ブローマンの番号をブロックし、ブローマンが買春している、と警察に匿名《とくめい》の通報を入れる。

四〇

夜の十一時二十分、リルシルカ基礎学校の外にある駐車場は無人だ。時折風が起こり、自転車置き場のそばの茂みを揺らす。

アリは、体育館の外の非常階段に腰かけていた。金属の構造体は、彼が身動きするたびに、異なる種類の音をたてる。どれも、やわらかく震えるような響きだった。

空のビニール袋が赤いレンガ造りのファサードに吹き寄せられ、アリの自転車は日の前のアスファルトで横倒しになっていた。前輪の泥よけには、牧草地のちぎれた草がへばりついている。

鐘つき係にでも捕まったのかよ、と尋ねるべく携帯電話を取り出した瞬間、マルティンの自転車の音が聞こえてきた。傷んだチェーンケースに、一定のリズムでペダルが当たっているのだ。

アリは非常階段から立ち上がると自転車を起こし、ハンドルに乗せている鋤のバランスを調整する。その時、マルティンが駐車場に進入し、街灯の下を通り過ぎる。彼は、満面に笑みを浮かべながら自転車を漕いでいた。

アリとマルティンは、間もなく九年間の義務教育を終える。秋になったら、一緒にエンシェーピンの高校に進学する予定だ。

二人は交差点を通り過ぎ、住宅街を走り抜けて左折すると、シルク通りに出る。マルティンのリュックサックからは金属探知機が突き出ていて、まるで二個目の頭のように見える。

アリとマルティンは、しばしば夜の宝探しに出かける。十一歳の頃から続けてきたことだ。きっかけは、一八五八年に教会から盗まれた銀器が、その後回収されていないと知ったことだった。当時の二人が考えたのは、鐘つき係が盗んでどこかに隠し、盗まれたことにした、そして自分で掘り起こす前に死んでしまった、という仮説だった。

二人は、教会周辺を探すことからはじめた。耕作地の海に浮かぶ島のような、鬱蒼とした木立の足元を掘っていった。

今年、彼らは少し墓地に近づいた。塀の外側、かつて自殺者や犯罪者が葬られた一帯に手を付けはじめた。

まじめに話し合ったことはなかった。だが冗談の中では、二人はすでにして塀を越え、墓地そのものの内側にまで歩を進めていた。

教会の地下墓所は、かつてスウェーデン王グスタフ一世の所有していたエーカ家の領地に属していた。それで彼らは、莫大《ばくだい》な数の金塊がそこで見つかるという妄想を楽しんでいた。

「金持ちになったら、おれはリル・ナズ・Xのスニーカーを買うぜ」アリはそう言い、さらに力を込めてペダルを踏む。

「おれはカーディ・Bとデートするぜ！」とマルティンは叫ぶ。

笑い声をあげながら、二人は自転車を並走させる。最後の住宅群を過ぎると、あたりの風景は暗さを増す。少年たちは黙り込み、静寂を破るのは二人の荒い息づかいと、マルティンの自転車がたてるリズミカルな音だけになった。

接近しつつある大型車両のヘッドライトを目にして、二人はしばらく停まる。それは、巨大なトレーラーだった。二人の周囲の茂みを、乾いた白い光が浮かび上がらせる。トレーラーは地面を震わせながら通り過ぎ、ライトの明かりもまた彼方へと消えていく。その背後では砂埃が舞い上がり、二人の髪の毛は顔面に叩きつけられた。

右手の木立の隙間から、教会の屋根にとまっている落ち着かない様子のカラスの群れが見えた。その姿は、地面から引き剝がされ、空に舞い上がったタールの塊を思わせた。

アリとマルティンはペダルを漕ぎ続け、道路を横切ると狭い駐車場に乗り入れる。墓地へと続く二重の金属ゲートは開いていた。

二人は自転車を停め、それを手で押しながら、壁際の草むらに残された轍《わだち》の上を進む。聞こえてくるのは、カラスたちの甲高く不機嫌な啼き声ばかりだった。

幹線道路から見られないところまで来ると、二人は背の高い草むらの中に自転車を倒した。アリの自転車のベルが地面に当たり、軽くチンと鳴る。

二人は苔むした塀に沿って進み、地面がくぼみはじめるあたりに着くと、金属探知機のスイッチを入れて、あたり一帯の捜索を開始する。

カラスの群れは暗い塔の周辺を飛びまわり、再び教会の屋根の上へと戻っていく。

金属探知機の音が不意に消える。

スイッチを切ったマルティンは、身をかがめて墓地の奥を指差す。鐘楼《しょうろう》の前の砂利地に、ピックアップトラックが停まっていた。エンジンはかかったままだ。

「管理人だろ」とマルティンが囁く。

「見られたかな？」

「わかんない、大丈夫だと思う」

耳をつんざくような甲高い金属音がして、その次に低いブーンという音が聞こえてくる。なにか木製のものが不気味に軋り、それから再びブーンという音が少しのあいだ聞こえたあと、墓地は静寂に包まれる。

少年二人は暗闇の中で顔を見合わせた。その場に留まるべきか、自転車に逃げ戻るべきか、決めあぐねている。

ドスンドスンという大きな音が数回したかと思うと、突如としてガタガタと鳴る。それから車のドアが叩き閉められ、ピックアップトラックは砂利を踏みしめながら走り去った。

二人はしばらくのあいだじっと静止する。それから、塀の上に顔を出して様子をうかがう。

墓地は静まりかえっている。

教会の建物の端では、ドラゴンを象った風見が微風に吹かれ、かすかに軋む。

マルティンはアリに向かってにやりとし、金属探知機のスイッチを再び入れようとする。その瞬間、二人は、喉の奥から漏れたような低いうめき声を聞く。

「くそっ、あれなんなんだよ？」アリが囁く。

「怪我をした鹿かなんかみたいだな」

「え？」

「見てみよう」

二人は、鋤と金属探知機をその場に残して塀を乗り越えると、きれいに刈り揃えられた芝生に降り立つ。そしてゆっくりと足音を忍ばせながら、墓石のあいだを進んでいく。背の高いオークの木まで辿り着くと、二人は立ち止まって耳を澄ます。

鐘楼の内側でなにかが壁を叩いているように聞こえる。扉をむりやり開けようとしているような音だった。

二人が移動をはじめると同時に、教会の屋上では、少年たちの姿を見つけたと言わんばかりに三体のドラゴンがいっせいに向きを変える。

ものを叩いたりうめいたりしているような音は、鐘楼の内側から聞こえてくる。扉は閉まっているが、ドア枠の上部に、だれかが深い切れ目を入れたようだ。

「なにすんだよ？」マルティンが囁く。アリがドアに歩み寄り、ノックをしたのだ。梢にとまっているカラスたちが甲高く啼きはじめる。

アリは震える手をドアハンドルに伸ばし、回してみる。扉が開いた途端に、薬品の臭いが鼻をつく。

「だれかいますか?」とアリが弱々しい声で言う。

「なあ、行こうぜ」とマルティンが囁く。

アリは携帯電話の懐中電灯を起動し、内部を照らす。木製の階段は濡れていて、最下段には赤い筋の入った粘液のようなものが見える。

「うげ、見ろよ」

ドスンドスンという大きな音がして、アリは視線を上げる。頭上数メートルのところに、シーツと灰色のビニールとテープでできた、巨大な繭のようなものがある。それが前へ後ろへと揺れていた。そして、生地に開いた穴からは濁った液体が滴っている。一滴が手に当たると、アリは痛みに悲鳴をあげる。皮膚が焼けるようだった。それをズボンになすりつけながら後ずさりし、マルティンに衝突する。

＊　＊　＊

ヨーナは車でグレイダシュ通りをゆっくりと進みながら、赤いレンガ造りの建物を一棟、また一棟と過ぎていく。褪色した青色の日除けが並ぶ科学捜査研究所の建物に到着すると、角を曲がり、外の駐車場に車を停める。

特別捜査班全体が、息が詰まりそうな雰囲気に呑み込まれていた。その朝、捜査官たちは悄然《しょうぜん》として席につき、最初のフィギュアの到着から発生したすべての出来事について再検討を加えていった。

対応に誤りはあったのだろうか？

これからどのように捜査を進めるべきなのか？

いまだになにも――いっさいなにも――つかんでいないことを認めざるを得なかった。犯人である捕食者《プレデター》には、一歩たりとも近づいていないのだ。

マンヴィルはひと言「最悪だ」と漏らして立ち上がり、いつもの隅に立った。

グレタの顔は灰色になり、口元の皺が深まっていた。ペッテルは爪を噛み、サーガは瞳に暗く危険な色を浮かべていた。

だれもが無力感の淵《ふち》にはまり込んでいるようだった。

ヨーナは、腰を下ろしたまま両手で顔を覆った。ライラのソファベッドをあとにした時、自分の頭の中にあったものを必死に思い出そうとしていたのだ。犯人につながる、ある種の洞察に辿り着いたことはわかっていた。だがそれが重要なものだったのか、あるいはそもそも思考としてかたちになったものだったのかすら、わからなくなっていた。

携帯電話を隅から隅まで漁り、自分がなにかメッセージなりメモなりを残していないかと探した——ポケットの中身や、財布の中にあった領収書と紙幣をすべて取り出すことまでした。だが、走り書きはどこにもなかった。

ヨーナは車から降り、ドアに施錠すると、三台分の駐車スペースを占拠している白いポルシェ・タイカンの脇を歩き過ぎる。充電ケーブルが芝生の上を伸び、茂みの下でくねる延長コードに差し込まれていた。そしてそのコードは、開いた窓の中へと続いている。

正面エントランスの前にはコンクリートの傾斜路がある。そしてその隣に白いプラスティック製の屋外用家具が置かれていて、そこにノーレンとシャーヤ・アブエラがいた。二人は椅子に腰かけ、ホーローのマグカップからコーヒーを飲んでいる。〝針《ノーレン》〟ことニルス・オレンは法医学研究所の教授で、シャーヤは助手だ。

「新しい車かい？」ヨーナはそう尋ねるが、どうしても笑みを浮かべられない。

「化石燃料の時代は終わりさ。というか、そう聞いている」とノーレンが言う。

「ネイル、いいわね」とシャーヤが言う。

「ありがとう」

「アイシャドウも素敵」

シャーヤはそう言いながら、ヨーナの目の上の青痣を指差す。

「そうなんだ……近接戦闘の訓練を……」

ヨーナは、嘘を話しはじめるが、途中で口をつぐむ。黒いバイクにまたがったサーガが、駐車場に入ってきたのだ。ほぼ二〇〇〇CCの排気量がある二気筒エンジンが、レンガ造りの壁にマシンガンのような音を反響させる。

サーガはノーレンの車を回り込み、テーブルのそばまでやって来るとエンジンを切り、脱いだヘルメットをハンドルに掛ける。

「こちらはアブエラ博士」とヨーナがシャーヤのほうを身ぶりで示しながら言う。

「サーガ・バウエルです。犯罪捜査部でヨーナと働いています」と彼女は応え、片手を差し出す。

「シャーヤと呼んで」そう言いながら、彼女は立ち上がる。

シャーヤとノーレンはコップの中身を花壇に空け、階段を上って正面の青い扉に向かう。

「これって、ほんとうにきつい」サーガが口ごもる。

「ヴェルネルかもしれないという覚悟はしておいたほうがいい」とヨーナが言う。

「わかってる」とサーガはため息をつく。

「入ろうか」

「遺体は五人。つまり弾丸は四発残ってる」サーガは、ヨーナを見つめながらそう言う。「ヨーナ、もしかしたら身辺警護を受け入れたほうがいいのかも」

「それはしないよ」ヨーナは、ほほえみを浮かべてそう応える。

「でも、犯人の言うことは、今のところぜんぶ現実になってる」

「ということは、奴を止められるのがなぜきみだけなのか、そのことについて考えなきゃいけないのかもしれないな」

「たしかに……」とサーガがゆっくりと言う。「どうしてわたしなのか？　そういうふうには考えたことがなかった」

「午後にみんなで話そう」

中に入った四人は受付を過ぎ、鑑定室から聞こえてくる古典ロックのほうへと廊下を進む。ヨーナはサーガのために扉を押さえ、明るく照らされた空間に彼女のあとから足を踏み入れる。

シャーヤがカセットプレーヤーの電源を引き抜き、音楽が唐突に途切れる。

「ありがとう」とヨーナが言う。

「〝そしてわれらは首《こうべ》を高く上げてこの地上を歩く〟」ノーレンが、バンド〈ヨーロッパ〉の曲をひとり口ずさみ続ける。

「頼むよ」とヨーナが言う。

「すまん」ノーレンはサーガのほうを向きながら、そう言う。

「フリッペがミックステープを送ってくれたの」シャーヤがそう説明しながら、ビニールの前掛けを身に着ける。

ステンレス製の作業台には、数千の骨が並べられていた。その中には、小さな欠片から、ヘラジカの完全な頭蓋骨まであった。

「サンダシャーレットの湖から、水を抜いて採取したものだ。ちょうど骨の分析を進めているところだったんだ……エンシェーピンからの届け物を受け取った時にね」

「彼は二号室にいる」シャーヤは、もう一つの扉を指し示しながらそう言う。

「じゃあ、ヴェルネルなのね？」そう尋ねるサーガの顔から、色が失われていく。

「そうだ」とノーレンが答える。

「ご愁傷様」シャーヤは、ヒジャブの下の耳にマスクを掛けながらそう言う。

「ありがとう」とサーガは囁く。

「いつもはこんなことしないんだが、今回ばかりは……」ノーレンはそう言いながら、ヴェポラッブの青い容器を差し出す。「臭いについては、すでに記録を取ってある。これまでの事案同様、水酸化ナトリウムと遺体が化学反応を起こして発生したものだ」

「わかった」とヨーナは言い、鼻の下に軟膏を少しだけ塗りつけ、サーガに手渡す。

「大丈夫」

二人はノーレンとシャーヤに続いて扉をくぐり、隣室に入る。メンソールの強烈な香りが鼻孔を突き、目に涙を滲ませる。それでもなお、すさまじい薬品臭が感じ取れた。

排水孔と二つのシンクを備えた大型解剖台の上では、低い位置に吊されたライトが点されていた。ホースの口からは水が滴っている。収集容器の濾過《ろか》ザルがビニールシートの上に置かれ、床の排水孔のそばの壁にはスクレイパーが立てかけられていた。

「あらかじめひと言だけ伝えておきたい」ノーレンは、台に接近しようとする二人を引き留めて、そう話す。「両腕と頭部は胴体から外れている。視覚的に身元を確認するのは不可能だ。分解反応は、遺体がここに到着してわれわれが腐食性物質を洗い流すまで続いたんだ」

「了解した」とヨーナが言う。

「発見された時にはまだ息があった。だが、ひどい状態にあったから、おそらく意識はなかっただろう……」

「というか、そうであることを願っているわ」とシャーヤがひとり呟く。

四一

ヨーナはブレーキを踏み、そっとハンドルを回す。そして、サルトシェーバーデンにあるヴェルネルの広壮な住宅の外の縁石に沿って車を停める。エンジンを切るが、すぐには降りられない。メンソールの残り香の中に、化学薬品と溶けた組織のすさまじい臭気がまだ感じられた。

目を閉じ、心を鎮めようとする。

身元確認の手続きに過誤はない。DNAは完璧に一致した。

ヴェルネルとは、この仕事に就いて以来のつきあいだった。最後に会ったのは、警察庁舎に姿を現し、手品に詳しい人間はいないかと彼が尋ねにきた時のことだった。ヴェルネルは、妻のマーヤを空中に浮かせてみせると、孫たちに約束していたのだ。ほんとうのところは、おそらくサーガの顔を一目見たかったのだろう。

ヨーナは、ヴェルネルの深い声を思い浮かべた。それから、考えごとをする時に鼻を擦る癖のことや、長い手足を持てあますような彼の歩き方や身ぶりのことを思い出す。

ボンネットの上で、青い蝶が羽ばたく。暗い色の車体に映るその姿は、ほとんど真っ黒に見えた。

ヨーナは車を降り、芝生の端にある壁に沿って歩き、ガレージに続く私道を越え、玄関へと向かう。

マーヤと最後に会ったのは、五年前の警察主催の舞踏会でのことだった。その夜、彼女は新緑色のドレスを着ていて、公安警察はスウェーデンの田舎で擬装に使える仕立て服のコレクションを作ったのだ、という冗談を話していた。

ヨーナは呼び鈴を鳴らし、その音を耳にしながら、これ以上に困難な任務はない、と考える。こうした知らせは無慈悲だ。ハッピーエンドへの希望をすべて打ち砕き、救済という概念を跡形もなく拭い去る。

背の高い三十代の女性が扉を開く。ヴェルネルの長女、ヴェロニカだろうとヨーナは理解する。

「こんにちは、ヨーナ・リンナと申します。マーヤさんはいらっしゃいますか？」そう尋ね、ごくりと唾を呑み込む。

「なんのご用件ですか？」と彼女は言い、すばやくまばたきをする。

「犯罪捜査部の者です」

「父のことですか？」そう尋ねる彼女の頬を、涙が数滴伝い落ちる。

「どうしてもマーヤさんとお話ししたいんです」

「それが……ごめんなさい」と彼女は言いながら、顔を拭う。「母はあまり調子が良くないもので……」

ヨーナは、廊下の奥から近づいてくる二人の足音を耳にする。その先には、キッチンとガラス張りのベランダがあった。

マーヤと末娘のミカエラが玄関口に姿を現す。ヨーナの顔を見たマーヤは、血の気を失う。ぴたりと静止し、手探りでなにかにつかまろうとして、木製の靴べらを床に落とす。

「ママ」とミカエラが怯えた声をあげる。

そして母を支えてキッチンに向かおうとするが、マーヤは首を振り、ヨーナを見上げる。

「ヨーナ、お願い……それだけはやめて」とマーヤは懇願する。

「マーヤ、私もこれだけはしたくありませんでした」

「いや、いや、いや」マーヤは囁き、両手で口元を覆う。

ミカエラは顔を紅潮させ、「大丈夫だから、きっと大丈夫だから」と囁きながら、母親を連れ去る。

ヴェロニカは二人の後ろ姿を見送る。それから靴べらを掛けなおし、ヨーナに向きなおる。

「母には、もう一度きちんと聞かせる必要があると思います」そう言うと、一歩脇にずれる。

ヴェロニカはヨーナをキッチンへと案内し、「サンルームに行く前に、なにか飲みますか？」と尋ねる。

マーヤは食卓に覆い被さるようにして前かがみになりながら、両手でペーパータオルを握り締めていた。

ミカエラはその背後に立ち、母の身体に両腕を回している。

家々の屋根の向こうで、太陽の光を受けた入り江が輝いている。窓台には、解きかけのクロスワードパズルと、ケースの上にきちんと載せられたヴェルネルの読書用眼鏡があった。

そしてテーブルの上座にある彼の席には、未使用のコーヒーカップがある。

ヴェロニカは母親の向かい側に座り、その前腕を撫でて気持ちを落ち着かせようとしている。

「マーヤ、ほんとうに残念です」とヨーナが言う。

マーヤはゆっくりと顔を上げ、だれなのか忘れたとでも言いたげな顔でヨーナを見つめる。涙がカーディガンの上に落ち、一瞬のあいだ光ってから生地に吸い込まれる。

「なぜなの？　わたしには理解できないのよ」と彼女はどこまでも平板な声で言う。

「捜査が続いています……」

ミカエラがすすり泣き、母の肩に顔を埋める。そしてそのまま、静かに身体を震わせながら泣き続ける。

「でも、父は死んでいないとおっしゃったじゃないですか。まだ父を救えるかもしれないって」とヴェロニカが言う。

「われわれはしくじりました」

「しくじった？」とヴェロニカが繰り返す。「ではこの件について内部調査がおこなわれるのですか？」

「やめて」ミカエラは姉に向かってそう囁き、椅子に腰を下ろす。

「父はどうやって死んだんですか？　わたしたちにも、それを知る権利はあるでしょう？」

「お父さんは撃たれました。複数回です」とヨーナが言う。

マーヤが身体を震わせはじめる。

「撃たれた」と彼女は口ごもり、ペーパータオルで頬を拭う。「それが死因なの？」

「父は苦しんだの？」とヴェロニカが尋ねる。

「やめて！」と妹が叫ぶ。「そんなこと知りたくない！」

だれかの携帯電話が鳴りはじめるが、応答はおろか音に反応する気力のある者もいなかった。四人はただ静かに座ったまま、音が止むのを待つ。

「それで、そんなことをした人間のことは……捕まったら教えてくれるんでしょうね？」ヴェロニカが少しの間をおいて、そう言う。

「繰り返しになりますが、捜査が進行中です」とヨーナが言う。

「外まで送るわ」とマーヤが言い、両手をテーブルについてむりやりに身体を起こす。

その場に残った娘二人は、顔を青ざめさせたままうつむいている。ヨーナは悔やみの言葉を繰り返し、マーヤとともにサンルームをあとにする。

暗い廊下に出ると、二人はしばらく無言のまま立ち尽くす。コート掛けにはヴェルネルのトレンチコートがあり、床には彼の巨大な靴がきれいに並べられている。

「ヴェロニカのこと、ごめんなさいね」とマーヤは言い、涙をぐっとこらえる。「ヴェルネルはあなたを尊敬していました。おそらくはほかのだれよりも……」

「私も、ヴェルネルに対しておなじ気持ちを持っていました」

「ただわたしは、これから何年も一緒にいられると思ってたものだから。わかるでしょう？」そう話す彼女の唇は震えている。「わたしたち、二人の暮らしが大好きだったの。こんなことを言える人はそれほど多くないのに」

マーヤは再び泣き崩れる。ヨーナは包み込むように腕を回す。マーヤの肩は悲しみに震えた。しばらくして彼女の呼吸が落ち着くと、ヨーナは一歩さがる。

「これからは、わたしが娘たちを世話しなくては」とマーヤが言う。

その掌の中にあるペーパータオルは今や、硬い小さな玉と化していた。

「マーヤ、捜査がどんなものかはご存じですね。なにか思い出したことがあったら、どれほど些細に思えることでもかまいません、私たちに知らせてください」とヨーナは言い、扉を開けるために一歩踏み出す。

「それが、実は一つあるの」とマーヤが言う。「なにもかも混乱状態だったからすっかり忘れていたけれど、ヴェルネルは、青ざめた男に写真を撮られたって話していた。何週間か前、スーパーでのこと……」

「それがどこで、いつのことだったのか、ご存じだったりはしませんよね？」

「いいえ……まったくわからないわ」

「レシートや銀行口座を確認して、記憶が蘇らないか試していただけませんか。そうしていただけると、とても助かります」とヨーナが言う。

「それに、だれかが家に入っていたというかんじがしていたの。何回か、過去……六カ月くらいのあいだだと思うけど」

「なにか失くなったものは？」

「いいえ、でも、ものが動かされていたわ」そう話すマーヤの声は、ほとんど耳打ちする時のように小さな声だった。

四二

特別捜査班の主要なメンバーは、顔を合わせる必要があった。しかし、だれ一人警察庁舎に戻る気になれなかった。庁舎内にいることを想像すると、ガラス容器の中に閉じ込められた虫にでもなったような気持ちになるのだ。そこで、だれかの自宅で会おうということになり、くじ引きで負けたのはペッテルだった。

サーガは、丘の中腹にある、これといった特徴もない集合住宅の前にバイクを停める。一九三〇年代の建築だ。黄土色のファサードは染みだらけで、バルコニーの下に塗られたペンキは、広い範囲にわたってシート状に剝がれ落ちつつあるようだ。

ゴミ箱は支えから外れて傾き、犬のエチケット袋であふれかえっている。

サーガは、ラッカー塗りされたオーク材の扉に歩み寄ると、暗証番号を打ち込む。そして階段で二階まで上がり、呼び鈴を鳴らす。

ペッテルが彼女を招き入れる。

彼は濃い灰色のネルシャツを身に着け、その裾を色褪せたジーンズの上に垂らしている。

十二年前のペッテルは筋肉質の男で、禿《は》げつつあるという事実を隠すために頭を剃りあげていた。そして、頻繁に性差別的な発言を繰り返したものだった。最近の彼は離婚した四十七歳の男で、筋肉トレーニングも仕事で出世を目指すこともやめ、毎年少しずつ体重が増えていた。

ペッテルはコーヒーメーカーのスイッチを入れてから、リビングに椅子を二脚移動させる。

斜めに差し込む午後の光が、木の床板の上に並ぶ小さな釘穴の列を浮き上がらせている。その上に敷いていたビニールの床材を剝がした時に残ったものだ。

「息子たちが来たらソファで寝るんだ」と彼はサーガに話す。

「二人はいくつになったの？」

「時の流れは早い……ミロは十六歳、高校一年になるところ。ネルソンは十四歳だ。二人とも俺よりこのくらい背が高い」ペッテルはそう話しながらほほえみ、親指と人差し指のあいだを十センチほど開いてみせる。

「二週間ごとにこっちに呼んでるの？」

「ものごとは思ったとおりにはいかないものさ」とペッテルは言い、ソファにどさりと腰を下ろす。

サーガは窓の外を眺める。黒い石でできた窓台に、サボテンが載っている。ブラインドは上がっていて、褪色したコードがあちこちで絡み合っていた。

「そうね」とサーガが言う。

「え？」

ブザーが鳴り、サーガは玄関に出て迎え入れる。グレタとマンヴィルが靴を脱がないうちに、ヨーナが到着する。

ペッテルはビスケットを出し、キッチンのコーヒーポットを運んできて、みなのカップを満たしはじめる。

「きみも歯を磨いてきたばかりなのか？」ペッテルが、ヨーナのほうに身を傾けて尋ねる。

サーガもヨーナも、法医学研究所に立ち寄ったという話をしながらも、メンソールの香りをさせている理由については触れる気にならない。二人の言葉に場の空気は重くなるが、だれも口を開かなかった。犯行パターンはこれまでとまったくおなじだ。

マンヴィルはコーヒーカップをソーサーに戻し、眉間に皺を寄せながら一人ひとりの顔を見わたす。

「これまでのところ、われわれは全戦全敗だ。この事実は、この先一生抱えて生きていかなければならないだろう……しかし、もうたくさんだ」と彼は言う。「この状況を逆転させせよう。犯行を止めるんだ。次の犠牲者は、ここに居るだれかかもしれないんだからな」

「今までは、わたしに圧力をかけるために犠牲者を選んでいると考えていました」とサーガが言う。「犯人は一連の行動パターンに従い、すべて予告どおりに実行してきた。まるで止めようのない時計のように。でも――」

「わたしたちがそんなふうに考えるわけにはいかない」とグレタが言う。

「でも今日、ヨーナがとても興味深いことを言ったんです」とサーガが続ける。「もし犯人の言うことがすべて真実なら、なぜわたしだけが彼を止められるのか、その理由について考えなければならないだろう、って」

「そして、どうやって止めるのかというその方法についても」とヨーナが補足する。

「サーガは無作為に選ばれたんだと思ってた」とペッテルが無精髭の生えた顎を擦りながら言う。「そのうえで、サーガがどっぷりとはまって抜け出せなくなるように、個人的なつながりのある人間を標的にしたんだってね」

「みんなそう考えていたと思う」とサーガが言う。「でももしかしたら、わたしだけが止められるということには、なにか具体的な理由があるのかもしれない」

「なるほどね。少し考えてみようじゃないか……きみの特別な点とはなんだろう？」とマンヴィルが問いかける。「サーガの持っている特別な要素とは？」

「公安警察で何年間も働いていたこと」とペッテルがはじめる。

「美しいこと」とグレタがつけ加える。

「サーガほど大きな個人的損失を被った警察官はいない」とヨーナが言う。

「精神病の家族歴があるんです」サーガがおだやかな口調でそう話す。

「匿名の情報源を持っていること」マンヴィルが、自分の考えに深く沈みながらそう続ける。

「はい」とサーガがうなずく。

「それはほんとうのことなのね？」とグレタが訊く。

「はい、そうです」

「その情報源のせいで、犯人を止められるのはあなただけなのだ、という可能性はあるのかしら？」

「いいえ、そうとは思えません……」

「ほかには？」とマンヴィルが問いかける。

「ユレックと接触し、生き延びた」とヨーナが言う。

「それはどうかな」とサーガが口ごもる。

「どういう意味？」グレタはほほえみを浮かべながら尋ねる。

「妹が死んでから、ひどい抑鬱状態になったんです」とサーガは応える。唇と頬が生気を失っていた。「人生最後の数日間、妹がひとりぼっちで怯えていたなんて、耐えられなかった」

「ヴァレリアがずっと一緒にいて、話しかけていたよ」とヨーナがなだめるように言う。

「ヴァレリアが？　よしてよ」サーガが鼻を鳴らす。

「俺はそう思ってる……」

「あの人がなにしてくれたの？」サーガは、声のトーンをわずかに上げながらそう尋ねる。

「話しかけて、気持ちを鎮めて――」

「死ぬまで気持ちを鎮めてたってわけ？　あの人にはペレリーナを救えた。もしほんの少しでも――」

「ヴァレリアは力を尽くしたと思う」とヨーナはサーガの言葉を遮る。

「あの人は現場にいた。充分に力を尽くさなかったことはたしかでしょう」とサーガは声を張りあげて、ソファから立ち上がる。「妹は死んで、ヴァレリアはまだ生きている。妹は墓穴の中で骨になってる」

「ヴァレリアも犠牲者なんだよ、わかっているだろう」ヨーナは平静を保ったままそう応える。

「あなたみたいに？　犠牲者って言うならみんなおなじでしょう。みんなひどい経験をしたんだから……ふざけたこと言わないでよ」

サーガは部屋をあとにして廊下に出ると、玄関の扉を叩き閉めて出ていく。ヨーナは立ち上がり、ペッテルが隣人と共有しているバルコニーに出る。そして、波形の金属板でできた間仕切りにもたれかかり、通りを見下ろしながら視線を角のコンビニエンスストアへと移動させる。歩道の路面の高さに地下室の小窓が並び、その上に食料品店のセールを知らせるチラシがいくつも貼られている。

床の缶からは、古い吸い殻の臭いが漂ってくる。ヨーナは、それに誘われてライラの阿片窟のことを考えている自分に気がついた。

肺を満たすあたたかい煙、ライラは次の玉を丸め、ヨーナの思考は澱《よど》みかけている川のようにゆっくりと漂い、岩や低く垂れている枝を回り込みながら流れていった。

ヴァレリアが身に着けていた輝く銀のネックレスについて考えていたことが蘇り、ヨーナはついに、どうしても思い出せなかった自分の思考を捉えて、リビングに戻る。

「どうしたの？」ヨーナの表情を目にしたグレタが尋ねる。

「サーガのリスト。ユレック・ヴァルテルが興味を抱いたかもしれないシリアル・キラーたちの、もう一つのリストだ」とヨーナは言う。「これは思いつきでしかないんだが、ヤコフ・ファウステルは、〝ベルリンの銀細工師〟とマスコミに呼ばれていたんだ」

「それは知らなかった」とグレタが言う。

「なんの話だ？」とペッテルが尋ねる。

「ファウステルのあだ名と、犯人が金属製のフィギュアを作っているという事実を結び付けたわけね？」とグレタが続ける。

「ああ」

「おおい、無視かよ」とペッテルが言い、ため息をつく。

「犯人の意図とは関係のないつながりを、探そうとしているんだ。奴の計画やゲームの一部ではないものをね」とヨーナが説明を試みる。「ユレックがまだ生きていたうちは、ファウステルを調べる必要性を感じなかった。何十年も刑務所に入っていたし、仮釈放も許されなかったからね」

「それでもユレックが面会した可能性はあるし……今回の犯人、捕食者が面会した可能性もある」とグレタが言う。

「どうして銀細工師と呼ばれたんだ？」とマンヴィルが尋ねる。

「融かした銀で犠牲者の目玉を焼き抜いてから、ベルリン周辺の鉄道線路の上に置き去りにしたんだ」とヨーナが言う。

「だが、銀と錫のフィギュアだぞ？」そう話すマンヴィルの声には、疑いの響きがある。

「だいぶ無理があるな」とペッテルがそれに同意する。

「根拠が薄すぎる」とマンヴィルがため息を漏らす。「犯人の思考法に集中しようじゃないか——」

「二枚目の絵葉書の名前もある」とヨーナが口を挟む。「あれは……」

「イエス・ファトヴァロクか?」とペッテルが言う。

「ヤコフ・ファウステルのアナグラムだ」

「くそ」とペッテルが囁く。

「ファウステルが収監されている刑務所はどこ?」とグレタが問いかける。

「〈ザンタ・フー〉だ」とヨーナが応える。「フールスビュッテルの」

「ハンブルクの近くだな」とマンヴィルが補足する。

「奴と話さなくては」ヨーナはそう言いながら立ち上がる。

四三

ヴァレリアは温室をあとにし、地下貯蔵庫まで手押し車を押す。一日の重労働のあとで、肩も背中も疲れ切っていた。ジャガイモを何袋か取り出したら今日は終わりにして、シャワーを浴びてから夕食を作ろう、と考えている。

地下貯蔵庫は、自然の小山を掘り返して作ったもので、上には草と細い樺の木が生えている。ひんやりとしたその空間に入るとどういうわけかヴァレリアは、古代スカンジナビアの『イングリング家の物語《サーガ》』に出てくるスヴェイディル王の話を思い出す。宴会のあと家路についたスヴェイディル王は、途中で奇妙な小男《ドワーフ》に出会い、「オーディン（北欧神話の主神。戦争と死の神。）に会わせよう」と言われる。小男は巨岩の中にある扉を開き、王がその中を覗き込むと、そこには見事な大広間が広がっている。テーブルは食糧を山盛りにした皿で埋めつくされ、天井からは巨大なシャンデリアが吊されていた。だが、一歩足を踏み入れるや扉が閉まり、王はそのまま杳として行方知れずとなる。

ヴァレリアは重い戸を開き、バスケットを持ち上げて急な階段を下りていく。日の差し込む場所を過ぎ、暗闇の中へと進んでいく。すると、ヴァレリアのポニーテールからほつれた髪の毛が、銅のように輝いた。

地下貯蔵庫には、長いあいだ入っていなかった。ユレックとの遭遇以来、足を踏み入れる気になれなかったのだ。階段が、記憶よりはるかに狭く感じられる。ほんの数メートル地下に入るだけで、まったく異なった種類の沈黙に呑み込まれる感覚があった。

ヴァレリアは、汗の滴が背中を伝い下りるのを感じた。土と枯葉の甘い香りが鼻腔《びこう》を満たす。

頭上の明かりが、アルコール漬けのエルダーフラワーが入っている瓶に反射している。天井に張られた二枚の岩のあいだから、乾いた砂がわずかにこぼれ落ちた。

冬のあいだに、地面の重みで壁が内側に押し潰され、そのせいで階段が狭くなったということなのだろう。

先に進むヴァレリアの足が震える。

空気がまったく動いていない。

通気孔が植物で覆われているに違いない。

底に着きかけたところで、頭上の地面が震動する。十センチほど天井が下りてきたようで、乾いた砂が床に降りそそぐ。

頭の真上にだれかが立っているにちがいない。

落下した小石がいくつか、最後の段に当たって音をたてる。ヴァレリアの耳の中で、流れる血液が轟音をたてはじめる。

澱んだ空気のせいで目眩がしていた。向きを変えて戻ろう、とヴァレリアは決心する。

光の弱さが原因だということはわかっている。だが階段はウサギの巣穴ほどの幅しかないように見えた。

頂上の戸口が、真鍮のように輝いている。蝶番の軋みが聞こえて、光の枠が狭まるように見えたかと思うと、扉が閉まる。

ヴァレリアはバスケットから手を放し、両手を突っ張って壁を支えようとする。呼吸が速い。

目の前が暗くなっていき、ヴァレリアは床にへたり込む。

扉が再び開き、なにごとか話す男の声が聞こえてくる。見上げると、細いシルエットがある。

「だれか？」

人影がこちらに下りてくる。

「怪我しましたか？」

男はヴァレリアを助け起こし、ほとんど彼女を担ぎ上げるようにして階段を上っていく。その途中のどこかで、ヴァレリアの手袋が落ちる。

見知らぬ男は、草の生えた斜面にヴァレリアを座らせる。そして彼女は深呼吸をしながら、頭上の明るい空に顔を向けて口元を擦る。

「なにが起こったのかわからないけど、ちょっと目眩がしてしまって」とヴァレリアは言う。

男は、大きな花束を差し出す。つやつやとしたハート形の風船が紐で結ばれていた。

「インテルフローラ社です。車を停めようとしたら」車回しにあるバンを指差しながら、男は話す。「ちょうどあなたが下りていくところだったもので」

「ありがとう」

「大丈夫ですか？」

「もちろん」

「ほんとうに大丈夫なら、私は行きますね」

ヴァレリアは、花束と風船とともにその場に留まり、男の車が走り去るのを見守る。閉所恐怖症の治療を受けるべきなのかもしれない、という自覚はあった。だが、罪悪感に阻まれて実行に移せないでいる。ヨーナにも幾度となく言われてきたことだ。深い心的外傷を負っているのだから、専門医の診察を受けるべきだ、と。それでもヴァレリアは、自分に哀れみをかけたくないと考えている。

夕陽の赤い光が、立ち並ぶ温室のガラスに反射し、内側が溶岩でいっぱいになっているかのように見える。

立ち上がり、家へと向かいはじめた時には、まだ脚が震えていた。玄関の土間《マッドルーム》に仕事着を掛けてから、金属製の大型シンクで、石鹸で両手を洗う。

風船の紐は錘《おもり》に結び付けられている。手を放しても、天井まで上っていかないようになっているのだ。ヴァレリアは下着だけの姿となり、すべてをキッチンに運び込むと、作業台の上に花束を置く。包み紙を破り取り、薪の山の横に積み上げてある新聞やチラシの上に重ねる。

ヨーナからの二十五本の赤い薔薇だった。「あなたのしあわせを願っています」という意味が込められている。

カードには、生花店の店員が書いたとおぼしき丸みを帯びた文字で、〈許してくれ、愛しのヴァレリア〉とある。

ヴァレリアは薔薇を包丁で切り揃えると、食卓の上の花瓶に差す。

それから二階に上がってシャワーに入り、身体が温まるまで、熱い湯がほとばしる下で立ち尽くす。そして身体を拭き、新しい服に着替える。

ヴァレリアはキッチンに下りて、ポテトスープを作りはじめる。それが煮詰まると、携帯電話を取り出してテーブルにつく。窓の外をしばらく見つめてから、ヨーナの番号に発信する。

「花束をありがとう、とてもきれい」と彼女は言う。

「すまない。俺は馬鹿だった」と彼が言う。「きみを傷つけていろいろめちゃくちゃにしたけど、それもこれも弱いところを見せたくなかったからなんだ」

「わたしの前では弱くなってもいいの」

「でもいやなんだよ、強くいたいんだ」

「みんなそうよ」

「だからドラッグのことも、制御できていると自分に言い聞かせていた。でもそれは真実じゃない」

「わかってる。わたしにも経験があるから」

ヴァレリアには、ヨーナが深々と息を吸う音が聞こえる。

「今日気づいたんだ。ドラッグが捜査の妨げになってるってね。カギとなるようなことを思いついたのに、それをぜんぶ忘れていた。それで、自覚せざるを得なかったのさ……そうしたら同時に、きみに、俺たち二人に対してしでかしたことの意味もわかった」

「よかった」と言いながら、ヴァレリアは涙を拭う。

「やめるのはもう難しくないはずだ。自分のことをしっかり直視できたからね」

「それは心配してない。単にそういう時期だったってことよ。あなたを衝き動かしているのは別のものだもの。仕事にこそ、あなたはほんとうの情熱を傾けてるから」

「承認が下り次第、ドイツに飛ばなくちゃいけないんだ。戻ってきたら電話してもいいかい？」

「ヨーナ、わたしはどこにもいかないわ」

＊　＊　＊

ヨーナは携帯電話を見下ろし、「ありがとう」と囁いてから、キッチンの食卓へと戻る。そこには、ベルリンの銀細工師に関わる資料がすべて広げてあった。裁判記録、写真、新聞の切り抜き、そして犯行現場を記した地図。

集中力を途切れさせないためには、食べなければならない。だが、料理をする気力が湧かなかった。冷蔵庫を開けると、サンドイッチが半分、皿に載っていた。ヨーナはそれを立ったまま食べ、皿を洗ってから意識を資料に戻す。

ドイツとスウェーデンのシリアル・キラー。この二人を結び付けるつながりがあるのかどうか、それを調べる必要があった。ファウステルこそが、犯人をユレックと錫のフィギュアとに結び付ける存在かもしれないのだ。

二十八年前、〈ベルリンの銀細工師《デア・ジルバーシュミート・アウス・ベルリン》〉と呼ばれた殺人犯の追跡が熾烈《しれつ》な最終段階を迎え、ヤコフ・ファウステルは八月末にベルリン東部の自宅で逮捕された。裁判のあいだ、ヤコフは、〈親方〉と呼びかけられないかぎり返答を拒否した。だがその要求がひとたび聞き届けられるや、自分の殺した若い男性十人について細大漏らさず語ったのだった。

ファウステル親方は、個人広告を介して複数の男性と接触を持った。その大部分がセックスワーカーだった。裕福で気前が良いというふりを装い、彼らと無人の駐車場で会う段取りをつける。そしてバンの中で薬剤を飲ませると、融かした銀で犠牲者たちの目を焼いた。そうして視力を奪ったあと、ベルリン市内のさまざまな鉄道路線へと運んでいき、列車に撥《は》ねられる様子を遠くから見つめたのだった。

終身刑を言いわたされたファウステルは、ベルリンのモアビット刑務所で二年過ごしたあと、ハンブルクの北に位置するフールスビュッテル刑務所に新たに設けられた特別な監房へと移送された。

ヨーナは水を一杯飲み、ファウステルの精神鑑定書を読みはじめる。そこへ、マンヴィルからの電話が入る。

「運がよかったよ——そう言って良いならね。フールスビュッテルの所長、ザビーネ・シュテルンはヴェルネルと知り合いだった……それで、状況を伝えるとすっかり動揺してね、きみを歓迎すると言ってくれたよ。これでファウステルとの面会は許されたわけだが、奴が実際に質問に答えるという保証はない……まったく口をきかない可能性もある」

「すぐにチケットを取る」とヨーナが言う。

「もう一つ……話しておきたいんだが。今、ひとりかい？」とマンヴィルは尋ね、鼻息を荒らげる。

「ああ」

ヨーナは窓際に移動し、街を見わたす。明るい灰色、銀色、黒、そして明るい緑の屋根が、格子状に広がっている。眼下の通行人や自動車の音は、この高さまでは届かない。

「グレタと話していたんだが……この件におけるサーガの役割について、懸念を抱いているんだ」と彼は続ける。

「時々癇癪《かんしゃく》を起こすが、一時的なものだ」

「そのことではないんだよ」

「なるほど……？」

「彼女は優秀な警察官だ」とマンヴィルは言い、咳払いをするために言葉を止める。

「ああ」

「優秀すぎるくらいかもしれない……いつでも一歩先を行っているし、例の〝秘密の情報源〟を抱えている。この事件全体が、サーガを中心に回っている。前回のミーティングで話したとおりにね」

「ああ、犯人は彼女に向かって話しかけているわけだからね」

「犠牲者は全員彼女の知り合いで、全員と衝突したことがある……この疑問点を解決しなければ、職務をまっとうしているとは言えんのだよ。なんらかのかたちで、彼女が共犯ということはあり得るだろうか？」

「殺人の？」

「もちろん、物理的には違う——すべての犯行時間においてアリバイがあるからな。しかし……だれかと行動をともにしている、ということはあり得る。そう考えれば、われわれが毎回一歩遅れを取ることにも説明がつく。このゲームは最初からいかさまだったということだ」

「良い推理だ。大胆でもある。だがそれはあり得ない」

「そう言い切る根拠はあるのか？」

「それはないが——」

「彼女には動機がある。妹の死についてヴァレリアを責められないとしても、警察は責められるし、ヴェルネルとマルゴットもそうだ。そして究極的にはきみもね」

「だが私はサーガをよく知っているし——」

「ヨーナ、きみが信義に厚いのはすばらしいことだ」とマンヴィルがそれを遮る。

「だが、われわれはサーガに関する調査をはじめた。もちろん極秘だ。ただきみには知らせておきたくてね」


（上巻終わり）

◉訳者紹介　品川 亮（しながわ・りょう）
月刊誌『STUDIO VOICE』元編集長、現在フリーランスとして執筆・翻訳・編集を手がける。著書に『366日 文学の名言』(共著)、『366日 映画の名言』(共に三才ブックス)、『美しい純喫茶の写真集』(パイインターナショナル)、『〈帰国子女〉という日本人』(彩流社)など、訳書に『墓から蘇った男』『鏡の男』(共に扶桑社)、『アントピア』(共和国)、『スティーグ・ラーソン最後の事件』(共訳)、『アウシュヴィッツを描いた少年』(共にハーパーコリンズ・ジャパン)がある。

翻訳協力：下倉亮一

蜘蛛の巣の罠（上）

発行日　2024年3月10日　初版第1刷発行

著　者　ラーシュ・ケプレル
訳　者　品川　亮

発行者　小池英彦
発行所　株式会社 扶桑社
〒105-8070
東京都港区芝浦1-1-1　浜松町ビルディング
電話　03-6368-8870(編集)
03-6368-8891(郵便室)
www.fusosha.co.jp

印刷・製本　株式会社広済堂ネクスト

定価はカバーに表示してあります。

Printed in Japan
ISBN978-4-594-09251-1 C0197